Joseph von Westphalen
Aus dem Leben eines Lohnschreibers

W0013239

Joseph von Westphalen

Aus dem Leben
eines Lohnschreibers

Geschichten

Sammlung Luchterhand

Inhalt

ganz wahr

halb wahr

Voll daneben

Eine Verteidigung der Peripherie

Der Auftrag kam mir nicht ungelegen. Mein Roman, den ich schon längst fertig geschrieben haben sollte, fing an, mir auf die Nerven zu gehen. Eine kleine Ablenkung konnte ich ebensogut brauchen wie das sicherlich großzügige Honorar. Eine Rede zur Einweihung eines neuen Firmengebäudes sollte es sein. Reden dieser Art halte ich mittlerweile nicht ungern, ich lerne fremde Welten kennen und weiß danach besser Bescheid. Es hat sich herumgesprochen, daß ich für gute Laune sorgen kann. Vor allem fragt man bei mir an, wenn Veranstaltungen steif zu werden drohen. Die Befürchtungen sind begründet: Ein Bürgermeister, ein Bauherr, ein Aufsichtsrat, ein Betriebsratsvorsitzender, eine Alibifrau, ein Ehrenpräsident, ein Staatssekretär, der den Minister vertritt – alle reden, das Gähnen reißt nicht ab, die Schnittchen werden lappig. Man braucht Auflockerung. Ein Tango-Trio ist zu flott, ein Streichquartett zu feierlich und wird nur engagiert, wenn ein Musikschulenanbau eingeweiht werden soll. Ein Kabarettist hat bei Grundsteinlegungen und dergleichen Feierlichkeiten nichts zu suchen. Das wäre zu viel. Ein Schriftsteller ist genau richtig. Er ist nicht vom Fach, er kann sich einen anderen Ton leisten. Er ist niemandem verpflichtet. Er muß keine Danklitaneien aufsagen. Er kann ein bißchen lästern und die Wahrheit sagen. Auch kann man mit ein paar Witzen rechnen.

»Unser Unternehmen ist Ihnen sicher ein Begriff«, sagte der Mann am Telefon. »Jaja«, log ich. Ich hatte den Namen noch nie gehört. Es handelte sich offenbar um eine weltweit bekannte Marke, aber ich bin kein Markenmensch. Sie stellen Dinge her, die ich absolut nicht brauche. Die angeblich berühmtesten Krawatten der Welt. Teuer. Mit Krawatten allein geht es aber nicht mehr. Auch wenn die Japaner ganz wild darauf sind. Deswegen wurde die Produktpalette erweitert. Es gibt Notizbücher, vom selben Designer, die Hunderte kosten. Säcke für Golfschläger, die Tausende kosten. »Ach was!« rief ich dazwischen und freute mich auf mein Honorar.

Der Direktor selbst hatte es sich nicht nehmen lassen, mich anzurufen. Ich fand es sympathisch, daß er sich Direktor nannte. Ein irgendwie altmodisches Wort. Am Schluß solcher Telefongespräche kommt immer die Frage, auf die ich jetzt wartete: »Ihre Honorarvorstellungen?« Das Wort »fünf« lag auf meiner Zunge parat. So ausgesprochen, daß eindeutig klar war, es würde sich um fünftausend handeln. Und zwar Euro. Es war in der Zeit nach der Währungsumstellung, als man das sicherheitshalber hinzufügte.

Die Frage kam nicht. Er wird mich am Schluß zu seiner Sekretärin durchstellen, die das mit dem Mammon regelt, dachte ich. Statt dessen bat er mich um ein Treffen. Ich verwies auf meine knappe Zeit. Kann man doch alles am Telefon besprechen. »Sie sollten das neue Firmengebäude vorher schon einmal gesehen haben«, sagte er, halb flehend, halb mahnend. Er war wohl sehr stolz auf seinen Palast. Ich wies ihn höflich darauf hin, daß es E-Mails und

Fotos und per E-Mail blitzschnell versendbare Fotos gäbe, daß mir das reichen würde, um einen Eindruck zu bekommen, im übrigen könne ich ja am Tag der Einweihung zehn Minuten vorher kommen. Schließlich sei es ein großer Vorteil der Architektur gegenüber der Literatur, daß man sich zu einem Bauwerk in wenigen Sekunden ein Urteil bilden könne und nicht stundenlang lesen müsse. »Das geht so nicht«, sagte er, »Sie müssen sich schon einmal vorher hierher bemühen. Es ist ein Erlebnis«, fügte er hinzu. Er nannte eine Adresse. »Wo ist denn das?« Ich glaube, ich schrie die Frage.

Es war noch hinter dem Flughafen. Ich Idiot hatte kein Taxi genommen und irrte mit meinem Auto herum. Sechs, dachte ich, das kostet euch sechstausend. Neue Straßen, keine Namen – die Hölle. Ich verfuhr mich. Kein Mensch weit und breit, den man fragen könnte. Baumaschinen ohne Arbeiter. Als wäre die Pest ausgebrochen. Sieben, dachte ich, das kostet euch siebentausend. Ich hasse Baugelände und Bautätigkeiten. Aufgerissene Erde ist obszön. Ich sehnte mich nach meinem Schreibtisch, nach meinem auch unfertigen, aber vergleichsweise übersichtlichen Roman.

Das Firmengebäude immerhin war fertig, die Gegend drum herum noch eine Art Todesstreifen. »In vier Wochen sind die Bagger weg«, sagte der Direktor. Jetzt erst spürte ich meine eigene verdrießliche Miene, mit der ich aus dem Fenster starrte. Seine Sekretärin brachte Tee. Eine Chinesin. Hübsch. Sehr hübsch. Sehr, sehr hübsch. Ich war etwas versöhnt. Die Irrfahrt hierher war nicht ganz sinnlos gewesen.

»Wie sind Sie auf mich verfallen?« fragte ich den Direktor. »Ich selbst lese leider nicht, keine Romane«, sagte er. »Keine Zeit, Sie verstehen.« Ich nickte. Das alte Lied. »Aber sie«, sagte er und deutete auf die sehr, sehr hübsche Chinesin – und zwar so, daß ich sicher war (und einen Augenblick später auch schon neidisch): Er hat etwas mit ihr. Das Lächeln der Chinesin wurde strahlend. Sie hatte ein Buch von mir gelesen und dabei ab und zu lachen müssen, und als man nach einem Schriftsteller suchte, der eine heitere Rede halten sollte, hatte sie mich vorgeschlagen. Ich schmolz. Ich bedankte mich stürmisch. Ich küßte ihre Hand. Sie kicherte. »Sie versteht kein Deutsch«, sagte der Direktor. Seltsame Sekretärin. Der Direktor erriet meine Frage. »Der ganze Schriftverkehr ist hier englisch«, sagte er. Sie hatte mich auf Englisch gelesen! Ich bedankte mich sofort auf Englisch bei ihr: »For years I've been waiting to meet someone who's read one of my books in English«, log ich entzückt und verkniff mir den schmierigen Zusatz, daß ich nicht im Traum daran gedacht hätte, daß es sich bei diesem Fabelwesen auch noch um eine so schöne Frau handeln könne. »I've read your book in Chinese«, sagte sie.

Alles mußte ein Irrtum sein. Nicht ich war gemeint. Es gab keine chinesische Übersetzung irgendeines Buches von mir. Sie ging in ihr Zimmer und holte ein Buch. Es kam mir bekannt vor. Vor Jahren hatte mein Verlag mir ein solches Exemplar als Beleg zugeschickt, zusammen mit einem Scheck von zweihundert Mark und dem ironischen Glückwunsch, daß man in Südkorea ein Kinderbuch von mir übersetzt habe. Stimmte also nicht. War gar nicht Korea. »No, no, it's China, it's mainland China«, sagte die Chinesin und lachte so hinreißend, daß ich meine Rede am liebsten auf Englisch gehalten hätte, um sie erneut zum Lachen zu bringen. Sie hatte kein Alter. Sie konnte ebenso- gut 30 wie 50 sein.

Plötzlich stand der Direktor auf, ging zum Schreibtisch und überreichte mir einen unförmigen Karton. Der Deckel war durchsichtig. Eine Krawatte! Ähnlich abscheulich wie die, die er selbst trug. Selbst aus Seide lag sie auf einem Seidenbett, wie eine Luxusleiche in einem Luxussarg. »Um Sie ein bißchen an das Unternehmen zu binden«, sagte der Direktor. Dafür, daß er den Kalauer schon öfter losgelassen haben dürfte, kam er erstaunlich frisch.

Dann kam er zur Sache. Auf die Geschichte der Firma brauche ich in meiner Rede nicht einzugehen, dies sei seine leidige Pflicht. Ich nickte und war ziemlich sicher, daß er mich gleich bitten würde, auf die Transparenz des Bau- werks einzugehen. Ich hatte allein im vergangenen Jahr zwei Reden zur Einweihung von Gebäuden halten müssen, und manchmal sind aller guten Dinge drei. Jedesmal war ich von den Bauherrn gebeten worden, über die Trans- parenz zu sprechen. Das waren ziemlich simple Reden ge- wesen, denn ich plauderte einfach nur aus, daß ich gebeten worden sei, die Transparenz zu loben, die jeder Architekt erzeugen und jeder Bauherr haben wolle – nur könne kei- ner mehr die Transparenzlobhudelei ertragen, daher habe man mich engagiert. So beschwerte ich mich zehn Minuten lang über das, was ich sagen sollte, sagte es damit auch, die Rede war fertig – und alle waren zufrieden, auch die Archi- tekten, die sich endlich einmal ironisch gewürdigt fühlten. Dieses neue Luxusseidenkrawattengebäude hier war zwar alles andere als transparent, um so besser und ironischer würde meine Rede sein.

Irrtum, es war nicht die mißratene Architektur, die ich mit lockeren Worten als gelungen darstellen sollte. Die Lage war das Fatale. Als der Umzug hierher drohte, habe es zum ersten Mal in der Geschichte der Firma eine Demonstration der Belegschaft gegeben, sagte der Direktor. 1968 sei alles ruhig geblieben, obwohl man doch damals gegen Krawatten einiges hätte vorbringen können. Nun aber seien die Mitarbeiter mit Spruchbändern skandierend durch die Straßen der Innenstadt gezogen: NIE, NIE, NIE – AN DIE PERIPHERIE.

»Dabei ist das Wort Peripherie ja noch ein Euphemismus für das hier«, sagte der Direktor und starrte nun auch geradezu selbstmörderisch aus dem Fenster. Ich schwieg. Recht hatte er. Das Unternehmen war bis vor kurzem da gewesen, wo ein so traditionsreiches Unternehmen hingehört: im Herzen der Stadt. Wunderschönes Gründerzeitgebäude. Genügend Platz für die zweihundert Mitarbeiter und die paar Nähmaschinen, die man zum Fertigen von den Edelkrawatten braucht. Die Golfschlägersäcke werden woanders zusammengenäht. In China. Die Geschäfte liefen wie am Schnürchen. Mit der Erweiterung der Produktpalette habe man die Krise gut überstanden. Nur leider ist das Unternehmen in Familienhand. Es gibt nichtsnutzige Erben, die eine zweite Mittelmeerjacht haben wollen. So ist die Kapitaldecke immer dünner geworden. Nun hat man den Stammsitz der Firma verkaufen und hier draußen bauen müssen. Hier! Ein Trauerspiel! Die älteste Krawattenfabrik der Welt ...

»Am Arsch der Welt«, ergänzte ich – und zwar wirklich voller Mitleid. »Sie sagen es«, sagte der Direktor. Meine Aufgabe sei es, ebendies in meiner Rede vergessen zu machen. »Trösten Sie uns, trösten Sie mich, trösten Sie unsere Geschäftspartner, die hier herausfahren müssen, sagen Sie irgendwas Nettes, erheitern Sie uns, machen Sie uns vor, daß es hier nicht so schlimm ist, wozu sind Sie Dichter.«

»Harter Job, Sie muten mir etwas zu«, sagte ich, auch um ihn zu erinnern, daß wir noch nicht über mein Honorar gesprochen hatten. Dafür hatte er mit seiner Klage über die dünne Kapitaldecke schon angedeutet, daß ich mich mit meinen Forderungen würde mäßigen müssen. Ich ahnte: Wer sich an die Peripherie hat drängen lassen, der wird Festredner nicht üppig entlohnen können. Als er von sich aus nicht darauf zu sprechen kam, fragte ich ihn: »Wie stellen Sie sich meine Honorarvorstellungen vor?« Die Frage war nicht unkomisch, fand ich, erstaunlich, zu welchen relativ geistreichen Formulierungen einen relativ geistlose Menschen anregen können. Aber der Direktor lachte nicht, sondern sagte, die anderen Redner machten das umsonst. Ich klärte ihn auf: Ein freier Schriftsteller sei kein Bürgermeister mit einem Gehalt. Er versuchte mir klarzumachen, daß dieser schauerliche Krawattenleichnam in diesem schauerlichen Krawattensarg ein kostbares Geschenk sei, ein Exemplar aus der *limited edition*. Ich war fassungslos, und er belehrte mich: »Das ist mehr wert als so manches Honorar.« Jetzt tat er mir nicht mehr leid, er hatte sein Schicksal verdient. An den Rand mit solchen Leuten! »Ich mache mir nichts aus Krawatten«, sagte ich. Der Hinweis kränkte ihn nicht. »Bei ebay sollen Krawatten unserer *limited edition* schon für über fünf weggegangen sein«, sagte er verschwörerisch und präzisierte: »Fünftausend. Euro.« – »Versteigern Sie Ihre Krawatten selbst«, sagte ich, wollte gehen und weder diesen Mann noch diesen Ort je wiedersehen. Da schaute die Chinesin ins Zimmer und fragte, ob wir etwas bräuchten.

Tausend. Mehr waren nicht drin. Entweder dem Unternehmen ging es wirklich schlecht, oder der Direktor war ein guter Schauspieler. Wegen der Chinesin sagte ich dann doch zu. Sie allein war es wert, noch einmal die Fahrt hierher zu machen. Auch konnte es mir nicht schaden, ein bißchen über das Wesen der Peripherie nachzudenken. Rechtsanwälte verteidigen immer wieder abscheuliche Verbrecher und plädieren für milde Strafen, warum also nicht als Autor den Advokat des Teufels spielen und Argumente zusammensuchen, die für die abscheuliche Lage eines Arbeitsplatzes sprechen.

Vier Wochen später war es soweit. Diesmal kam ich mit dem Taxi, und der Fahrer verfuhr sich. Ich hatte den Namen der Straße vergessen. Irgend etwas mit *Sechs Eichen* oder *Drei Birken*. Oder *An der Buchenhecke*. *Buchenwald* war es nicht, das Kainsmal hätte ich mir gemerkt. Oder *Moorweg*? *Im kühlen Grund*? Oder war es gar ein adornisches *Im Wiesengrund*? Nein, das wäre mir aufgefallen. »Ist doch egal«, sagte der Taxifahrer. Richtig, es war egal, die Straßenschilder waren noch immer nicht angebracht, und kein Mensch war unterwegs, den man fragen könnte. Die Fahrt kostete ein Vermögen. Vermutlich würde mir zur Begleichung der Taxirechnung eine weitere Krawatte angeboten werden. Für die Taxis war die Peripherie ein Segen.

Theaterregisseur sollte man sein. Ich malte mir eine moderne Aufführung der »Göttlichen Komödie« aus: Dante in einem Taxi mit einem gutgelaunten Fahrer namens Vergil, der sich heillos verfahren hat, während der Fahrgast in edlen Versen spricht: »Dem Höhepunkt des Lebens war ich nah ... da ich verirrt den Weg nicht wieder fand ... viel bittrer kann der Tod nicht sein ... ich weiß nicht recht, wie ich hierher geriet ... bis daß ich abkam weit vom rechten Weg.« So heißt es gleich zu Beginn des ersten Gesangs. Dante mußte prophetisch die Peripherie der modernen Großstädte vor Augen gehabt haben, als er die Suche nach der Hölle beschrieb. In der Hölle der Randgebiete schmoren die Unseligen. Im Himmel der Innenstadt flanieren die Erlösten. Schade, daß ich keine Rede zum Umzug einer Firma von Jottwede ins Zentrum zu halten hatte.

Der Oberbürgermeister war nicht gekommen, nur der dritte Bürgermeister und ein Stadtrat. Der Vorsitzende eines internationalen Golfclubs, der ein Grußwort sprechen sollte, sei unterwegs, hieß es. Der Direktor stellte mir einen sonnenbraunen Schönling vor – der einzige Mann außer mir, der keinen Schlips trug. Er schüttelte mir solidarisch die Hand. Ein Sproß der Inhaberfamilie. Ich versuchte, ein klassenkämpferisches Gesicht zu machen. So also sah der Teufel aus, wegen dem die armen Unschuldigen aus dem Paradies vertrieben und fortan hier draußen am Stadtrand schmachten mußten.

Die Chinesin war nicht da. Und weg war meine Inspiration. Nur mit dieser Frau im Publikum vor Augen hätte ich die Kraft aufgebracht, in meiner Rede den verstiegenen Einfall aufzublasen, ein Vorteil der Peripherie sei, daß das zunächst Unschöne an ihr mit Schönheit ausgeglichen werden müsse – und daß diese Kompensation ein heilsamer Zwang sei. Macht euch schön, macht es euch schön! Wenn der Gedanke beim Publikum angekommen wäre, hätte ich ihn mit dem Zitat eines surrealistischen Poeten gekrönt: »Arbeiterinnen aller Länder: seid schön!«

Nach der lustlosen Rede des dritten Bürgermeisters und dem Grußwort des Golfclub-Präsidenten, das aus der neckischen Schilderung einer Taxi-Irrfahrt hierher bestand, mit der eigentlich ich hatte beginnen wollen, war ich an der Reihe und begann damit, daß die heute so verpönte Peripherie einen königlichen Ursprung habe. Der klassische Monarch sei auf Ausdehnung seines Reiches wie auch seines Wanstes aus gewesen. Nur ein dicker König ist ein guter König. Im 18. Jahrhundert habe man, wenn man einen dicken Bauch meinte, von einer »kolossalen Peripherie« gesprochen. Ein Ausdruck der Machtfülle.

Vereinzelt wurde höflich geschmunzelt, der Einstig war nicht der Brüller. Es wäre besser gewesen, mit meiner Version der Taxifahrt zu beginnen. Ich kam dann vom Bauch zum Nabel der Welt, schließlich zum Herzen der Stadt und landete beim Arsch der Welt, das ließ sich gar nicht vermeiden. Ich sah, wie der Direktor zusammenzuckte. Genau dieses Wort hatte er nicht hören wollen. Genau das hatte ich in meiner Rede ja vergessen machen sollen, daß man sich hier am Arsch der Welt befindet. Wäre er mit seinem Honorar nicht so knauserig gewesen, hätte ich mir das besser überlegt.

Da überkam mich wieder das Mitleid mit den Unglücklichen, die täglich hier herausfahren müssen und ich fing an, den Arsch als etwas Wunderschönes zu beschreiben, in Brasilien habe man bereits erkannt, daß es sich um den wichtigsten Teil des Körpers handle, und auch im alten Europa werde die Zeit kommen, wo die Aussage »Ich wohne am Arsch der Welt« oder »Mein Arbeitsplatz ist am Arsch der Welt« positiv verstanden werden und sogar Sozialneid hervorrufen würde. Selten habe ich mit an den Haaren herbeigezogenen Argumenten derart herumjongliert.

Der Direktor sah mißtrauisch zu mir her, und der schlipslose Inhabersproß lachte laut auf. Seine Zustimmung war mir unangenehm. Ich fing an die Zentren zu beschimpfen. Nur der Pöbel tummle sich im Zentrum. (Aufmerksamkeit.) Was sei denn das Zentrum heute? Nur noch immer gleiche Fußgängerzone. Wenn schon Zone, dann lieber Zonenrandgebiet. (Unsicheres Lachen.) Das gebe es in Deutschland nicht mehr. Aber dafür hätten wir die Peripherie. (Ratloses Schweigen.)

Ich versuchte es mit Goethe, »Harzreise im Winter«, mit einer eigenwilligen Interpretation der berühmten Zeile »Aber abseits, wer ist's?« (Ratloses Schweigen.) Ich mußte etwas populärer werden. Das Abseits sei nicht immer eine Falle, sagte ich. (Bonbon für die Fußballfreunde, wurde sofort mit Aufmerksamkeit belohnt.) Das Abseits sei der klassische intellektuelle und literarische Ort. Im Abseits, in der Peripherie, sagte ich, stünden nicht all die ordinären Wichtigtuer, die sich sehen lassen wollten, die versuchten, immer im Mittelpunkt zu stehen. Im Zentrum herrsche Gedränge, die Peripherie hingegen sei luftig und der ideale Ort für die Lässigen, die Dandys, die Souveränen. Am Rand könne man sich anlehnen und die Arme verschränken und dem lächerlichen Treiben in der Mitte mit dem nötigen Abstand zusehen. Im Abseits zu stehen sei edel.

Langsam fing ich an, meinem eigenen Gerede zu glauben. Sogar der Betriebsratsvorsitzende lächelte milde. Den Rest meiner zehn Minuten nutzte ich zu einem kleinen Lob des Umherirrens. Da Irren bekanntlich das Menschlichste überhaupt sei, könne man sagen, daß die Peripherie, in der man sich nicht zurechtfinde, die Menschlichkeit fördere. Den Verlust der Mitte zu beklagen sei konservativer Schwachsinn, es lebe die Randnotiz, sie lebe hoch. Die Randnotiz enthalte das Wesentliche. Die Marginalien – nur in ihnen sei Wahrheit, *peripher* sei mein Lieblingswort. Angesichts dieses neuen Firmenstandorts, dies werde mir immer klarer, forme sich in meinem Kopf wie von selbst der Grundstein zu einem neuen Buch mit dem bekennenden Titel »Ich bin ein Bewohner der Peripherie«. (Klatschen.)

Ich bat das Publikum, sich die Worte »beiläufig« und »nebensächlich« auf der Zunge zergehen zu lassen und ihren Gehalt zu schmecken. Zum Teufel mit dem Mainstream, auf den Abwegen sei es spannender. »Was vermeid ich denn die Wege, wo die andren Wandrer gehn« sei das Lied der Peripherie. Schubert, »Winterreise«. Zum Teufel mit den Hauptstädten und den Hauptwerken der Kunst, das habe nur zu dem Wahnsinn von Warteschlangen und Voranmeldungen geführt! Die Museen am Rande mit ihren Nebenwerken seien ungleich wichtiger. Die Jugend habe längst begriffen, daß Leute, die ihre Mitte gefunden hätten, nervtötende Langweiler und miese Karrieristen seien, die interessanten Typen seien die, die abseitiges Zeugs machten. Keine höhere Auszeichnung, als »voll daneben« zu sein. (Trotz meiner Feurigkeit leichte Skepsis im Publikum.) Analog zur klassischen Nebenfrau des Erfolgsgatten sei der Nebenmann für die emanzipierte Frau zu fordern, denn auch in der Liebe müsse das Periphere zu seinem Recht kommen. (Schmunzeln der Älteren, ausdruckslos die Gesichter der Askesemanager.)

In Anlehnung an die ehrenwerten Protestsprechchöre, mit denen die aufgebrachte Belegschaft einst gelobt hatte, *nie, nie, nie an die Peripherie* umzuziehen, erlaubte ich mir arbeitnehmerunfreundlicherweise die Umkehrung des Schlachtrufs: *Sag niemals nie – zur Peripherie.* (Leider Klatschen des Inhabersprosses.)

Die Redezeit ging zu Ende. Ich konnte gerade noch die in der Peripherie des Globus kreisenden Satelliten erwähnen, ohne die das Fernsehen und Telefonieren empfindlich eingeschränkt sei. Oder wäre das ganz erholsam? Und wenn man als Reisender kein Zimmer mehr in einem gemütlichen Hotel im Zentrum bekommt und in ein atemberaubend häßliches »Romantic-Hotel« in einem aus dem Boden gestampften Industriegebiet am Stadtrand ausweichen muß: trösten einen dann der bequeme Parkplatz und die Whirlpoolwanne über den endlosen Weg zu den Sehenswürdigkeiten der Altstadt? Der »Romantic-Hotel«-Mensch an der Rezeption schwört, ohne zu erröten, daß man auf den sechsspurigen Entlastungstangenten und Zubringerspangen nur eine Viertelstunde zum Parkhaus der Innenstadt braucht, wenn man sich nicht verfährt.

Der Direktor tippte auf seine geschmacklose und sicherlich sehr teure Armbanduhr – auch dies eine *limited edition*, nehme ich an. Eine Minute hatte ich noch, in der ich mit überdrehter Ironie von den neuen Gemeinschaftsgefühlen und zwischenmenschlichen Hilfeleistungen schwärmte und den Zuhörern ausmalte, wie paradiesisch, zumindest kommunikationsfördernd es sei, in der Peripherie fremde Menschen, die sich irgendwann auch hier angesiedelt haben würden, nach dem Weg in die Stadt oder nach der Bushaltestelle zu fragen, und die dann, erlöst von der Einsamkeit in ihren Autos, freundlich sagen würden: Vergessen Sie den Bus, steigen Sie ein, fahren Sie mit!

Mit diesen Worten machte ich Schluß. Nach mir würdigte ein Architekturprofessor den Bau. Wie zu erwarten, pries er dessen Transparenz und sprach von der Chance, die der weite Raum der Peripherie den Architekten gäbe, von der Kreativität, die sich hier entfalten könne, von den Zwängen, denen die Architekten in den Innenstädten unterworfen seien. Dann Sekt und Schnittchen – nicht einmal lappig. Der Direktor winkte mich in sein Gemach. Die Chinesin war doch da, sie hatte das Telefon bewacht und überreichte mir meinen Scheck – und noch mal eine Krawatte in der grotesken Sargschachtel – *limited edition*. Ich protestierte. Doch sie drückte mir die Gabe fest in die Hand und sagte: »ebay«. Und aus ihrem chinesischen Mund klangen die Silben wie eine uralte konfuzianische Lebensweisheit.

Dann wurden Taxis gerufen. Nicht genügend, oder es fanden nicht alle das Ziel. Gedränge an den vorfahrenden Autos. Auch das ein Vorteil der Peripherie: In der Ödnis rückt man zusammen. Ich stieg zusammen mit der Chinesin in ein freies Taxi. Leider fragten der dritte Bürgermeister, der Präsident des Golfclubs und der Krawattendirektor, ob sie mitfahren könnten. Nur der Inhabersproß fand keinen Platz mehr. »Sie heißen Vergil, stimmt's«, sagte ich zum Fahrer. Ein Schwarzer. Er nickte geduldig: »Wohin? Zur Hölle?«

Glück gehabt

oder Die Nacht mit der Powerfrau

Ein ganzes Wochenende lang hatte ich mit Leuten von einer großen und bekannten Bank zu tun. Die Westdeutsche Bank gilt als arrogant und aggressiv, sie wollte ein neues Image und einen neuen Slogan haben. Der Vorstand hatte drei Werbeagenturen beauftragt, eine Kampagne zu konzipieren. Die Bank wollte frisch und munter dastehen. Sie hatte Frühlingsgelüste.

Ein Herr aus dem Vorstand war ein Skeptiker. Er hatte mir einen längeren, erstaunlich zutraulichen Brief geschrieben, in dem er mir verriet, auch Banker läsen Bücher. Sie gingen sogar zu Autorenlesungen. Er sei vor einiger Zeit bei einer Lesung von mir gewesen und habe vor allem an den Passagen Gefallen gefunden, in denen mein Romanheld den abgestumpften Geschäftsleuten eins über die Rübe gebe. Den Typus des fiesen Finanzhais hätte ich »herrlich gnadenlos« getroffen, schrieb der Banker. »Mit besten Insiderdetails. Hut ab!«

Den beauftragten Werbeagenturen traue er, ehrlich gesagt, wenig zu, schrieb er mir, er lade mich daher ein, mir einen frischen und flotten Spruch auszudenken und ihn vorzutragen, wenn die Werbeagenturen ihre Slogans und Kampagnen präsentierten. Er glaube, daß nur Reibung gute

Ideen erzeuge. Die Werbeagenturen seien alle schon viel zu glatt. Falls ich sein Ansinnen als unzumutbar betrachte, könne er das verstehen und bäte um Entschuldigung. Sollte ich mich aber zu einer Zuarbeit aufraffen können, würde er sich freuen. Noch mehr, wenn ich als Außenseiter die Werbeheinis aussteche. Er könne mir Zehntausend für meinen Vorschlag zahlen. Sollte sein Haus an meinem Slogan Gefallen finden, werde die Bank mir ein angemessenes Angebot machen, um die Nutzungsrechte zu erwerben.

Schon sah ich meine Zukunft inklusive Lebensabend gesichert, antwortete aber reserviert, um mein Gesicht als kritischer Geist zu wahren. Als scharfzüngiger Autor müsse ich mir sehr gut überlegen, ob ich meinen Ruf und meine Unabhängigkeit mit einem solchen Job nicht leichtfertig aufs Spiel setze, schrieb ich und bat um Bedenkzeit, obwohl es nichts zu bedenken gab, sondern nur ein flotter Slogan erdacht werden mußte, der mich endlich aller finanziellen Sorgen entheben würde. Denn mit Romanen ist nicht mehr viel Geld zu verdienen, wenn man kein Ire, Balte, Italiener, Skandinavier, Holländer, Türke, Nord- oder Südamerikaner ist, deren Bücher in unserem aufgeschlossenen Deutschland mehr Interesse wecken als die heimischer Autoren. Nicht nur die deutschen Banken, auch die deutsche Literatur bräuchte ein neues Image.

Von nun an spukten ausschließlich kecke Sprüche für die Bank in meinem Kopf herum und blockierten meine anderen Schreibarbeiten. Zudem benebelte mich die Vorstellung, daß unter den Werbeagenturleuten ein paar bildschöne Frauen sein würden, die die Nase von ihren Werbeagenturkollegen voll hätten und sich nach einem Liebhaber sehnten, mit dem die Liebe nicht werbespotmäßig glatt dahinplätscherte, mit dem noch Reibung und Hitze entstünden. Ein Werbeschnösel würde ihnen eine solche Liebe niemals bieten können. Nur ein Dichter. Ich würde also bei meinem Banksloganpräsentationswochenende nicht nur ein hübsches Sümmchen verdienen, sondern auch die Frau des Lebens finden, nach der ich seit über einem Jahr Ausschau hielt – seitdem die meine gegangen war, nachdem es im Leben mit mir nicht mehr genügend Reibungshitze gab. Denn ein Mensch, der vom Schreiben, also vom Sprücheklopfen lebt, ist im Alltag oft ein Langweiler.

In dem Frankfurter Nobelhotel, in dem wir tagen und zweimal nächtigen würden, wurde ich gleich bei der Begrüßung mit der Tatsache konfrontiert, daß ausgerechnet im Zentrum einer Branche, in der Hunderttausende von Dollars für Fotos von wild sich rekelnden Schmollmund-Mädchen an Südseestränden ausgegeben werden, Wesen tätig sind, die an zahme Suppenhühner erinnern. Unter den farblos verbiesterten Frauen der Werbeagenturen befand sich die Frau meiner Träume nicht. Obendrein waren die Werbe-Weibchen und -Männchen unzugänglich irgendwelchen Witzen ihrem Gewerbe gegenüber. Das haben die gemeinsam mit den bildenden Künstlern. Selbst in Gewerkschaften und politischen Parteien ist die Fähigkeit zur Selbstironie ausgeprägter als bei den sogenannten Kreativen.

Die Werbeleute entnahmen ihren Mappen Folien und legten sie mit der Behutsamkeit von Insektensammlern auf die Glasplatte des Overheadprojektors. Offenbar glaubten sie, die nüchternen Banker am ehesten mit altmodisch-nüchternen Grafiken beeindrucken zu können, wenn es darum ging, ihre Werbestrategie optisch zu erläutern. Die

Powerpoint-Präsentation mittels Laptop und Beamer galt hier aber als ordinärer Firlefanz. Auf den Grafiken waren meistens Dreiecke zu sehen, die an ihren Spitzen mit den Worten »Kunde« – »Bank« – »Motivation« beschriftet waren. Dazu ein paar Pfeile von einem Wort zum andern. Manchmal war die Reihenfolge auch Bank – Motivation – Kunde.

Und dann war er da, der Höhepunkt der Präsentation: Einer der Werbemenschen sagte erstaunlich hölzern und eingelernt: »Und wie können wir nun verhindern, daß sich der Kunde einer anderen Bank zuwendet?« Als könne er diesem Satz nur so den nötigen Nachdruck verleihen und ihn als Frage kennzeichnen, legte er zur Illustration ein großes Fragezeichen auf den Projektor – ein Menetekel, das auch während der Kaffeepause noch dreimetergroß an der Leinwand des Sitzungssaals schwebte und keinen der Bankmenschen auf die Idee brachte, ihren seltsamen Beruf, den Aktienmarkt, die Kreditpolitik – oder wenigstens diese Veranstaltung in Frage zu stellen.

Die fünf, sechs Banker verzogen keine Miene. Sie lächelten nur in den Pausen, wenn sie unter sich siegesgewiß von Dollar, Yen und Euro tuschelten. Besonders erheiterte sie, daß der Schweizer Franken so gut wie tot sei. Dann ließen sie sich weiter mit abweisenden Gesichtern von den Werbeleuten die Ideen zu einem neuen Image ihrer Bank erläutern, lasen zwischendurch Zeitung und betrachteten mißmutig den zuckenden roten Leuchtpunkt, mit dem die Vortragenden auf der Projektionsleinwand zwischen den Worten *Bank* und *Kunde* hin und her deuteten.

Die Komik der Darbietung war den Bankleuten nicht bewußt, denn sie arbeiteten ja mit den gleichen Methoden.

Wenn sie ihren Großkunden die Vorteile irgendwelcher günstiger Kapitalanlagen oder noch günstigerer Kredite erläuterten, benutzten sie ebenfalls Overheadprojektoren und Folien mit ähnlichen Grafiken. Und auch diese Großkunden waren stumpf. Sie brachen nicht in Gelächter aus, wenn am unteren Rand der an die Wand geworfenen Tortenstücke und Zickzacklinien seltsame Kürzel auf die Herkunft der Grafik verwiesen: Helaba, Baylaba – das klang doch nach Ballaballa und Simsalabim, aber es meinte Hessische oder Bayerische Landesbank.

Mal vier, mal fünf Banker ließen sich im Sitzungssaal des Hotels, in dem wir alle auch wohnten, mit undurchschaubaren Gesichtern von den Werbeleuten die Ideen zu einem neuen Image erläutern. Der Mensch, der mich eingeladen hatte, war verhindert, und ich sah meine Chancen schwinden. Ich hatte die falschen Vorstellungen von aparten und eroberungswerten Werbefrauen gehabt, und als genauso irre würde sich meine Hoffnung erweisen, die Bank könne mit meinem Slogan etwas anfangen und ihn mir abkaufen.

Unter den Bankleuten war eine Frau. Ich machte mir absolut nichts aus ihr, schon weil meine eigene verschwundene Frau solche Frauen immer als »gutaussehend« bezeichnet hatte. Mir war ihre Stirn zu klar, das Haar zu hell und gekämmt, die Nase zu edel und der Blick zu sicher. Nichts an ihr machte mich an. Alle Phantasien blieben tot. Solche Frauen wünschen sich Mütter als Schwiegertöchter. Ich hasse allein Blazer schon zu abgrundtief, als daß auch nur die Spur eines erotischen Funkens ein Knistern in mir hätte auslösen können. Ich mag Frauen nicht, die unentwegt wissen, was sie wollen.

Mein Vorschlag, den ich nun ohne die Hilfe von Overheadprojektoren und Fragezeichen an der Wand erläuterte, lautete »Glück gehabt!« Dazu der Namen der Bank. »Glück gehabt! Westdeutsche Bank.« Immer verschiedene Riesenplakatfotos. Ein ansehnliches Paar läßt sich am Schalter Geld auszahlen, unterschreibt einen Kreditvertrag oder wirft nur einen beruhigten Blick auf den Kontoauszug. »Glück gehabt!« Gute Slogans sind austauschbar. Völlig egal, ob es um Eiscreme oder Magenbitter, Zigaretten oder Bekleidungshäuser, Banken oder Bücher geht. Würden die Verlage mehr Geld für Werbung als zum Abfüttern von Branchenschnorrern auf der Buchmesse ausgeben, hätte ich gern den Slogan »Glück gehabt!« für meine Bücher gehabt: Was für ein Spot: Bezaubernde Frau, die am Samstagabend kurz vor Ladenschluß in der Buchhandlung das letzte Exemplar meines neuen Romans erwischt – Glück gehabt! Das Wochenende ist gerettet. Oder: Verehrer bringt noch bezaubernderer Frau meinen neuen Roman statt Blumen mit. Glück gehabt! Jetzt weiß sie, daß er Geschmack hat. Variante: Sie ist schon im Besitz des Romans, trotzdem haben sie und er Glück gehabt, denn jetzt hat sie ein Geschenk für ihre Freundin.

Weil ich nicht als professioneller Werbemensch, als subalterner Lieferant von Ideen hier war, sondern als hinzugeladener Schriftsteller quasi eine Art Sonderrecht genoß, lasen die Bankmenschen bei meinen Ausführungen nicht demonstrativ Zeitung, sondern versuchten höflich, Interesse zu heucheln, während die farb- und formlosen Werbefrauen mich besonders giftig musterten, weil ich mich als Dilettant in ihrem Terrain tummelte. Die Blazerfrau, die ihre Interesselosigkeit an einem frischen Image für ihre Bank besonders penetrant zur Schau stellte, tat so, als höre sie mir zu, und spielte mit ihrem Zweihundertfünfzig-markkugelschreiber, was sie mir auch nicht näher brachte.

Eine Entscheidung, ob einer der Slogans genommen werde – und wenn, dann welcher, würde uns schriftlich zukommen, sagten die Banker. Der Scheck wurde mir allerdings sofort ausgehändigt. Für zwei Worte hatte ich noch nie zehntausend Mark kassiert.

Am Sonntagabend um sechs war die Präsentation beendet, um acht luden die Banker zu einem Abschlußessen. Ich saß neben der Blazerfrau, bemühte mich, nicht abweisend zu ihr zu sein, und merkte, daß meine Reserviertheit bei ihr gut ankam. Sie mußte schwänzelnde Männer gewöhnt sein. Ich fragte sie, wie das so sei, als einzige Frau in einem klassischen Männergeldmachereiverein, aber sie sagte nur: »Kein Thema!«

Kein Thema – das wäre auch ein Slogan. Ich hatte diese beiden Worte in letzter Zeit mehrfach gehört und nahm mir sofort vor, eine Sprachglosse darüber zu schreiben. Auf der Fahrt nach Frankfurt hatte ich im Zug einen einsamen Handymann rhetorisch gefragt, ob in seinem Abteil noch Platz wäre. »Kein Thema!« war seine Antwort und mit einer unfreundlichen Geste deutete er auf die leeren Sitze, griff zu seinem mobilen Spielzeugtelefon, tupfte eine Nummer und benutzte in einer kurzen Anweisung an seine Sekretärin namens Amelie fünfmal den Ausdruck »Kein Thema!« Ich hielt ihn nicht mehr aus, nahm meine Tasche und sagte: »Ich verlasse Sie!« – »Kein Thema!« sagte er. Ich hatte die Nase voll von den Ersteklassegestalten und setzte mich in die zweite Klasse. Normalerweise machen die Zugschaffner einen aufmerksam, wenn man mit einem Ersteklassefahrschein in der zweiten Klasse sitzt. Der Schaffner fixierte mich kurz, billigte meinen Snobismus und sagte: »Kein Thema!« Als ich beim beengten Aussteigen in Frankfurt meine Tasche einer jungen Frau auf den Fuß stellte und mich entschuldigte, hörte ich es auch von ihr: »Kein Thema!«

Da die Blazerfrau von sich nichts erzählen wollte, zwang ich sie mit ein paar Andeutungen zum Nachfragen über meine Bücher und erzählte ihr dann ziemlich detailliert die Lieblingsliebesszenen aus meinen Romanen. Sie hörte teilnahmslos zu, auch bei den Testworten »Ficken« und »Fotze« zuckte sie nicht. Als der Nachtisch kam, ging mir der Stoff aus. Sie schwieg, es war ziemlich still geworden, und ich fragte mich, ob sie mich für ein Schwein, einen Maulhelden, einen Anbaggerer oder einen durchgedrehten Dichter hielt. Beim Espresso sagte sie plötzlich: »Ich habe letzte Nacht von Ihnen geträumt.«

Sie sagte es ungeschickt, aber eindeutig. Es war völlig klar, daß sie nicht von mir geträumt hatte. Ihr schneidender Hamburger Akzent ließ die Verlautbarung nicht gerade verführerisch klingen.

»Und?« fragte ich.

Sie bewegte die Schultern. »Es war ziemlich gut«, sagte sie ohne falsche oder echte Glut, ohne falsche oder echte Verlegenheit, ohne Anzüglichkeit, ohne jede Regung. Sie versuchte nicht einmal sexy zu sein, oder sie konnte es nicht. Sie war wohl sicher, es zu sein. Ich vermißte den klassischen eindeutig zweideutigen Blick, der diesen Satz begleiten muß, den Blick, in dessen Hintergrund ein bißchen um Verständnis dafür gebeten wird, daß einem in der Eile kein originelleres Annäherungssignal eingefallen ist als diese uralte Hemmschwellenbeseitigungslosung, deren

Wahrheitsgehalt so schön unüberprüfbar ist. »Ich habe von Ihnen geträumt!« Das war so lustlos aus ihr herausgekommen, als hätte sie den Satz aus einem Ratgeber für Anmache gelernt und wisse gar nicht, was er bedeutet: Tut mir leid, ich kann nichts dafür, ich will Ihnen nicht zu nahe treten, möchte Sie aber doch darüber in Kenntnis setzen, daß sich mein wollüstiges Unterbewußtsein offenbar danach sehnt, mein Körper möge sich mit dem Ihren in einem Bett wälzen.

Auch ich hatte diesen Satz bei manchen Verführungsversuchen schon eingesetzt, aber nicht gleich unvermittelt beim Start, sondern mehr als letztes deutliches Mittel, wenn dezentere Hinweise auf mein Ziel nicht geholfen hatten. Plötzlich fand ich an dem gänzlichen Fehlen jeder erotischer Raffinesse einen seltsamen Gefallen. Ich konnte nicht verhindern, daß mich die unverhofften und stümperhaften Lockrufe der Blazerbankfrau reizten. Meine schwelende Antipathie verwandelte sich in hitzige Lust. Ich hätte gern streng und verächtlich reagiert und zum Beispiel gesagt: »Schade, daß man sich solche Träume nicht verbitten kann!« Statt dessen packte ich ihr Handgelenk, sagte »Dann tun wir's!« und stand auf.

Sie wollte in ihr Zimmer. »Ich hasse Blazer«, sagte ich, als wir allein im Lift standen. Dann griff ich mit beiden Händen rechts und links ihr Revers und riß die Jacke auf. Zwei der drei Goldknöpfe platzten ab und fielen zu Boden. Endlich öffneten sich ihre Lippen einen Spalt, und ich wußte, daß es ihr gefiel.

Derart zur Sache zu gehen ist nicht meine Spezialität. Offen gestanden habe ich noch nie einer Frau den Blazer aufgerissen. Schon weil ich Frauen mit Blazern meide. Man kennt es aus Filmen, wie leidenschaftliche Männer leidenschaftlichen Frauen die Kleider vom Leib reißen. Ich war einerseits froh, daß mein Entkleidungsbeginn eindrucksvoll gelungen war, andererseits war ich in Sorge, ob und wie ich die mir unvertraute Grobheit weiterführen sollte, die sie von mir zu erwarten schien. Man ist nicht immer ein Meister im Bett.

Es ging besser, als ich dachte. Denn es gefiel mir, daß sie mir noch immer nicht gefiel, daß sie mir fremd war, daß ich sie nicht liebte, daß ich nicht einmal ihren Namen kannte und ihn auch nicht kennen wollte. Die Distanz zu ihr machte mich ausdauernd und einfallsreich. Sie schien auf ihre Kosten zu kommen – oder spielte mir das sehr glaubhaft vor. Es schmeichelte mir, ein brauchbarer Liebhaber zu sein, ich ärgerte mich über meinen dummen Stolz, wurde mir selbst fremd, und auch das gefiel mir. Ihre Ekstase war verhalten, konzentriert, schien aber echt zu sein. »Du verwöhnst mich«, sagte sie und schlief ein.

Nachts wollte ich dann doch wissen, mit wem ich es zu tun hatte. Sie war verheiratet. Die Art, wie sie abfällig von ihrem ständig müden Mann und seinen schütteren Haaren sprach, war mir nicht angenehm. Wäre ich in sie verliebt gewesen, hätte ich mich jetzt als triumphierender Sieger gefühlt, so aber wollte ich nicht auf Kosten von Schwächeren gelobt werden. Es ist nicht mein Verdienst, daß meine Haare dicht sind. Ich wechselte das Thema und kam auf die Werbefrauen zu sprechen, die ich mir so hübsch vorgestellt hatte. Es gefiel ihr, wie ich sie beschrieb. Ich hatte etwas mehr Solidarität mit ihren Geschlechtsgenossinnen erwartet, erschrak über ihre Zustimmung, und ich hörte sofort auf, mich über deren Schnittlauchhaare und Ofenrohrbeine zu mokieren.

Sie hatte in Frankreich und Amerika Betriebswirtschaft studiert und war von einer unvorstellbaren Gedankenlosigkeit. Feminismus war für sie Geschwätz. Frauen müssen etwas tun, nicht reden, sagte sie. Sie redete nur in Floskeln. »Ich bin eine Powerfrau«, sagte sie ohne jede Selbstironie und wollte noch einmal verwöhnt werden. Ich war dumm – und auch gemein und lüstern genug, mir und ihr den Gefallen noch einmal zu tun. Wenn ich schon an eine waschechte Powerfrau geraten war, mußte ich die Gelegenheit ausnützen, an der Quelle Erfahrungen zu sammeln. Denn das Bild der Powerfrau, das in verfilmten Frauenbestsellern verbreitet wird, ist von primitivster Positivität.

»In einer von Männern dominierten Welt kämpft sie für Gerechtigkeit und Liebe.« – So oder so ähnlich heißt es immer von den Fernsehserienheldinnen, die als Journalistinnen, Ärztinnen, Anwältinnen, Gutsherrinnen, PR-Agenturinhaberinnen oder eben Bankerinnen mit oder ohne Blazer, aber mit vollem Schwung die Welt verbessern. Die Beschwörung der »noch immer von Männern dominierten Welt« ist vor allem eines: politisch hundertfünfzigprozentig korrekt. Keine Aussage ist wohlfeiler. Daß auf dieser Welt noch immer alles von den verdammten Männern ruiniert wird, ist eine maßlos mehrheitsfähige Meinung, sie könnte so hübsch formuliert vermutlich sogar in der »Bildzeitung« stehen und würde von fünf Millionen biertrinkenden männlichen Lesern goutiert und vielleicht sogar beifällig beklagt werden.

Meine leibhaftige, jetzt blazerlose Bankpowerfrau ließ sich auf die Reflexionen nicht ein, mit denen ich sie aus der Reserve locken wollte. Sie war auf exquisiten Schulen und

Universitäten gewesen. Sie betonte das, als würde sie sich bei mir um eine Stelle bewerben. Immerhin sagte sie nichts von den exquisiten Examen, die sie dort sicherlich gemacht hatte und die ihr nie Zeit und Gelegenheit gegeben hatten, sich und die Welt in Frage zu stellen. Sie würde wohl auch nie mehr dazu kommen. Sie war vor lauter Powern und Einstecken von Schlägen so unempfindlich geworden wie ein Corpsstudent. Nur ein Karriereknick könnte vielleicht noch Zweifel am Sinn des Ganzen auslösen und sie zu ein paar Gedanken über die Geschlechter und die Rollenklischees anregen. Sie schlief nach der zweiten Verwöhnung wieder rasch ein wie ein befriedigter Mann, und in meinem Kopf sammelten sich ganz von selbst die ersten Beobachtungen für einen Essay, um den ich ziemlich sicher irgendwann von irgendeiner besseren Frauenzeitschrift gebeten werden würde, deren Redaktion es in den Sinn gekommen war, einen männlichen Gastautor über den neuesten Stand der Dinge in Sachen Emanzipation und Gleichberechtigung ein paar Spalten schreiben zu lassen.

Reumütige Männer haben als Song- und Drehbuchschreiber in büßerischen Schüben selbst dazu beigetragen, die eigenen Artgenossen als Grobiane, Flaschen, Feiglinge, Lügner und Zerstörer darzustellen. Dementsprechend erscheint die Frau auf der Höhe ihrer Zeit als die vitale Rächerin mit Handy, die Fäden in der Hand, und alle Sympathien auf ihrer Seite, ehrlich und direkt, taff und sexy. Sie vereint immer Herz und Hirn, hat immer Grips und Busen und Charme, vor allem ein unerschöpfliches Reservoir an Power. Drei bis vier Kinder und berufliche Karriere kriegt die Powerfrau auf die Reihe, dazu eine Scheidung und zwei neue Liebschaften und vielleicht noch ein bißchen ökologisches oder soziales Engagement als Dreingabe.

Powerfrauen sehen so aus wie die Bankerin in diesem Hotelbett. In der Freizeit trägt sie Jeans, aber an diesem Wochenende war Arbeit angesagt gewesen. Also Rock und Blazer. Gegenspieler der Powerfrau sind Dutzende von unterdrückungsbereiten männlichen Kollegen um sie herum, die sie in die Knie zwingen wollen – vergeblich. Ihr Ehemann ist eher ein Waschlappen. Ab und zu leistet sie sich einen Lover. So wie heute mich.

Als wolle meine leibhaftige Bankfrau die Klischees bestätigen, fing sie nun herbe zu schnarchen an. Die powernde Frau kriegt in der Regel am Ende ihres heldenhaften Kampfes ums Dasein, um Liebe und Gerechtigkeit, um Kinder und Karriere ein Vorzugsexemplar des neuen Mannes, der zart und hart zugleich zu sein hat – und natürlich Besitzer eines Jeansreklameoberkörpers mit eingebautem Waschbrettbauch.

Natürlich hatte der Ehemann meiner Bankerin einen Schmerbauch. Das war an dem beifälligen Blick zu erkennen, den sie auf meine Rippen geheftet hatte. Ist man einigermaßen schlank, fallen die Frauen sofort auf einen herein, wie man ja auch selbst immer wieder auf gelungene Hintern und Busen junger Frauen hereinfällt. Es war nun halb drei, ich weckte die Bankerin mit ein paar routinierten Zärtlichkeiten und fragte: »Bist du auch ein böses Mädchen?«

»Und ob«, sagte die Bankerin zufrieden, »du kannst dir nicht vorstellen, wie böse ich bin.« Sie kraulte mich kurz und schlief wieder ein. Und mir war klar, daß der neue Frauentypus, der sich selbstzufrieden als »böse« lobt und sich damit einredet, ein bißchen raubkatzenartig gefährlich und satanisch, ein bißchen männerfeindlich zu sein, im Grunde ganz besonders leistungsbewußt und angepaßt ist. Frauen, die vom Bösesein träumen, sind ziemlich brave Mädchen. Böse sind sie in einem anderen Sinn: Weil sie selbst die echtesten Liebesschwüre von Männern so lange als unwahrhaftig bezeichnen, bis sie tatsächlich keine echten Gefühle mehr enthalten – dann sagen sie:»Siehst du!«.

Von mir würde meine neben mir schnarchende westdeutsche Powerbankerin allerdings keine Liebesschwüre zu hören kriegen. Um dreiviertel sechs wurde sie wach, und ich stellte mich schlafend. Sie verschwand im Bad, duschte kurz und heftig und versuchte dann, mit dem Nähzeug, das wie immer in besseren Hotels in einem kleinen Briefchen den Gästen zur Verfügung steht, die beiden abgerissenen Knöpfe an ihren Blazer zu nähen. Es gelang ihr nicht, sie rief den Zimmerservice an, leise, um mich nicht zu wecken, und bat um Hilfe.

Ich konnte mir vorstellen, wie sie heute abend um zehn aus ihrer westdeutschen Powerbank kommen würde. Drei Sitzungen am Nachmittag haben sie wieder mal mit Infos und Arbeit abgefüllt. Ihr Schmerbauchmann ist vielleicht Arzt und Gesundheitsreformopfer. Er hat nur noch einen mageren Dritteljob und schmeißt etwas kraftlos den Haushalt. Heute hat er vergessen, ihr Lieblingsbier »Powerlight« zu besorgen. »Verdammt, nicht einmal einkaufen kannst du!« faucht die Powerfrau verächtlich wie ein Kerl, knöpft den Blazer auf, streift die Stöckel ab, greift zum Fernsehfernbedienungsteil und kann sich der Zustimmung der Gesellschaft sicher sein. Sie denkt kurz an die letzte Hotelzimmernacht mit diesem Schriftsteller, den ihre Bank zur Präsentation einer neuen Werbekampagne eingeladen hatte, gähnt dann und geht zu Bett.

Ich war gespannt, ob sie sich ohne mich zu wecken, aus dem Zimmer stehlen würde, wie diese Männer, die die Luxusnutte schlafen lassen, wenn sie wieder in die Welt hinaus ziehen. Ich atmete tief und echt und schloß die Augen, so gut und glaubwürdig es ging. Sie malte sich die Lippen an und beobachtete mich dabei im Garderobenspiegel. Überraschenderweise setzte sie sich dann mitsamt ihrem von dem pakistanischen Zimmermädchen frisch restaurierten Blazer auf die Bettkante, und ich fragte mich, ob sie merkte, daß ich nicht schlief.

»Sieht man sich wieder?« fragte sie.

»Kein Thema«, sagte ich mit geschlossenen Augen. Sie nahm eine Visitenkarte, legte sie auf den Nachttisch. Ich war froh, daß sie mir nicht zärtlich durch die Haare fuhr. Sie blieb sich treu und ging, ohne sich umzudrehen.

Der Banker, der mich eingeladen hatte, schrieb mir wenig später einen Brief und bedauerte, verhindert gewesen zu sein. Seine Vorstandskollegen hätten meinen Slogan abgelehnt. »Glück gehabt« ginge nicht. Glück sei ein zu wankelmütiger Begriff für das Image einer Bank, die ja Beständigkeit und Zuverlässigkeit ausstrahlen will. Nur die Dame aus der Führungsriege habe meinem Vorschlag etwas abgewinnen können. Er solle mich von ihr grüßen.

Ich suchte die Visitenkarte. Die Powerfrau. Vielleicht war sie mir nur in einem systemfeindlichen Anfall als stumpf und geistlos erschienen? Ich sollte das Urteil überprüfen.

La Donna è mobile

oder Die Vorteile der Unbeweglichkeit

Man hatte mich gewarnt: Laß dich nicht mit einer Sizilianerin ein. Du bist ihr nie und nimmer gewachsen, zumindest nicht länger als ein Vierteljahr. Immerhin ging das Zusammenleben ein halbes Jahr gut. Fast schon ein Sieg also.

Natürlich kam der Ausbruch des Vulkans nicht ohne Vorwarnung. Ihr Blick war immer häufiger immer düsterer geworden. Doch stand ihr dieser Blick so gut, daß ich ihn für ein Zeichen südländischer Liebesglut hielt oder halten wollte. Zwar krachte es ab und an, aber wo kracht es nicht.

Dann aber ging ich eines Abends kurz vor Ladenschluß Kaffee und Zigaretten kaufen, in bester Laune, denn ich war mitten in einem Romankapitel, und es sah so aus, als würde ich in der Ruhe der Nacht damit fertig werden. Als ich nach Hause kam, war die Wohnungstür von innen verschlossen. Nachdem ich eine Weile mit zunehmender Besorgnis geklopft und geklingelt hatte, wurde die Tür von innen aufgerissen. Sie erschien, stemmte die Fäuste in die Taille, und ich erlebte einen so astreinen süditalienischen Wutanfall, daß ich weniger schockiert als fasziniert war. Es tut mir leid, Frauen, die zu Furien werden, erheitern mich. Auch wenn ihre Wut gegen mich gerichtet ist, ich nehme diese Art der Ekstase nicht ernst. Ich kann in solchen Fällen ein Lächeln nicht ganz verbergen, was eine rasende Frau verständlicherweise noch rasender macht und unter Umständen handgreiflich werden läßt.

Sie schrie mich in ihrem wüsten sizilianischen Dialekt an, das Treppenhaus hallte, ich verstand fast nichts. Dann warf sie die Tür zu, und ich nahm mir vor, nach drei Minuten noch einmal zu klopfen und sie bescheiden zu bitten, mir meinen Laptop zu geben. Schließlich war ich mitten in der Arbeit, und ich arbeite nicht aus Spaß, sondern um das Geld zu verdienen, von dem nicht zuletzt die Sizilianerin lebt. Ganz offenbar ging ich ihr extrem auf die Nerven. Am besten, ich würde die Nacht bei Freunden verbringen und dort mein Schreibpensum erledigen.

Doch sie öffnete die Tür von selbst einmal, um mir in dialektfreiem Normalitalienisch mitzuteilen, daß ich zur Hölle gehen solle und sie mich nie wieder zu sehen wünsche. Es hatte keinen Sinn, ihre Erklärung jetzt mit meiner Bitte um den Laptop zu unterbrechen. So wie sie in Fahrt war, hätte sie ihn geholt, um ihn mir dann mit beiden Händen vor die Füße oder ins Treppenhaus zu schmettern, denn der Laptop war ihr Rivale. Er war schuld, daß ich nicht so oft mit ihr ausging, wie sie wollte, er war schuld, daß ich oft nicht zu ihr ins Bett kam, weil ich noch etwas tippen mußte. Sie hatte mir schon einmal gesagt, daß es ihr lieber wäre, wenn ich ein heimliches Verhältnis mit einer harmlosen Schweizerin hätte, von der sie nichts wisse, als sie vor ihren Augen offen mit dem verdammten Laptop zu betrügen. Wieder knallte sie die Tür zu. Und noch einmal riß sie sie auf. Mit einer verächtlichen Miene, für die sie einen Schauspielpreis verdient hätte, suchte sie nach einem Schimpfwort für mich und fand es: poltrone!

Poltrone – was sollte das heißen? Bibliotheken und Buchhandlungen waren schon geschlossen, daher begab mich in ein Internetcafé – der ideale Ort, wenn man nicht in seine Wohnung kommt, egal ob man den Schlüssel nicht bei sich hat oder von seiner wilden Frau oder Gefährtin hinausgeworfen wurde. Ort der Einkehr und Besinnung. Behaglich rauchend und trinkend, kann man hier ungestört seine Streifzüge machen und friedlich Antworten auf die Fragen des feindlichen Lebens suchen.

Nach zwei Stunden hätte ich einen etymologischen Fachvortrag halten können. Ich war außerhalb Italiens vermutlich der Mensch, der am umfassendsten über die Bedeutung und die Ursprünge dieses Wortes Bescheid wußte, das mir meine Sizilianerin im Zorn mit auf den Weg gegeben hatte. *La poltrona* heißt der Sessel, nicht die geläufigste Bezeichnung allerdings. *Le poltrone* (Plural) werden die nicht immer sehr sesselhaften Stühle in der Oper genannt, *poltronissime* die ersten gepolsterten Reihen, *poltroncine* die weniger bequemen Seitensitze. *Un poltrone* hingegen ist ein spezielles, aus der Mode geratenes Schimpfwort. Da es eindeutig von dem Sitzmöbel abgeleitet ist, hat man unter einem *poltrone* heute einen Menschen zu verstehen, der seinen Hintern nicht hochkriegt. Sie hatte mir damit offenbar sagen wollen, daß sie mich, weil ich nicht ständig mit ihr zum Tanzen und zum Essen gehen wollte, für einen spießigen Stubenhocker, einen Pantoffelhelden, ein Weichei hielt, für eine faule Sau, einen trägen Sack, einen Scheißkerl und Lahmarsch, für einen Sesselfurzer, wie man armselige Schreibstubenkreaturen ungalanterweise auch nennt.

Poltrone – das altmodische Schimpfwort kommt vor

allem in der italienischen Oper und Komödie des 18. und 19. Jahrhunderts vor. Somit paßte es ideal zu dem bühnenreifen Auftritt meiner Sizilianerin. Bei Rossini wird so mancher blöde Landsknecht in einem Atemzug als Kanaille und *Poltrone* beschimpft, was meist mit Memme und Angsthase übersetzt wird, bei Goldoni nennt die aufmüpfige Magd ihren Herrn hinter dessen Rücken einen *Poltrone* und meint damit so etwas wie einen degenerierten Faulenzer.

Im Salon von Verdis »La Traviata« stehen neben üppigen Sofas jede Menge bequeme *poltrone* (Plural) für die wartenden Liebhaber herum, in Puccinis »La Boheme« werden *poltrone* zerlegt und ihr Holz wird verheizt, um die bittere Kälte im Mansardenzimmer zu vertreiben.

Nachts, beziehungsweise morgens um drei Uhr war ich im 16. Jahrhundert angelangt, bei Dichtern, die ich entweder vergessen oder von denen ich noch nie oder schon lange nichts mehr gehört hatte. Pietro Aretino und Francesco Berni. Berni gefiel mir besonders. Er sprach von *poltroneria* und meinte damit so etwas wie Herumlümmelei. Das sei zwar dekadent, aber besser als unsinniges Heldentum. Berni war mein Mann. Der hohe elegische Ton des berühmten und gefeierten Kollegen Petrarca war ihm auf den Keks gegangen. Wenn ich ihn nachts am Bildschirm mit fast 500 Jahren Verspätung richtig verstand, war er Gegner einer Literatur, die man gleichsam auf den Knien liest, er schrieb ironisch und war für eine Poesie, die leger gelesen werden konnte. Also der Robert Gernhardt, Erich Kästner, Peter Rühmkorf, Heinrich Heine des 16. Jahrhunderts und gewiß nicht sein Hölderin, Peter Handke oder Durs Grünbein.

Wieder mal eine halbe Nacht vor dem Bildschirm und um

einiges Spezialwissen reicher, aber wenigstens hatte meine Sizilianerin mich dabei nicht aus nächster Nähe gehaßt. Um für die restlichen Stunden der Nacht noch ein Hotel zu nehmen, war ich zu geizig. Das Wetter war gut, und ich spazierte kreuz und quer durch die Stadt. Eine Stunde lang kam ich mir romantisch, jung und ungebunden vor, danach alt und obdachlos. Nach meinen Sprachforschungen und der Lektüre diverser Libretti schwirrten allerlei Opernmelodien in meinem Kopf herum, vor allem das alberne »La donna è mobile« aus Verdis »Rigoletto«. Die deutsche Übersetzung – o wie so trügerisch sind Weiberherzen – war entschieden zu einschichtig. Ich sollte mich an eine moderne Nachdichtung der Arie machen, in der die Frauen als launisch verrückte Möbelstücke besungen werden, die, ständig mit Mobiltelefonen hantierend, ihre Vergnügungssucht als Beweglichkeit preisen und dabei Männer boshaft als unbewegliche Sitzenbleiber verhöhnen. Diese Arie sollte ich singen, wenn ich, das Treppenhaus emporsteigend, zu meiner Sizilianerin zurückkehren würde.

Wohin am Vormittag nach dem Frühstück, wenn die Stunde der Rückkehr noch nicht geschlagen hat und die Zeit nicht vergeht? Nicht schon wieder das Internetcafé. Ein Einrichtungshaus ist ein anderer Zufluchtsort für Verbannte, optimal zum Fortsetzen meiner Studien über die bewegliche Frau und den unbeweglichen Mann, die ich in einem Essay verwerten würde: mobile – immobile – was für ein existentielles Thema, um zwischen Möbeln damit loszulegen. Ich hatte meine Sizilianerin mit ihren Freundinnen schon mehrfach von einem unkonventionellen Einrichtungshaus auf dem Areal einer stillgelegten Brauerei

und von dessen Philosophie tuscheln hören, mit einer Ehr-
furcht, die mir etwas zu hoch gegriffen erschien.

In edlen Läden weiß man, was sich gehört. Man bietet
Bonbons und Espresso an, läßt die Kunden in Ruhe herum-
streunen, läßt sie sogar rauchen, wenn sie rauchen wollen,
und berät sie unaufdringlich: »Falls Sie nicht finden, was
Ihr Herz begehrt, können Sie bei uns Sonderanfertigungen
in Auftrag geben.« Besonders schmeichelhaft der Hinweis,
im Bedarfsfall werde auch die komplette Einrichtung eines
Hauses oder einer Wohnung übernommen.

Dieses Angebot gab mir zu denken: Sah ich so ahnungslos, so unentschlossen aus, so geschmacksunsicher, so bequem, so matt, so unbedarft königlich, so vermögend, als
ob ich die Gestaltung meiner Privatgemächer fremden
Menschen überlassen würde? Wie auch immer, für sol-
vent gehalten zu werden, hebt die Laune. Hätte im übrigen auch mal was, wie ein Gastprofessor in einer fix und
fertig designten Wohnung zu hausen, in der einen keine
Lampe an die Studentenzeit, kein Tisch an die Hochzeit,
kein Aschenbecher an eine Liebschaft, kein Schrank an die
Erbtante, keine Kommode an die Schwiegereltern erinnern
würde. Vielleicht ganz erfrischend, diese Geschichtslosig-
keit, in der einen nichts ablenkt?

Zunächst probierte ich alle möglichen Sessel aus. Dabei
beobachtete ich Frauen, die sich über einen Tisch beugten
und Stoffmuster begutachteten. Ein Anblick wie ein Gemäl-
de von Degas. Ich wurde müde, und eine seltsam konserva-
tive Empfindung suchte mich heim: Es gibt nichts Schöne-
res als Frauen, die Stoffe auswählen, fand ich und wünschte,
meine Sizilianerin wäre bei diesen Frauen dabei.

Ich bewunderte das wohlriechende Feuer in einem riesigen Kamin, der aus einem Beton gefertigt war, der uriger aussah als alte Eichenbalken. Ich amüsierte mich über Kronleuchter aus Papier und über ein buntes Sofa, dem nur die sich rekelnde Marilyn Monroe fehlte. Ich staunte über die erlesene und originelle Modernität und die präzise Verarbeitung von Tischen und Kommoden aus massiven, ökologisch anscheinend unbedenklichen Urwaldhölzern, handgemacht in Brasilien. Zu einem absurd riesigen Tisch aus weißem Marmor ließ ich mir die Geschichte erzählen, die von der Relativität der Unbeweglichkeit handelt und damit zu meinem neuen Lebensthema mobile – immobile paßte: Ein verdächtig reicher Mann, der sich in der ehemaligen Villa des Schahs von Persien in St. Moritz einquartiert hatte und seinen Rolls-Royce abschaffen mußte, weil er mit dem die Bergstraße nicht hochkam, hatte sich den viele Tonnen schweren Tisch bestellt, dessen Anlieferung auf Grund des unmäßigen Gewichts kompliziert war und sich hinauszögerte. Als schließlich zwölf bärenstarke Männer und ein Kranwagen bereitstanden, war der Vogel ausgeflogen, die Villa leer geräumt, und die internationalen Haftbefehle wurden gerade ausgestellt.

Dann liebäugelte ich mit Schreibtischen, an denen ich reihenweise Bestseller tippen würde, bis mir einfiel, daß im Augenblick die Sizilianerin wichtiger war als meine Literatur. Ich sollte ihre Wünsche nach Abwechslung ernst nehmen. Vielleicht wäre es eine Lösung, wenn sie, statt mich aus der Wohnung, meine alten Möbel aus ihrem Zimmer werfen und sich neue kaufen würde. Vielleicht sollte ich ihr das vorschlagen. Hierher sollte sie kommen und Stoffe aussuchen und dabei friedlich aussehen wie von Degas gemalt. Ein Versöhnungseinkauf. Ich würde sie begleiten und auf einem Sofa sitzen und sie von sicherer Entfernung aus beobachten, stolz, der Liebhaber dieser rasanten Frau zu sein, deren Temperament an der rabiaten Art zu erkennen wäre, wie sie die begutachteten Stoffe umschlug. Sie würde meine Offerte schamlos ausnützen und die teuersten Sachen kaufen. Ich würde versuchen, nicht so auszusehen wie ein Schriftsteller, dem langsam klar wird, daß hier eine Rechnung im Entstehen begriffen war, die nur mit den Vorschüssen von zwei Romanen beglichen werden könnte. Bedauerlich, würde ich denken, daß es nur noch diese dummen Kreditkarten gibt und nicht mehr Scheckbücher, die die Männer wild gewordener Käuferinnen lässig aus der Innentasche der Jacke ziehen. Noch bedauerlicher allerdings, daß ich mit meinen Vermögensverhältnissen nicht zu diesen Männern zähle – beziehungsweise zu jenen zähle, die einmal in ihrem Leben wohlhabende Artgenossen imitieren wollen und sich dabei ruinieren.

Als Zeichen für meinen guten Willen kaufte ich einen erschwinglichen, bequemen, dennoch leichten Schalensessel aus Filz, auf dem ich mir meine Sizilianerin gut vorstellen konnte, nahm ihn unter den Arm, schlich vor meine Wohnungstür und stellte ihn dort ab. Andere Männer rennen zum Anwalt, wenn sie aus ihrer Wohnung geworfen werden, ich war in ein Einrichtungshaus gegangen. Das fand ich nobel von mir. Daher legte ich einen Zettel auf den Sessel: *dal poltrone nobile – per la donna mobile.* Dann klingelte ich und rannte schnell die Treppen hinab.

Der verlorene Verstand

oder Die wunderbare Preisverleihung

Jahrelang war ich gut im Geschäft gewesen. Beruf Schriftsteller. Krise gab es nicht! Writer's block? Daß ich nicht
lachte! Wem nichts einfiel vor der leeren Seite, der hatte
seinen Beruf verfehlt! So meine Verkündigungen in Interviews. Manche Journalisten erstarrten ehrfürchtig vor
meiner Professionalität, andere versuchten mich zu einem
Autor dritter Klasse herunterzurezensieren. Neidhammel!
Für sie ist nur Dichter, wer sich vor jedem Satz verzweifelt
die Nägel abbeißt.

Und dann erwischte es mich doch. Die Krankheit sucht
auch den heim, der sich vital für unangreifbar gesund hält.
Die Schwäche, die ich immer verlacht hatte, beschlich mich
unmerklich. Ich wollte sie nicht wahrhaben. Weil ich das un-
tätige Verharren vor dem Papier oder dem Bildschirm stil-
los fand und nicht mit meiner Würde als Autor verbinden
konnte, bearbeitete ich meine Tastatur, wie ich sie immer
bearbeitet hatte. Aber nach drei, vier, fünf Stunden waren
da nicht drei, vier, fünf schöne Seiten, es waren zwölf, drei-
zehn, vierzehn Seiten – und immer weniger davon konnte
ich gebrauchen. Eine Erzählung, eine Romanepisode, die
ich einst in einem knappen Tag hingeschrieben hatte, kostete mich unversehens eine Woche. Immer mehr verlor ich

den Faden. Es konnte vorkommen, daß ich tagelang tippte, ohne daß mir auf all den Dutzenden von Seiten ein einziger Gedanke oder eine einzige brauchbare Formulierung gelang. Es wurde schnell immer schlimmer:

Kromschösse walsbaba zumbaloso iffe notalas Scheißkram Liebsaft doodledumm salat. ich dummdada bin – afterkunst tragluft nana du Idiot, salbaderfromm Fahrradflickzeug. Das Wetter ist gaga – der Wetterbericht ist vollkorrekt. Ich habe keine 500 Kinder und bin sehr unglücklich darüber, auch daß Kaiser Karl seine Krone verloren hat, begeistert mich nicht sonderlich, während Wundertüten wirklich weise Liebesperlen, du weißt schon, und wenn nicht ist es auch recht …

Und seitenlang so weiter. Das ist nicht mein Stil. Ich bin kein Dadaist, sondern ein Liebhaber der Verständlichkeit. Nun aber füllte ich leere Seiten nur noch mit Buchstaben und Worten, weil ich mir nicht eingestehen wollte, daß ich nichts mehr zu sagen hatte. Entnervt von den blödsinnigen Ergebnissen meiner Beschäftigungstherapie hörte ich schließlich damit auf.

Immer seltener gelangen mir Texte, die man von mir erwartete. Ich überzog Abgabetermine und lieferte schließlich gar nicht mehr. Die Aufträge blieben aus. Das Geld wurde knapp.

Die Ursache meiner Produktionsprobleme war mir ziemlich schnell klar. Doch konnte und wollte ich nichts dagegen tun. Jetzt erst begriff ich, was mich all die Jahre zu einem so unermüdlichen Schriftsteller gemacht hatte: Alle Romane und Erzählungen, selbst meine Essays waren Versuche gewesen, den Frauen zu imponieren, sie zu gewinnen oder zurückzugewinnen. Die einfache Sehnsucht nach

Liebe hatte mich so beflügelt. Mit dieser Sehnsucht war es nun vorbei. Haltlos und ungeniert hatte ich kluge Frauen mit langen Beinen herbeigeschrieben, die knallkurze und knallenge und knallbunte Lederröcke tragen und damit wie Königinnen aussehen.

Eine solche Ausgeburt meiner primitiven Männer-phantasie war mir eines Tages erschienen. Hier bin ich, sagte sie, ich ziehe bei dir ein. Ich habe deine Bücher ge-lesen. Ich glaube, wir passen zusammen. Sie warf ihren Koffer auf mein Bett und öffnete ihn. Da waren sie: Die Röcke aus meinen Romanen: pflaumenblau, spinatgrün, tomatenrot, kirschrot, pechschwarz, bananenschalengelb, auberginenviolett.

Das ist Linda. Seitdem sie da ist, geht es mit mir als Autor bergab. Ich hatte immer gern nachts gearbeitet. Nachts verlangt Linda nach mir. Wenn ich tagsüber in meinem Arbeitszimmer sitze und an ihren glatt berockten Arsch denke, verliere ich unweigerlich den Verstand. Wie sollte mir etwas einfallen, wenn die Frau, nach der ich mich im-mer sehnte, in Reichweite ist. Gelb ist geil und grün ist geil – das war alles, das ich zu Papier brachte. Und weiter: Und glatt ist geil und rot ist geil und fest ist geil und hart ist geil und heiß ist geil und geil ist heiß und hart ist heiß und glatt ist heiß und fest ist heiß und schwarz ist heiß und rot ist heiß – aber auch grün ist heiß und sogar blau ist heiß. Linda hat es geschafft, sie setzt die Farbenlehre außer Kraft.

Der Mangel an Lust war es gewesen, der mich wie ein Besessener und zielgerichtet hatte schreiben lassen. Nun konnte ich nur noch diffus herumlallen. Doch war mein Ruf als Autor noch nicht ruiniert. Es erschienen keine

Texte mehr von mir, aber die Kritiker gestanden mir zu, was ich mir selbst nie zugestanden hätte: eine Erholungsphase nach vielen produktiven Jahren. Fast stieg mein Ansehen in der Branche. Es wirkte offenbar seriös, daß meine Buchstaben nicht ständig und überall zu lesen waren. Er sammelt sich – las ich über mich. Und nur ich selbst wußte, daß die reale Lusterfüllung mich als Schriftsteller leer gemacht hatte. Nur noch selten ging ich in mein Zimmer und versuchte es noch einmal. Ich verbat mir meine Seiten füllenden Blindtexte, die ein närrischer Halbfreund von mir einmal versehentlich zu Gesicht bekommen und in seiner Unbedarftheit als avantgardistisch bezeichnet hatte.

In einem anderen Zimmer lag Linda auf dem Sofa – vielleicht in einem weinroten Reptilienanzug. Eine Burgundereidechse. So las sie einen englischen Roman aus dem 19. Jahrhundert. Durch den gewagten Aufzug der Leserin wirkte das brave Buch wie ein lasziives Pamphlet. Unter diesen verschärften Bedingungen konnte ich nichts anderes schreiben, als daß ich mich Linda hitzig näherte … wie mir die Lust ins Hirn schoß, bei der Berührung ihrer zweiten Haut, und alle klaren Gedanken schwanden. Und während ich mir vorstellte, wie ich ihre zweite Haut berührte, schoß mir die Lust ins Hirn und ließ alle klaren Gedanken schwinden. Was ich dann zu Papier brachte, waren literarisch erbärmliche, manisch sich wiederholende pornographische Passagen, an denen Linda ein gewisses Vergnügen hatte, weil sie ihre Macht über mich bewiesen.

Zum Glück erreichten mich hin und wieder Anfragen von Personen, die mich aus meinen besseren Tagen kannten. Sie wußten nichts von meinem literarischen Verlöschen und luden mich zu Reden und Vorträgen ein. Die

Fähigkeit, frei zu sprechen, war mir durch das Leben mit der ledernen Linda nicht abhanden gekommen. Sie durfte nur nicht als pechschwarze oder blutrot glänzende Schlange im Publikum sitzen. Bei diesem Anblick verwirrten sich meine Gedanken, und ich redete dummes Zeug.

Die Vorträge dienten mehr schlecht als recht dem Erhalt meiner Selbstwertgefühle. Sie ließen mich für einen Abend meinen literarischen Verfall vergessen. Mit den Honoraren besserte ich die Einkünfte auf, die uns in der Hauptsache von Lindas geschiedenem Mann zuflossen, ein Zahnarzt, der heilfroh war, die Frau los zu sein, die ihn mit ihren erotischen Bedürfnissen an den Rand des Ruins getrieben – und die mir in kurzer Zeit all meine Schaffenskraft geraubt und mich zu einem einfallslosen Gaga-Poeten gemacht hatte.

Der Mann hieß nicht Krüger – aber so ähnlich. Nach dem Telefongespräch hatte ich seinen Namen gleich wieder vergessen. Er war der Direktor eines großen und bekannten Theaters. »Kennen Sie den Theaterpreis der Landesregierung?« fragte er mich.

Mit dem Theater habe ich es nicht so. Die Welt der Preise ist mir noch fremder. Dennoch war meine schriftstellerische Lage offenbar so trostlos, daß ich sekundenlang von der aberwitzigen Hoffnung überwältigt wurde, Herrn Krügers nächster Satz werde lauten: Die Jury hat sich für Sie entschieden. Und dann würde seine Frage kommen: Ob ich bereit sei, den hoch dotierten Preis anzunehmen. Etwas unwahrscheinlich, wenn man noch nie ein Theaterstück geschrieben hat. Meine Depression und damit verbunden mein Realitätsverlust waren offenbar schon weit fortgeschritten.

Der Preis werde nun schon das vierte oder fünfte Mal verliehen, sagte Herr Krüger. Der feierliche Akt würde auch diesmal in seinem Theater stattfinden. Das Fernsehen überträgt das Ereignis live. Sieben Preise in verschiedenen Sparten werden vergeben.

Soso, dachte ich, er will mich zu einer launigen Laudatio überreden. Irrtum: Als Lobredner waren ehrwürdigere Personen als ich vorgesehen und auch schon angefragt worden: Bürgermeister, Minister, Intendanten, prominente Schauspieler. Das war nicht das Problem. Das Problem war die Moderation.

»Aha«, sagte ich abwartend ins Telefon. Man wollte mich offenbar als Conférencier gewinnen. Man brauchte einen August, der durch den Abend führt, so einen Zeremonien-meister, der die verschiedenen Preisträger und Laudatoren ankündigt und die diffuse Veranstaltung mit einer galanten und witzigen Moderation zusammenhält.

»Genau! Die Moderation, das ist der Punkt!« Der Herr, der so ähnlich wie Krüger hieß, schluchzte und flehte fast und wiederholte sich ständig: »Witzig, ja witzig muß die Moderation sein! Sie glauben ja gar nicht, wie öde solche Preisverleihungen sind!« Die Jury, stöhnte er, habe die finstersten Produktionen mit Preisen bedacht, eine KZ-Holocaust-Oper, ein nicht weniger alptraumhaftes Winter-reise-Ballett nach Schubert, eine gruselige »Woyzeck«-In-szenierung – nur die düstersten Leistungen seien prämiert worden, da brauche es wahrlich eine witzige Moderation. Deswegen sei man auf mich gekommen. Vielleicht könne ich diese Veranstaltung vor dem Absturz retten.

Warum immer nur schreiben oder Reden halten, war-um nicht einmal das. Ich sah mich bereits bei dieser Festveranstaltung als Moderator mit der nötigen Distanz unfestlich herumlavieren und hörte mich unkorrekte Bemerkungen verteilen. Diesmal würde ich Linda bitten, den schrillsten ihrer Röcke anzuziehen und sich ins Publikum zu setzen, um die Spießergattinen und gatten etwas zu beunruhigen. Meine Lebensgeister erwachten bei dieser Vorstellung. Linda ist jüdisch und macht sich über den Wiedergutmachungsphilosemitismus der korrekten Deutschen lustig, und eben dies würde ich auch tun, wenn ich auf die gepriesene Holocaust-Oper zu sprechen kommen würde. Linda würde begeistert von mir sein. Beim anschließenden Empfang würde ich sie diesem kartoffelkeimartigen Ministerpräsidenten vorstellen und ihr dabei auf den glatten Arsch klatschen. Linda liebt es, in der bürgerlichen Gesellschaft wie eine Nutte behandelt zu werden. Natürlich nur von mir. Es ist eine Falle. Wer sich verleiten läßt und anzüglich wird, der wird sofort von Linda zurechtgewiesen.

Trotzdem ging mir die Sache ein bißchen zu weit. Ein Schriftsteller in der Krise ist immer noch Schriftsteller. Und ein Schriftsteller ist bei all dem seinem Beruf innewohnenden Hofnarrentum nach außen hin immer noch eine seriöse Person. Eine Conférence aber, selbst wenn sie noch so struppig ist, hat etwas Schleimiges. Ich fand, hier müßten doch Bedenken angemeldet werden. Bedenken sind auch gut fürs Geschäft. Bald wäre über das Honorar zu sprechen, und eben dieses, dachte ich, wird sich ein hübsches Stück in die Höhe treiben lassen, wenn ich mich erst einmal reserviert verhalte. Ich gab mich also ein bißchen beleidigt und sagte dem Mann, der so ähnlich wie Krüger hieß: Gut für ihn, wenn ich mit einer schmissigen

Moderation seinen Abend vor dem Absturz bewahre, aber was, wenn mein Ruf als Schriftsteller danach abstürze? Als Schriftsteller kann ich mir so einen Auftritt eigentlich nicht leisten! Verstehen Sie mich nicht falsch, aber das ist doch etwas halbseiden. Auch die Nähe zu Politik und zur Regierung ist mir zuwider. Die anwesenden Minister verachte ich sämtlich, und ich möchte nicht freundlich zu ihnen sein. Das würde meinen Ruf beschädigen.

Irrtum. Mißverständnis. Der Mann, der so ähnlich wie Krüger hieß, beschwichtigte mich: Natürlich mute man mir nicht die Rolle des Moderators zu. Wo denken Sie hin! Bewahre! Der Moderator muß ein Publikumsliebling sein. Man denke an eine sehr prominente Schauspielerin. Meine Aufgabe bestünde darin, für diese Schauspielerin den Text zu schreiben. Mit einem Schuß Esprit.

Nun war ich doch beleidigt. Ein Schriftsteller schreibt für Schauspieler Theaterstücke, keine Moderations-wegwerftexte mit einem Schuß Esprit. Das kann jeder Schülerzeitungsredakteur besser. Im übrigen sollte sich ein Conférencier seinen Conférence-Text schon selbst aus-denken. Den kann man ihm doch nicht aufpfropfen. Wo sind wir denn! Wer bin ich denn! Was würde denn dabei überhaupt für mich rausspringen?

Der Theaterdirketor, der so ähnlich wie Krüger hieß, entschuldigte sich demutsvoll, daß der Etat leider nur ein schmales Honorar erlaube. Dann nannte er eine Summe, von der ich ein halbes Jahr bequem würde leben können. Oder ich könnte für Linda endlich ein edles schweres Motor-rad kaufen, nach dem sie schon lange verlangte, um damit von mir als Windsbraut durch die Gegend gefahren zu wer-den. Leider ist nicht mehr drin, wimmerte der Direktor, als ich freudig schwieg. Natürlich: Er hatte mit Sängern zu tun, die für das Singen einer einzigen Arie mehr kassierten.

Die Schauspielerin, die der Direktor als Moderatorin vorgesehen hatte, war eine begehrenswerte Frau. Die Aussicht, sie kennenzulernen, mich mit ihr abzustimmen, ihr Worte in den schönen Mund zu schreiben, war neben dem Honorar ausschlaggebend für meine Zusage. Linda würde ein bißchen eifersüchtig werden. Eifersüchtig war sie noch aufreizender.

»Und bitte«, sagte der Direktor, »bitte vergessen Sie, daß Sie ein renommierter Schriftsteller sind, vergessen Sie das einfach. Wir wollen keinen anspruchsvollen Text, ein bißchen Esprit genügt, bloß nichts Literarisches.«

In den folgenden Wochen hatte ich häufig zu tun mit dem Direktor, der so ähnlich wie Krüger hieß. Es gelang mir nicht, seinen Namen zu behalten. Diese Schwäche war nicht auf die mich langsam aussaugende Linda zurückzuführen. Namen hatte ich mir noch nie gut merken können. Wenn ich ihn anrief, war sein Sekretariat an der Leitung, und ich mußte nach ihm fragen. Wie ihn nennen? Nachdem ich ihn nun schon mehrere Male getroffen hatte, konnte ich nicht mehr fragen: Wie heißt noch mal der Direktor? Man hätte mich für verrückt gehalten. Jeder Mensch, der mit Kultur zu tun hat, kennt den Namen des Theaterdirektors. Ich hatte mir daher angewöhnt, seinen Namen so undeutlich auszusprechen, daß es nach Krüger, Kröger, Klöger, Kläger, Krüber, Kröber, Klöber, Klüber, Klöwer gleichzeitig klang. Die Sekretärin sagte freundlich: »Moment, ich stell Sie durch« – und dann sprach sie den Namen ihres Chefs genauso undeutlich aus wie ich, und ich wußte wieder nicht, wie er hieß. Für mich war es der Herr Krüger. Wenn ich mit ihm sprach, behalf ich mich, indem ich ihn ironisch »Chef« oder »Direktor« nannte. Er lächelte dann etwas gequält – vor allem, wenn ich ihn freundlich für verrückt erklärte, weil er für diesen lachhaften Preisverleihungsabend einen Aufwand betrieb, als handle es sich um die Welturaufführung einer plötzlich aufgefundenen unbekannten Oper von Mozart. »Ich weiß schon«, sagte er und senkte den Blick.

Die schöne Schauspielerin, für die ich meinen Moderationstext gerne geschrieben hätte, sagte nach wochenlangem Zögern ab. Andere schöne Schauspielerinnen wurden angefragt und sagten ab. »Sehen Sie«, sagte Herr Krüger triumphierend, »man kann mit der Planung einer solchen Veranstaltung nicht früh genug anfangen, es kommt immer etwas dazwischen.«

Ich hatte mir mittlerweile Videobänder mit den gepriesenen Inszenierungen angesehen und war froh, daß ich für diese finsteren Meisterwerke keine Lobesworte verfassen mußte. Langsam drängte es. Die Fernsehleute, die für die Live-Übertragung des Spektakels verantwortlich waren, wurden unruhig, sie brauchten einen roten Faden. Es waren einige Proben angesetzt, an denen die Preisverleihung für die Kameraleute und die Regie durchgespielt werden mußte. Tausend Fragen: Wo soll Kamera fünf stehen? Die Fernsehleute wollten meinen Moderationstext für die Planung ihres Ablaufs sehen – den aber konnte ich nicht schreiben, weil noch kein Moderator gefunden war. Denn auf die Person des Moderators würde ich den Text abstimmen müssen. Nachdem zehn berühmte Schauspielerinnen abgesagt hatten, wurden berühmte männliche Kollegen gefragt – die nach einigem Zögern auch absagten. Dann wandte sich der Direktor an weniger berühmte Schauspielerinnen und Schauspieler.

Zehn Tage vor dem großen Abend hatte man die Zusage eines Schauspielers, der vor Jahren einmal weniger berühmt gewesen und nun vollends in Vergessenheit geraten war. »Es ist nicht ganz leicht, mit ihm umzugehen, aber Sie schaffen das schon«, sagte Herr Krüger. Ich dachte an mein Honorar, das allerdings nicht süß, sondern sauer verdientes Geld sein würde, und traf mich mit dem Schauspieler und dem Direktor. Zu dritt waren wir uns rasch einig, daß diese spießige Veranstaltung nur mit einer extrem ironischen Moderation zu retten sein würde. »Genau«, jauchzte Direktor Krüger, ironisch ist immer gut, bloß nicht so verstaubt und so herkömmlich und zum Einschlafen wie in den letzten Jahren, bitte, meine Herren, deshalb haben wir Sie ja engagiert, das soll kein Abend für Ministergattinnen sein, das soll Pfiff haben, Sie schaffen das schon, ich lasse Sie jetzt allein.

Der Schauspieler bat mich nun, ihm einen Moderationstext zu schreiben, der es ihm ermöglichen würde, einen Schauspieler zu spielen, der einen Conférencier zu spielen hat und der dies nur sehr widerwillig tut. Man soll ihm ansehen, daß er eigentlich ein hochkarätiger Shakespeareschauspieler ist. Er beugte sich zu mir und sagte konspirativ: »Ich will mir ein bißchen verirrt vorkommen.« Und fügte nach einer Pause hinzu. »Verstehen Sie«, und zwar so, als sei ich nie und nimmer in der Lage, ihn zu verstehen.

»Ich verstehe«, sagte ich, »Sie wollen den spielen, der Sie sind: einen, der seine Rolle nicht spielen will – ich kann mich vollkommen mit Ihnen identifizieren. Mir geht es nicht anders.«

Nach dem vierten oder fünften Viertel Wein war klar:

Mit Hilfe der genialen Darstellungskraft dieses großen Shakespeareschauspielers und mit meinem Text würde ein grandioser Abend gelingen: eine spektakuläre Verhöhnung aller amerikanischen oder amerikanisierten Preisverleihungsveranstaltungen. Höchste Eile war geboten. Übermorgen spätestens bräuchte er den Text, den er schließlich noch würde lernen müssen.

Noch in derselben Nacht setzte ich mich hin, angeregt von den feurigen Plänen, trank Kaffee, wurde nüchtern, vergaß Lindas Lederröcke, schrieb den Text und fühlte mich dabei sicher wie in den Glanzzeiten meiner literarischen Potenz. Der Ablauf des Abends war von den Fernsehleuten genau reglementiert. Der Moderator hatte sieben Auftritte, je maximal eine Minute. In dieser Zeit mußte er die preisgekrönte Produktion nennen und den Laudator auf die Bühne bitten und vorstellen – und das alles mit charmanten und bitte, bitte witzigen Worten, wie der Direktor gebettelt hatte, und bitte, bitte mit Esprit und Biß – und schön unherkömmlich bitte, bitte. Und nun war ein Moderationsdarsteller gefunden worden, der den dringenden Wunsch hatte, sich bei seiner Moderation verirrt vorzukommen. Es war ein bißchen viel, was ich unter einen Hut zu bringen hatte. Eine Art Quadratur des Kreises, was da verlangt wurde. Ich konnte es nicht fassen, daß es mir auf Anhieb gelang. Der Text enthielt Spitzen auf die Regierung, so eingepackt, daß sie ihre anwesenden Vertreter ertragen würden. Die lobredenden Minister, Bürgermeister und Intendanten wurden mit geistvollen Worten vorgestellt, und der Moderator hatte genug Möglichkeiten, sich über sein Moderieren lustig zu machen. Selbst über den Wiedergutmachungsphilosemitismus der Jury hatte ich mich mokiert, so dezent, daß die israelische Komponistin der Holocaust-Oper sich darüber amüsieren müßte, sofern sie so nett war, wie sie auf dem Foto aussah.

Am Vormittag war ich mit meinem Text fertig, ließ ihn sofort allen Beteiligten zukommen und hatte das Gefühl, meine Schreibkrise nun überwunden zu haben, ohne daß ich meine Lust auf Linda und ihre Lederröcke dafür hätte opfern müssen. Dann eine Blitzbesprechung im Theater. Der Schauspieler tödlich beleidigt: Sein Text sei völlig herkömmlich, das sei nicht so abgemacht gewesen. Diesen Text spreche er nicht, den lerne er nicht, der gehe gar nicht in seinen Kopf hinein. Er habe keine Lust, wie ein normaler Conférencier irgendwelche bescheuerten Minister auf die Bühne zu bitten, er wolle wie ein verrückter Shakespeareschauspieler wirken, so sei er mit mir übereingekommen, er wolle keine simplen Informationstexte sprechen. »Wer bin ich denn!« Ich solle ihm bitteschön Shakespearezitate in den Text flechten.

Direktor Krüger drehte die Augen zum Himmel und sagte, er habe in der Zwischenzeit Anweisung von Ministerium erhalten, es müßten mehr Informationen in die Moderationstexte, die Laudatoren seien nicht dazu da, zu informieren, sondern zu loben, informieren müsse der Moderator. – Der Fernsehverantwortliche lächelte buddhistisch und sprach zu mir in etwa Folgendes: Ihr Text ist wunderbar – ein Gedicht. Eine reife Leistung. Ich hoffe, wir können wieder einmal zusammenarbeiten. Köstlich vor allem die Stelle, wo Sie sich über den Philosemitismus der deutschen Jurys lustig machen. Was habe ich darüber gelacht. Eine Perle. Aber wir müssen die Stelle natürlich streichen. Das kann man nicht senden. Im übrigen kriegen wir nicht die versprochenen zweieinhalb, sondern nur zwei Stunden. Da man die Reden der Minister schlecht kürzen kann, heißt das, die Moderationstexte müssen um die Hälfte reduziert werden: auf sieben Mal eine halbe Minute.

Der Schauspieler sagte: »Da mache ich nicht mit!« Der Direktor flüsterte mir zu: »Schreiben Sie ihm bitte, bitte sein Shakespearezitat in den ersten Auftritt, sonst springt er ab.« Ich sagte: »Dann wird der Text doch noch länger.« – Der Direktor sagte: »Das kriegen wir schon hin.«

In meiner Not rief ich Olga an. Olga hatte, ehe sie unter dem schönen Pseudonym Ninotschka Warschawa als Autorin pornographischer Romane, die sämtliche Intellektuellen Europas in höchsten Tönen gelobt hatten, erfolgreich wurde, Moderationstexte für einen idiotischen Fernsehsender geschrieben und war mit allen Wassern der Medienwelt gewaschen. Olga ist auch Jüdin, aber nicht ganz so frivol wie Linda. Als erstes fragte ich sie, wie sie das Kuschen der Verantwortlichen wegen meiner milden Verspottung ihres eigenen servilen Philosemitismus einschätzte. »Sei nicht naiv«, sagte sie nur, »was hast du erwartet.« Als ich ihr die Sache mit Shakespeare erzählte, lachte sie, wie nur eine Autorin guter pornographischer Romane lachen kann, und erzählte mir die Geschichte, die von Joseph Roth stammen könnte: Ein Onkel von ihr, ein Jurist, habe etlichen galizischen oder polnischen oder weißgottwelchen Juden die Briefe an irgendwelche Ämter formuliert, Briefe, die normale Menschen nicht schreiben können, schon gar nicht sogenannte einfache Menschen, schon gar nicht, wenn sie die Sprache nicht recht beherrschen. Es ging um die üblichen »Ersuchen« oder »Anträge«, die man gern gespreizt formuliert hat, weil man glaubt, dann werden sie positiver beantwortet. Aus irgendeinem Grund hielten die Antragsteller das harmlose Wort »dennoch« für besonders amtlich und besonders seriös – »dennoch« schien ihnen für die nötige Nachdrücklichkeit zu sorgen. Ein Antrag ohne »dennoch« war nichts wert. Und so schauten die Antragsteller Olgas Onkel beim Schreiben der Briefe zu, und da sie Geld für diese Leistung zu zahlen hatten, hatten sie den schreibenden Onkel immer gebeten: Kannst du nicht noch a bißl »dennoch« reinhacken.

Ich war begeistert von der Geschichte. »Kannst du meine Nase nicht noch ein bißchen stolzer und den Mund etwas herrischer machen, bat der Monarch den Maler, der ihn portraitierte!«, sagte ich.

»Genau«, sagte Olga, »du bist der Maler, du bist mein Onkel, und sie haben dir nichts anderes gesagt als: Kannst du nicht noch a bißl Shakespeare reinhacken! Also stell dich nicht an und hack ihnen a bißl Shakespeare rein!«

Ich schrieb ein Shakespearezitat in den ersten Auftritt und fummelte noch etwas an dem Text herum. Wunderbar, sagte der Schauspieler, aber wann soll ich den Text lernen? Nun bemächtigten sich Regieassistenten des Textes und schrieben hinein, was auf Befehl des Ministeriums noch hineinzuschreiben war, und die Fernsehleute kürzten wieder – und zu guter Letzt fing der Schauspieler an, sich läppische Bemerkungen in den Text hineinzuschreiben, die er für unherkömmlich hielt. Ich zog mich zurück.

Bei der Generalprobe wurden die Laudatoren von Statisten gedoubelt. Obwohl es nicht zu meiner Aufgabe gehörte, schrieb ich ihnen Blindtexte, und es machte mir Spaß, den Mann, der den Kultusminister spielte, Folgendes sagen und damit auf eine Videokassette bannen zu lassen:

Ich heiße Meier, habe zwei Eier, leide an der Maul- und Klauenseuche und werde nachher notgeschlachtet. Daher möchte ich die Gelegenheit ergreifen und mich bei Ihnen für Ihre jesusmäßige Aufmerksamkeit bedanken, meine über alles verehrten Damen und Herren, und dafür, daß Sie mich all die Jahre so geliebt und gelitten haben. Allah fahre zur Hölle und muselmanische Ausländer sollen sich nicht so anstellen. Seid herzlich umarmt, ihr schwachsinnigen Schäflein. Weg mit den Kopftüchern. Es lebe die Abtreibung. Verhaftet den Papst. Der grausame und gerechte Gott hat mir verboten, von einer Frau namens Linda zu träumen. Ihr Macker will das nicht. Fickt euch selbst und leckt mich am Arsch, ihr blöden Banausen. Gute Nacht, ihr Buffetschnorrer!

Für das Double des amerikanischen Starregisseurs, der die Laudatio auf einen befreundeten deutschen Starregisseur halten würde, holte ich meinen Blindtext von einem Internet-CD-Versand:

List of songs with Blind: Blind Alley, Blind Alley Return Trip, Blind Ambition, Blind Among the Flowers, Blind and Afraid of the Dark, Blind and Dumb Man Blues, Blind and Lost, Blind and Quiet, Blind and Unkind, Blind Arthur's Breakdown, Blind Attach, Blind Attack, Blind Authority, Blind Baby, Blind Barbabus, Blind Barnabas, Blind Bartimus, Blind Beauty, Blind Blues, Blind Boy, Blind Boy Billy, Blind Boy Blues, Blind Boy's Dog, Blind Boy's Prayer, Blind But Sweet, Blind Dance, Blind Date, Blind Dates, Blind Dating, Blind Desire, Blind Destruction, Blind Devotion, Blind Drunk, Blind Elevator Girl, Blind Eyes Open, Blind Faith, Blind Fate, Blind Fault, Blind Feeling, Blind Fiddler, Blind Flower Girl, Blind Girl, Blind Hate, Blind Hearts, Blind Indifference, Blind Like a Camera, Blind Love, Blind

Love and Whiskey, Blind Love Blues, Blind Luck – and blind so on.

Nach der Generalprobe meldete sich der Agent eines Sängers, der dem Abend mit einer Arie etwas Glanz verleihen sollte, und bestand darauf, daß der Name eines anderen Sängers, der an dem Abend im Moderationstext erwähnt wurde, gestrichen werden müsse. Sollte der Moderator den Namen der Konkurrenz nennen, werde sein Sänger nicht auftreten.

Der Festveranstaltung selbst, auf die zwei, drei Dutzend Menschen monatelang hingearbeitet hatten, blieb ich fern. Ich sah mir die absehbare Katastrophe zusammen mit Linda als Fernsehübertragung an. Der Moderator schleimte perfekt wie ein echter. Das einzige, was man von meinem Text übriggelassen hatte, war eine kleine Verhöhnungssequenz dieser albernen Oscarpreisverleihungsangewohnheit, wenn sich die Preisträger amiäffisch bei Mum und Dad dafür bedanken, daß sie sie zur Welt gebracht haben. Diese Passage brachte der Schauspielermoderator leider ohne jede parodistische Darstellungskunst. Sie wirkte daher wie eine vollkommen unironische Imitation amerikanischer Vorbilder, wie eine ernsthafte Aufforderung zu noch mehr Danksagungen. Riesengroß lief im Abspann mein Name als Verfasser der Moderationstexte über den Bildschirm – und wem immer das aufgefallen ist, der muß den Glauben an meinen Verstand endgültig verloren haben. Dem Abspann entnahm ich, daß der Name des Direktors, der so ähnlich wie Krüger hieß, »Klüger« lautete. Es spricht nicht für meinen Kopf, daß er sich diesen Namen nicht merken konnte.

Permesso

oder Mein Hausfriedensbruch

Im vorigen Sommer hütete ich das Haus eines Berliner Ehepaars in Italien. Ihr ist es da zu heiß, ihm ist es nicht heiß genug, oder umgekehrt. Das Haus ist in den Hügeln, es weht ein Lüftchen, die Temperatur in den Sommermonaten ist ideal. Sie, die Besitzerin, will auch nicht mehr kommen, weil sie die kläffenden Kettenhunde nicht mehr aushalten kann. Das Haus steht einsam und allein, das Dorf und die nächsten Häuser sind ein gutes Stück entfernt, aber Hundegebell hört man von weither. Die Besitzer wollen das Haus verkaufen, am besten mit all den ziemlich wertvollen Möbeln, werden es aber nicht los. Außerdem wird in der Gegend geklaut. Gitter vor Fenster und Türen kosten erneut Geld und locken Einbrecher erst recht an. Vor zehn, fünfzehn Jahren hatten die guten Leute sich einen Swimmingpool geleistet, um ihre Kinder ins italienische Domizil zu locken, die dann doch nie kamen. Der Pool bröckelt nun schon seit Jahren unbenutzt vor sich hin, weil das Inschußhalten der luxuriösen Einrichtung zu teuer ist. Swimmingpools sehen nach reichen Leuten aus und ziehen erst recht Einbrecher an. Der Hausbesitzer hofft, daß Einbrecher vom Zustand des Beckens mit deutlich lockeren Kacheln auf die Besitzer schließen und denken: Da kann nichts mehr zu holen sein. Bis sie es verkauft haben, bieten sie das Haus Schriftstellern an. Nette Geste, wenn mich auch das Wort »kreativ« störte, als sie mir den Schlüssel aushändigten: »Wir wollen auf diese Art und Weise die Kreativität der Künstler unterstützen.«

Der Satz törnte mich so ab, daß ich sofort keine Lust mehr auf meinen neuen Roman hatte, den ich in dem Haus, das auf den Fotos nobel aussah, in Angriff nehmen wollte. Da fiel mir ein, daß sich im Laufe der Zeit drei, vier, fünf Computer und Laptops bei mir angesammelt hatten, längst veraltet und nur noch mit Mühe in Gang zu bringen. Bei jedem neuen Computer, der nach drei, vier Jahren fällig ist, überspielte ich die wichtigsten Daten des Vorgängers, aber natürlich stellt sich dann heraus, daß das Unwichtige immer das Interessantere ist. Wie oft habe ich nach Texten gesucht, die ich vor Jahren getippt hatte und nun nicht mehr fand.

Ich nahm mir also vor, alle Daten aller meiner Festplatten zu sichten, zu ordnen, gegebenenfalls zu konvertieren, intelligent zu benennen, schließlich auf meinen neuen smarten Laptop zu überspielen und damit mir selbst wieder zugänglich zu machen.

Es gab einen Verleger, der gern ein Buch mit all den verstreuten Texten von mir machen wollte, die ich im Lauf der Jahre für Radio, Zeitungen und Zeitschriften und Anthologien geschrieben hatte. Dieses Buchprojekt war bisher immer wieder an der Unauffindbarkeit gewisser Texte gescheitert, beziehungsweise an meiner Trägheit, die alten Computer anzuschließen und dort nachzusuchen.

Um alle Texte so einzurichten, daß mir der gewünschte Zugriff möglich wäre, würde es nicht Tage, sondern Wochen dauern. Genau die richtige Arbeit für drei Monate Haushüten im Süden, dachte ich. Nicht in rastloser Kreativität Neues ersinnen, sondern sich schön ruhig mit der eigenen Vergangenheit beschäftigen. Selbstbeschau muß auch mal sein.

Auf dem Rücksitz meines mickrigen Mittelklassewagens türmten sich Rechner aller Art, Apples und PCs, Bildschirme und Laptops aus allen Generationen. Ich kam in dem Haus an, schlug drei Skorpione und ein Dutzend Tausendfüßler tot, saugte den Kalk vom Boden, der von der Decke gefallen war, baute im ebenerdigen geräumigen Wohnraum meine Computer auf und verlor mich noch in der ersten Nacht bis zum Sonnenaufgang um kurz nach 5 Uhr in meinen Briefen an eine Frau, von der ich vor 20 Jahren große Stücke gehalten hatte. Diese Zeugnisse einer grotesken Verliebtheit hatte ich verdrängt und literarisch noch nie ausgeschlachtet. Ich fand nette Texte von mir über Oberbayern und Schanghai und Vancouver, die ich nach ihrer Veröffentlichung sofort vergessen hatte. Es war lustvoll, in der eigenen Autorenvergangenheit herumzukramen, ein Vergnügen, das nur von der bangen Frage getrübt wurde, ob mein Stil und mein Schwung damals nicht besser waren als heute.

Ich merkte, daß all das Sichten von guten und das Sich-Trennen von untauglichen Texten und Entwürfen eine Heidenarbeit sein würde, die nicht nur dem geplanten Buch, sondern auch weiteren Büchern von mir zugute kommen würde. Drei Monate würde der Spaß mit Sicherheit dauern, allein das Konvertieren einer 10 Jahre alten E-Mail von einem Apple-Computer mit Kassettenlaufwerk auf einen PC ohne Diskettenlaufwerk war ein abendfüllender Vorgang.

Im Juni wurden die Kirschen reif, dann die Feigen und Aprikosen. Ich verzehrte Unmengen von Obst, kaufte einmal in der Woche ein, holte beim Bauern offenen Weißwein für einen Euro den Liter, ließ es mir gut gehen und war fleißig. Den Kontakt mit anderen Ferienhausbesitzern aus Deutschland mied ich, so gut es ging. Auch ans Meer fuhr ich selten. An der Küste war es heiß und drückend. Ein bißchen verrückt, in einem schönen Haus in einer schönen Gegend Tag und Nacht vor Computern zu sitzen, mehr eine Wühlmausarbeit für Wintertage. Mittags allerdings gönnte ich mir eine Stunde in der prallen Sonne. Das gilt heute als gefährlich, aber ich habe danach komischerweise immer das Gefühl, etwas für die Gesundheit und gegen die Krebsgefahr getan zu haben. Wie eine Batterie komme ich mir vor, die in der Sonne aufgeladen wird. Ich fing an, die Einsamkeit zu mögen und über das grausame Abtauchen meiner letzten Flamme hinwegzukommen. Ich wurde sehr braun und sehr schlank und hatte das Gefühl, daß das Leben noch nicht zu Ende ist.

Was in der Welt los war, wußte ich nicht. Es gab keinen festen Telefonanschluß im Haus, da hatten die Besitzer wieder einmal gespart. Keinen Internetzugang, und damit keine neuesten Nachrichten. Kann auch mal nicht schaden, sagte ich mir. Ende August wollte ich das Haus verlassen und es einem befreundeten Paar der Besitzer übergeben, die den September über hier wohnen würden. Meine Laune stieg, das Ende der Arbeit war abzusehen. 90 Prozent der Daten hatte ich auf meinen schicken neuen Laptop und zusätzlich auf eine schicke neue externe Sicherheitsfestplatte transportiert. Endlich Ordnung, Übersicht, Zugriff, keine unzugänglichen Texte mehr.

Als ich Mitte August mein mittägliches Sonnenbad genommen hatte, vor dem die Hautärzte so eindringlich warnen, fühlte ich mich wie immer wie neu geboren. Ich hatte tief geschlafen, duschte kalt und ging in das schöne, relativ kühle Zimmer zu meinen Computern. In wenigen Tagen würde ich mit meiner Datenräumerei fertig sein. Alles wäre picobello und ideal für ein Buch: Ich konnte all meine unveröffentlichten Texte auflisten, wie ich wollte, chronologisch oder nach Themen. Ich hatte Ordnung in mein Leben gebracht und fühlte mich, wie sich Sauberkeitsliebhaber nach dem Frühjahrputz fühlen. Ich sah das fertige Buch vor mir, das der Verleger haben wollte, und obwohl ich auch aus Erfahrung schlau geworden und eines Besseren belehrt sein sollte, sah ich gute Kritiken und erfreuliche Verkaufszahlen am Horizont, ein besseres Auto, eine neue Waschmaschine und ein Jackett aus weicherer Wolle.

Am meisten freute ich mich, die alten Computer hier in Italien wegzuwerfen und die Rückfahrt ohne den Müll anzutreten, nur mit meinem neuen Laptop und der externen Festplatte mit der Sicherungskopie. Auf zu einem neuen Leben in mehr Ordnung und Selbstbegreifen! Statt der alten Computerungetüme würde ich riesige Flaschen des köstlichen Weißweins mit nach Hause nehmen und den ganzen Herbst und Winter ein guter Trinker und Gastgeber sein.

Als ich die Computer startete, bemerkte ich, daß der smarte Laptop und die smarte Festpatte fehlten. In diesem Augenblick fielen mir die Warnungen der Hausbesitzer vor den Einbrechern ein: Albanische Banden klauten keine Möbel mehr, sondern teures, möglichst transportables elektronisches Gerät: Digitalkameras, mp3-Player, iPods, Laptops.

Ich hatte die Nacht zuvor bis tief in den Morgen gearbeitet, und tief war daher mein Mittagschlaf gewesen. Die unverfrorenen Diebe mußten mich nackt auf der Wiese vor dem Haus schlafen gesehen haben. Dann mußten sie den Raum durch die offenen Türen betreten, sich mit kundigem Blick umgesehen und die einzig kostbaren Geräte an sich genommen haben, um anschließend sofort zu verschwinden, höchstwahrscheinlich zu Fuß, ohne lärmendes Auto oder Motorrad.

Bei der Polizei gab man mir zu verstehen, daß es erstens keine Italiener seien, die so etwas täten, nicht einmal Sizilianer, sondern daß dies die Handschrift von Albanern sei. Die hätten keine Papiere, quasi keine Identität, es sei aussichtslos, sie zu verfolgen. Früher hätte man sich bemüht und den einen oder anderen geschnappt, den man dann wieder hätte laufen lassen müssen – weil die Identität nicht festzustellen war. Und, um Klartext zu reden, durch offene Türen einen Raum zu betreten sei nicht einmal ein Einbruch. »Wenn der Dieb tatsächlich je vor Gericht stünde, würde er behaupten, er hätte vorher gefragt, welche Geräte er mitnehmen solle – und Sie hätten von Ihrer Liege aus die Anweisung gegeben. Sein Komplize würde das bestätigen.«

Haß und Weltekel kamen über mich, wie schon lange nicht mehr. Ich verwünschte Bill Gates und sein Microsoft, Steve Jobs und sein Apple und alle Computerimperien dieser Welt, die uns so abhängig gemacht haben. Ich verwünschte Albanien und den Kommunismus, der dieses Land so kaputtgemacht hatte, daß keiner mehr da leben und arbeiten wollte, sondern sich lieber im Ausland als Dieb durchschlug. Ich verwünschte alle Erdteile des Globus und alle

Berufe, besonders den des Schriftstellers. Und mich selbst und meine idiotische Computerneuordnung haßte ich am meisten.

Ich hatte nun nichts mehr, um mich abzulenken. Ich würde den ganzen Schrottcomputerkrempel wieder mit nach Berlin nehmen müssen. Von wegen Wein. Ich würde mir einen schweineteuren neuen Laptop kaufen müssen und mit dem Spielchen noch einmal beginnen. Oder nie wieder nach Deutschland zurückfahren, nie wieder ein Buch machen, nur noch Hausmeister in Italien sein und Dieben auflauern.

Zu den anderen deutschen oder englischen Ferienhausbesitzern hatte ich bisher jeden Kontakt vermieden, um mich nicht abzulenken und um nicht mißbraucht zu werden als unterhaltsamer Schriftsteller, den man sich als netten Gast einlädt, um in der selbstgewählten Einöde etwas Zeitvertreib zu haben. Ich hatte keine Lust auf frustrierte Ehefrauen und Ehemänner. Nun suchte ich sie doch auf, um mich nach ihren Erfahrungen mit Einbrüchen zu erkundigen, in der Hoffung, eine Art Täterprofil zu erarbeiten, meine Wut zu kanalisieren und die Bestie oder die Bestien zu jagen bis ans Ende der Welt, wo ich sie erschlagen und über den Rand eben dieser bösen Welt in den Abgrund stoßen würde. Mir war todesstrafensüchtiger als einem reaktionären US-Bürgermeister zumute.

»Seien Sie froh, daß man Ihnen den Schwanz nicht abgeschnitten hat, als Sie nackt in der Sonne schliefen«, sagte mir ein pensionierter Richter. »Eberhard!« ermahnte ihn dessen Frau. »Mein Ernst«, sagte der pensionierte Richter und erzählte: Lieber als Laptops, die ja verkauft werden müssen, um zu Geld zu werden, stehlen sie Kreditkarten und kaufen damit direkt die Sachen, die sie haben wollen, solange, bis die Karte gesperrt wird. Man habe einmal eine albanische Zigeunerbande in einem großen Möbelhaus beobachtet, wo eine junge albanische Frau gerade luxuriöse Küchengeräte orderte. Als man die Bande stellte, habe die Frau zu einem Tranchiermesser gegriffen und damit ein Blutbad beim Supermarkt-Personal angerichtet.

Nach drei Tagen war mir klar, wie die Bande operieren mußte. Mit Autos konnten sie nicht bei den Häusern vorfahren. Autos machten Lärm, und vor allem konnte man, wenn die Besitzer zurückkommen würden, aus den schmalen Sackstraßen zu den Häusern nicht mehr herauskommen. Man wäre in der Falle. Also zu Fuß kommen und zu Fuß ab durch die Büsche. Autos nur zum Ausspähen. Es war klar, daß sie in der hügeligen Landschaft die Häuser von vis-à-vis mit dem Fernglas beobachten und über Handy ihren Komplizen Bescheid geben mußten, wenn der Augenblick günstig war. Die Bande scheute offenbar den klassischen Einbruch, der unnötig Arbeit macht und schweres Gerät verlangt, und bevorzugte daher Häuser, die zur Zeit bewohnt, nur eben kurz verlassen und nachlässig verschlossen waren, weil die Bewohner eben mal zum Einkaufen gehen wollten. Auch gab es in dem Fall mehr zu holen als in den Wintermonaten, wo man zwar in Ruhe stehlen konnte, aber keine Kreditkarten, Portemonnaies, keinen kostbaren Schmuck, keine flachen Luxuslaptops. Daß die Bande in unmittelbarer Gegenwart eines schlafenden Bewohners zu Werk gegangen war, schien ein Novum zu sein.

Ich besorgte mir ein Fernglas, fuhr nun auch in der Gegend herum und versetzte mich in die Lage eines Spähers. Nach wenigen Tagen sah ich auf einem schattigen Parkplatz auf einer Anhöhe mit guter Sicht eine verdächtige Gestalt mit einem Fernglas stehen. Der Mensch war so konzentriert, er bemerkte nicht, daß ich ihn von der anderen Straßenseite beobachtete. Ich nahm das Haus ins Visier, das auch der Späher im Visier hatte. Eine größere Familie mit Kindern wollte einen Ausflug zum Meer machen. Jetzt wurde das übergroße Auto mit Schlauchbooten und Surfbrettern beladen. Immer, wenn das grotesk geräumige Auto abfahren wollte, griff der Späher zu einem Handy, dann aber sahen er und ich, wie das Auto wieder hielt und zurücksetzte. Vermutlich hatte eines der zahllosen Kinder etwas vergessen. Die Mutter ging ins Haus und kam dann mit einem Wasserspielzeug wieder. Das ging eine Weile so. Der Späher war sichtlich genervt von der Verzögerung des Aufbruchs. Ich kannte mittlerweile dieses Haus und diese Leute. Ich hatte vor wenigen Tagen mit den Besitzern gesprochen. Nein, noch nie sei bei ihnen eingebrochen worden, hatten sie gesagt und taten so, als geschehe das nur bei Leuten, die sich nicht richtig in Italien integriert hätten.

Nun fuhr ich unbemerkt in die Nähe dieses Hauses, parkte das Auto so versteckt wie möglich unter Bäumen, und ging zu Fuß weiter. Ich näherte mich so, daß mich der Späher von der Straße oben nicht sehen konnte. Das häßliche große Familienauto fuhr nun endlich ab. Es dauerte keine zehn Minuten, da kam ein hübsches junges Paar des Wegs, nett anzusehen, Studenten mit kleinen, deutlich ungefüllten Rucksäcken. Sie machten vor dem Haus halt und riefen, was man in Italien ruft, wenn man nähertreten möchte: »Permesso?« Darf ich? Keine Antwort. Der junge Mann ging kurzentschlossen auf die Tür zu. Ein Ruck und sie war offen. Permesso? rief er ins Haus. Stille. Da winkte er die Begleiterin herein. Wenig später schlich ich mich auch ins Haus. Die beiden waren schon im ersten Stock. Verteilt in verschiedenen Zimmern. Ich folgte leise dem Mann und sah, wie er Schubladen auf und zu zog und blitz-schnell fündig wurde. Auf einem Bett lag eine Digitalkame-ra. Er nahm sie kurz. Von hinten konnte ich sehen, wie er lächelte und sie wieder hinlegte. Nicht gerade das neueste Modell. Da klingelte sein Handy. Eine Melodie aus »La Tra-viata«. Vermutlich hatte der Späher doch bemerkt, daß ein weiterer Mensch ins Haus gekommen war. Der Dieb ließ es dreimal klingeln, weil er gerade das Innere einer Schublade nach weiterer Beute abtastete. Jetzt oder nie.

In meinen Rachephantasien der letzten Tage hatte ich ge-danklich trainiert: Wie schlägt man jemanden wirkungsvoll zusammen. Eine Hornisse war das größte Lebewesen, das ich bisher erledigt hatte. Schon bei dicken Käfern passe ich, von netten Mäusen mit Angstaugen ganz zu schweigen. Jetzt aber ließ mich die Wut, daß vermutlich dieser Mensch mein Dreimonatswerk hatte mitgehen lassen, zu einem Berserker werden. Er trat ans Fenster, als würde er die Aus-sicht genießen, und griff endlich zum Handy. Kaum war die Verbindung da, fuhr er herum. Ich stand direkt hinter ihm. Ich hatte einmal gelesen oder von einer Frau gehört: So fest es geht in die Eier treten, und wenn er sich krümmt, mit aller Kraft gegen das Kinn. Mehr eine Methode, Verge-waltiger abzuwehren. Nicht die feine Art. Aber es wirkte. Ich bin alles andere als kräftig. Dieser Mann allerdings war eher zart. Tritt und Schlag genügten offenbar.

In der Ecke stand ein Spazierstock. Ich wußte, ich sollte

ihm besser den Stock auf den Kopf schlagen, damit er eine Weile sicher weg sein würde. Aber was, wenn der Schädel bricht? Er sah auch jetzt nicht so aus, als würde er gleich wieder zu sich kommen. Natürlich hatte er einen Schreckensschrei ausgestoßen. Ich nahm an, dieser Schrei würde seine Komplizin sofort vertreiben. Aber ich hörte sie rufen: »Berim?« Ich postierte mich hinter der Tür. Das erste, was ich sah, war ein Messer. Sie kam tatsächlich mit einem Messer in der Hand. Sie floh nicht, sie wollte ihrem Berim beistehen. Langsam kam sie mit dem Messer in der Hand in den Raum. Jetzt wurde die Hand mehr und mehr sichtbar. Schöne Hand. Sie mußte den Feind hinter der Tür vermuten. Gleich würde sie herumspringen und mir das Messer in den Bauch stechen. Jetzt oder nie. Ich schlug mit dem Spazierstock fest auf ihr Handgelenk. Das Messer flog durch den Raum. Ihr Schrei war herzerweichend. Jetzt floh sie. Ich hatte doch ihn, das müßte genügen. Ich weiß nicht, warum ich ihr nachsetzte. Sie würde mir irgendwann ein Messer in die Brust stoßen, wenn ich sie jetzt nicht erwischte. Sie sprang vor mir die steile Steintreppe hinab zur offenen Eingangstür. Ich versuchte sie mit dem Stock zu erreichen und mit dem gebogenen Griff zu halten. Dabei muß ich sie gestoßen haben. Sie stürzte, schrie und blieb liegen. Ich sah sofort, daß ihr Unterschenkel über der hübschen Fessel gebrochen war.

Ich dachte an die Polizei, die nichts unternimmt. Auch wenn die Polizei untätig ist: man darf nicht ihre Aufgaben übernehmen. Hausfriedensbruch hatten wir beide begangen, ich Körperverletzung. Vielleicht würde ich mit Notwehr durchkommen. Meinen Laptop würde ich nie wiedersehen. Ich ging hoch zu Berim. Höchste Zeit. Er begann gerade munter zu werden, war aber noch nicht da. Er hatte die Kommodenschubladen geradezu vornehm durchsucht. Ich riß sie nun auf und wühlte herum, hektischer als ein Einbrecher. Einen Gürtel, zwei Gürtel brauchte ich schleunigst. Zum Glück hatte ich einmal eine Freundin gehabt, die immer wieder gefesselt werden wollte. Mit Gürteln konnte ich umgehen. Ich fesselte Berim an Händen und Füßen. Es kam so wenig Widerstand wie damals bei meiner Fesselfreundin. Er ließ es völlig apathisch geschehen. Er rief leise: »Fatima!« Berim und Fatima. Sie rief leise etwas zurück. Ich bin, wie gesagt, nicht kräftig, aber es war nicht schwer, den gefesselten Berim hinunterzutragen. Ich legte ihn neben seiner Fatima ab. Beide waren jetzt sehr blaß. Ich war braun gegen sie. Ich kam mir vor wie ein deutscher Henker.

Wie in einem Haus im Süden zu erwarten, waren Flaschen mit kaltem Wasser im Kühlschrank. Ich öffnete eine große Plastikflasche und drückte sie Fatima in die Hand, auf die ich nicht geschlagen hatte. Sie gab sofort Berim zu trinken, trank dann selbst, goß sich das restliche kalte Wasser über die Bruchstelle des Beins und stöhnte leise. Ich ging noch einmal hoch und holte das Handy, das Berim aus der Hand gefallen war. Die beiden redeten unverständlich miteinander, albanisch vermutlich. Ich sagte ihnen, daß ich jetzt das Auto holen und sie mitnehmen würde. »Polizia«, sagte Berim leise, fast hoffnungsvoll. Nach dem, was hier vorgefallen war, hatte er offenbar keine Angst vor einer Auslieferung an die Polizei, sondern sehnte sich geradezu nach Recht und Ordnung.

»Permesso«, sagte ich, als ich erst Fatima und dann Berim ins Auto hob. Er, noch immer gefesselt, hinten, sie vorn auf den Beifahrersitz. Ihre unverletzte Hand band ich am

Sicherheitsgurt fest. Sicher ist sicher. Wer Menschen mit Messern anfällt, greift auch in Lenkräder und steuert in tödliche Abgründe. Das Haus der deutschen Musterfamilie ließ ich so wie es war. Dann fuhr ich eine halbe Stunde zu meinem Haus. »Polizia«, flehten die beiden übel zugerichteten Passagiere, als sie merkten, daß ich nicht in das Städtchen fuhr.

Einer der Deutschen, die ich wegen meiner Einbruchs-Recherchen besucht hatte, war ein Arzt. Ich rief ihn an und erklärte, daß ich eine Frau in mein Haus geschafft hätte, die nach einem Vergewaltigungsversuch fliehen konnte. Sie sei verletzt. Ihr Freund habe auch etwas abgekriegt. Bitte um Diskretion, sagte ich, wir sind im wilden Italien, die Schande ist größer als die Verletzung, ich bringe die beiden morgen ins Krankenhaus. Bitte nur Erste Hilfe leisten und eine erste Diagnose stellen und Schmerzmittel nicht vergessen.

»Polizia«, sagten meine beiden Hausgäste froh, als es klopfte. »Dottore«, sagte ich. Nicht so schlimm, sagte der Arzt, ihm ist ein Zahn angebrochen, sie hat einen vermutlich glatten Bruch, die werden schon wieder, ein Orthopäde muß das allerdings noch röntgen und schienen. »Das Bein bleibt hübsch«, sagte er zu Fatima. Ich übersetzte, sie lächelte das erste Mal matt. Die Schmerztabletten wirkten. Klar zeigen wir das an, sagte ich zum Arzt. Als er gegangen war, war all meine Wut verflogen. Berim und Fatima sahen sich ähnlich. Ich versuchte herauszubekommen, ob sie ein Paar waren oder Geschwister. Berim war ihr Bruder. Ich merkte, wie mir diese Auskunft gefiel.

Fatima verstand genau so viel Italienisch, wie ich sprechen konnte. Ich sagte ihr, daß mein Laptop wieder unversehrt hierherkommen muß, nebst externer Festplatte zur Sicherheit. Gnade euch Gott, wenn die Daten gelöscht sind. Bis meine Sachen hier sind, schmoren Fatima und Berim als meine Gefangenen hier im Haus bei Wasser und Brot. Es war mittlerweile der 28. August. Am 1. September würde ich das Haus verlassen. Ich gab ihr das Handy, sie wählte und hielt es dann ans Ohr ihres Bruders. Der gefesselte Bruder Berim redete aufgeregt und eindringlich. Dann sagte er etwas zu Fatima. Die übersetzte mir: Es ist kompliziert, die Sachen sind nicht mehr in unserem Besitz. Die Diebe empfanden sich tatsächlich als Eigentümer: non siamo più propriotaria delle quelle cose. Sie bot mir neue Laptops an, und Geld. Jetzt wollten sie nur weg von hier. Ich machte ihr klar, daß es weniger um den Laptop ging als um den Inhalt der Festplatte. Zum Glück verstand sie das. Sie erklärte es ihm. Er verstand erst nicht und mußte dann noch einmal telefonieren. Fatima soufflierte ständig. Offenbar war ihm immer noch nicht klar, was ich wollte. Endlich sagte sie: »In zwei Tagen ist die gewünschte Ware hier.« »So lange seid ihr meine Gäste«, sagte ich. »Mio piede«, sagte sie matt. Ihr Fuß schmerzte. »Wenn der Laptop hier ist, fahren wir ins Krankenhaus«, sagte ich.

Ich gab ihnen zu essen und zu trinken. Ich erklärte Fatima, daß es einfacher wäre, nach Mafiamethoden vorzugehen: Schutzgeld dafür verlangen, daß man nicht einbricht. Ich zum Beispiel würde lieber vorher 200 Euro zahlen, wenn ich dafür sicher sein kann, daß mir nichts gestohlen wird. Sie sollten ihre Methoden überdenken.

Am nächsten Tag rief ich unter einem Vorwand die Deutschen an, wo sich die Schlacht meines Lebens zugetragen hatte. Sie fluchten auf Italien und die italienische Polizei. Niemand kam, weil nichts fehlte. »Ragazzi«, hätte der

Polizist nur gesagt, Jugendliche. Ein bißchen Vandalismus. Sie haben keinen Bock mehr auf Italien. Das Haus komme ihnen entweiht vor. Geschändet. »Seien Sie doch froh, daß nichts fehlt«, sagte ich. »Zwei Gürtel fehlen«, sagte er. Erinnerungen an einen Marokko-Urlaub.

Zwei Tage später rief es leise »permesso?« Wir aßen gerade einen Obstteller. Es war der Späher. Ich hatte ihn neulich nur von hinten gesehen. Er war höchstens 14. Ein weiterer Bruder von Fatima, wie sich herausstellte. Er redete mit ihr. Sie sagte: Er weiß nicht mehr, welcher Laptop, er hat alle mitgebracht. Der Späher packte einen gigantischen Rucksack aus. Ein Dutzend neuester Laptops kamen zum Vorschein. Auch meine externe Festplatte. Alles funktionierte, nichts war gelöscht. Ich klappte den Laptop zu und drückte ihn an mich wie einen Schatz. Fatima sah mich fremd an, und ich begriff, daß man Sachen nicht so ins Herz schließen soll. Da umarmte ich sie vorsichtig, nicht ohne vorher »permesso?« gefragt zu haben. Dann löste ich Berims Fesseln. Auf Deutsch sagte ich zu mir selbst: Wenn sie mich jetzt erschlagen oder erstechen, ist das ein schöner und gerechter Tod.

Fatima wollte nicht mehr ins Krankenhaus, aber ich sagte: Willst du vielleicht dein Leben lang humpeln? Ihre Brüder fuhren mit. Ich log auch diesem Arzt die Vergewaltigungsgeschichte vor. Fatima nickte eindrucksvoll. Sie hat keine Papiere, sagte ich. Das macht nichts, sagte der Arzt.

Ich warf alle meine alten Computer mitsamt den Kabeln und Akkus und Ladeteilen und Bildschirmen in eine der großen Mülltonnen, die im säuberlich gewordenen Italien selbst in entlegenen Gegenden an der Straße stehen. Diese

Umweltsünde mußte sein. Dann brannte ich meine Daten auf eine CD und schickte sie dem Verleger. Nun konnte nichts mehr passieren. Ich fuhr nach Norden, nach Hause. Es fiel mir schwer, und irgendwann wurde mir klar, daß es an Fatima lag, die ich nie mehr sehen würde.

Die Geschichte müßte an dieser Stelle zu Ende gehen. Nach den ungeschriebenen Gesetzen des guten literarischen Stils hat hier Schluß zu sein. Mit milder Melancholie und einem unrealistischen Hoffungsschimmer muß der Leser allein gelassen werden. Das wahre Leben aber kümmert sich nicht um den guten literarischen Geschmack. Es ist, als habe das Leben eine Schwäche für Kitsch:

Als ich nachforschte, wie die Hausbesitzer ausgeraubt wurden, hatte ich mit allerlei Betroffenen gesprochen und meine Adresse hinterlassen. Ein Jahr später kam ein Anruf von einem Untersuchungsrichter aus Ancona. Offenbar hatten die Geschädigten gegen den Willen der örtlichen Polizei doch eine Verhaftung der Diebe durchsetzen können. Man hatte eine albanische Bande gefaßt. Eine Frau und zwei Brüder. Die Brüder seien schon wieder entkommen. Die Frau sei noch im Gewahrsam der Behörden. Sie sei gewalttätig. Man sei aber nicht sicher, ob es die gesuchte Person sei. Auch ich gehöre zu den Geschädigten. Es liege eine Anzeige von mir vor. »Ich ziehe die Anzeige zurück«, sagte ich. »Wenn alle immer ihre Anzeigen zurückziehen, kommen wir nie weiter«, stöhnte der Richter und fragte, ob ich mich bedroht fühle. »Hat sie gestanden?« fragte ich. Natürlich hatte Fatima nichts gestanden. Der Richter schwieg einen Augenblick und sagte: »Sie haben damals angegeben, Sie hätten geschlafen. Sie haben die Einbrecher also nicht gesehen?« Ich dachte kurz nach und sagte: »Als ich aufwachte, entfernten sich die Diebe gerade.«

Der Richter bat mich, zu einer Gegenüberstellung nach Ancona zu kommen. Den Flug zahlte das Gericht. Am Flughafen wurde ich von einem Polizeiauto abgeholt. Hinter einer Glasscheibe im Untersuchungsgefängnis standen sechs schöne Frauen. Fatima war die schönste. Ihr Bein war makellos geheilt. »Sie ist nicht dabei«, sagte ich dem Untersuchungsrichter und dem Staatsanwalt. Man zeigte mir zwanzig blitzende Laptops. Ich schüttelte den Kopf. Danach fragte ich den Anwalt, der Fatimas Pflichtverteidigung übernehmen sollte, welches Gewicht meine Aussage haben würde. »Jetzt muß sie morgen entlassen werden«, sagte er.

Ich ließ meinen Rückflug verfallen, der am selben Tag gewesen wäre. Am nächsten Morgen stellte ich mich schon um sieben Uhr auf die gegenüberliegende Straßenseite des Gefängnistors. Je länger ich wartete, desto vergnügter wurde ich. Um 11 Uhr vormittags ging die Tür im Tor auf und Fatima kam heraus. »Permesso?« sagte ich, trat auf sie zu und küßte ihr die Hand, auf die ich ein Jahr zuvor so unsanft mit einem Spazierstock geschlagen hatte.

»Laß das«, sagte sie.

fast wahr

Öl ist nicht so keusch wie Butter

Eine kulinarische Dokumentation

Irgendwann Mitte der 1990er Jahre. Immer, wenn ich an einem Roman sitze, will und sollte ich keine anderen Schreibarbeiten annehmen, fast immer tu ich es dann doch. Diesmal war eine Freß- beziehungsweise Feinschmeckerzeitschrift am Telefon, und ich litt von Beginn des Gesprächs an darunter, daß ich nicht wußte, woher mir die Stimme der Frau bekannt war, die mich zu einem Beitrag gewinnen wollte und daher entsprechend gewinnend war. Schließlich fiel es mir ein. Diese Stimme hatte ich vor nicht allzu langer Zeit aus der Redaktion einer kämpferischen Ökozeitschrift vernommen, von wo aus sie mich zu einem Öko-Artikel gewinnen wollte. »Sie wissen«, hatte ich damals gesagt, »mein Ruf verbietet mir, pro öko zu schreiben, denn auch wenn ich vernünftigerweise nicht dagegen bin, möchte ich mich doch auch über die heilige Umweltschützerei lustig machen.« – Deswegen rufe ich sie ja an, hatte diese Stimme damals gesagt. Man wollte endlich einmal einen frischen heiteren Text in dem meist trostlosen Weltuntergangsverhinderungsheft haben.

Einleuchtend. Also hatte ich für ein mageres ökologisches Goodwill-Körnerhonorar eine Geschichte über zwei Ökos geschrieben, die sich so verlieben, daß ihnen die Giftstoffe und die Umwelt mitsamt der Ozonschicht ziemlich egal sind. Schließlich finden sie sogar achtspurige Autobahnen wunderbar und hoch erotisch, weil man auf denen ordentlich rasen kann und nicht so viel Zeit verliert, wenn man sich besuchen will. Liebe macht gegen Giftstoffe immun, sagen sie und beißen in gespritzte Billigäpfel.

Die treuen Öko-Leser hatten für solche Scherze keinen Sinn und kündigten reihenweise das Abonnement, und dann war auch der Redakteurin gekündigt worden. Ich brauchte mir aber kein schlechtes Gewissen zu machen, denn sie hatte es dort sowieso nicht mehr ausgehalten und fand, es sei an der Zeit für eine Arbeitslosenpause.

»Brauchen Sie wieder eine Kündigung?« fragte ich, als mir das alles eingefallen war. Sie lachte verlegen. Möglicherweise hieß dieses Lachen: Tut mir leid, ich lande immer bei den falschen Zeitschriften, aber man kann es sich nicht immer aussuchen. Jetzt jedenfalls werde ein Autor für einen Text gesucht, der davon handeln sollte, wie ein Mann mit einem Essen eine Frau verführen könne.

»Verdienen Sie bei der bunten Freßzeitung wenigstens besser als bei der ökograuen Postille?« fragte ich. Statt zu antworten, bot mir die Redakteurin 3000 Mark für die Geschichte an.

»Faires Honorar«, sagte ich, »aber ich kann das unmöglich machen.« Dergleichen hatte ich zu oft geschrieben. Was die Kochkunst betrifft, ist meine Phantasie begrenzt. Aus den wenigen Gerichten, die ich zubereiten kann, hatte ich schon so viele Freßliebesgeschichten wie nur möglich gemacht, meist mit integrierten Rezepten, das ist besonders beliebt. In einer dieser Geschichten finde ich, genauer: findet mein Ich-Erzähler die Knoblauchpresse nicht. Da steckt die ihm beim Kochen zusehende Frau, die es zu verführen gilt, die Knoblauchzehe in ihren schönen Mund, kaut beherzt darauf herum und spuckt das Ergebnis ihrer Kaukunst in die Pfanne. Nach diesem Enthemmungssignal ist die Verführung ein Kinderspiel. In einer anderen Geschichte verkocht das Essen und verbrennt zu Kohle, weil das erregte Paar schon vor dem Liebesmahl im Schlafzimmer verschwindet, wo es dann erfreulicherweise doch länger dauert als erwartet. Nachher sitzen die beiden nackt und hungrig vor dem Kühlschrank und beißen in einen Stapel nackter Schinkenscheiben. Ich konnte und wollte solches Zeug nicht mehr schreiben. Alle Aspekte des gelungenen wie des mißratenen Verführungskochens waren abgegrast.

Die Stimme schlug mir nun vor, die Verführungsgeschichte in ein Restaurant zu verlegen, dann bräuchte ich mich nicht selbst als Koch zu betätigen. »Das ist mir zu gewöhnlich«, sagte ich und meinte es auch so. Männer, die Frauen mit einer Einladung in ein Restaurant zu beeindrucken und herumzukriegen hoffen, gab es entschieden zu viele, in Wirklichkeit und im Film, das war mir zu abgedroschen. Schließlich mußte ich mich beim Schreiben mit solchen Hollywoodschwachköpfen identifizieren, das ging zu weit. »Ein Verführungsessen im Restaurant zu beschreiben ist mir zu schwachsinnig«, sagte ich.

»Schwachsinn ist alles«, sagte die Stimme. Keine neue Erkenntnis, eigentlich, und doch berührte und rührte mich die lapidare Bemerkung diesmal. Nachdem ich dann noch eine Weile standhaft behauptete, ich hätte obendrein keine Zeit für den gewünschten Text, entstand dieser bei meinen Abwehrbemühungen wie von selbst. Das ist längst eine Methode von mir geworden: Wenn eine Anfrage kommt und ein Auftrag winkt, erst nein sagen und eine halbe Stunde lang herumargumentieren, warum man diesen Text nicht schreiben kann und will. Damit redet man den Text herbei. Ein erfahrener Redakteur wird dann auch meistens sagen: Sie brauchen doch nur aufzuschreiben, was Sie mir eben am Telefon gesagt haben. Ganz so einfach ist es zwar nicht, schließlich brauchen schriftliche Formulierungen ihre Zeit, aber man muß sich zumindest nicht mehr den Kopf darüber zerbrechen, was man nun schreiben soll. Man dokumentiert quasi seinen Telefonmonolog. Das kann ein paar Stunden dauern, vielleicht auch zwei oder drei Tage, und es bedeutet Verzicht auf Zum-Baden-Gehen im Sommer oder Ins-Kino-Gehen am Abend, aber dieser Verzicht wird schließlich bezahlt.

Ich zögerte noch immer, auch das ist eine Methode. Daraufhin legte wie erwartet die Redakteurin nach einer kurzen Rücksprache mit ihrem Chef noch einen Tausender dazu, um mir das Ja-Sagen zu erleichtern. Was mich schließlich mehr als das verlockende Honorar zustimmen ließ, war das Geständnis der Redakteurin, daß sie, seitdem sie bei dieser Freßzeitschrift Unterschlupf gefunden habe, nichts mehr anöde als die Feinschmeckerei, daß sie sich seitdem nur noch von Kebab und Rostbratwürsten ernähre, die sie auf der Straße in sich hineinschlinge.

Weil ich es albern, abgedroschen und idiotisch, und auch zu selbstgefällig, unsympathisch und unrealistisch fand, einfach nur Ratschläge zu erteilen, wie man als Mann eine Frau zum Essen ausführen könnte, um sie anschließend leichter ins Bett zu bekommen, wollte ich die Ratgeberei als alberne Mode in meinen Text einbauen und dachte mir, auch um beim Schreiben meinen Spaß zu haben, folgende

Geschichte aus, in der ich meine Aversion vor Edelres-
taurants ebenfalls zum Ausdruck bringen konnte.

Der schwierige Kunde

*Seitdem mit deutschen Romanen kein Geld mehr zu ver-
dienen ist, weil alle deutschen Leser nur noch irische,
dänische, norwegische, italienische, angloamerikanische
und baltische Romane kaufen und verschenken, habe ich
umgesattelt. Ich betreibe nun ein florierendes Service-Un-
ternehmen. Service hat Zukunft. Mit Service ist Geld zu
verdienen. Keiner weiß mehr Bescheid im großen Durch-
einander. Alle wollen beraten werden.*

*Die Hauptgeschäftsstelle ist in Hannover. Ich habe sie
schlicht »Lebenshilfe« genannt. Die Filiale in Düsseldorf
bringt mehr Umsatz. Sie brauchte einen schickeren Namen. »Lifelifting« steht auf dem Messingschild. Meine fünf
Mitarbeiterinnen sind schlau, schnell, charmant, geschickt
und haben gute Figuren. Schlanke und füllige. Für jeden
Geschmack ist gesorgt. Die Kunden sollen gerne kommen.
Von meinen Mitarbeiterinnen gibt es nur guten Rat – sonst
gar nichts. Manche Kunden, die es sich leisten können, wollen vom Chef persönlich beraten werden. Von mir.*

*Einer unserer schwierigsten und treuesten Kunden ist
Boris. Der Name wurde geändert. Aber von keiner Redaktion. Von mir. Er kam zu uns als Ortwin. Ortwin Müller.
Größter und traditionsreichster Autohändler Bielefelds.
Anfang 30, kein Fettbauch, keine Glatze. Er hat den Laden
geerbt, er mußte sich nicht krummlegen. Eine gute Partie –
und trotzdem kein Glück bei den Frauen. Mein erster Rat:*

Einen flotteren Namen. Geschäftsreise nach Rußland, und nach der Rückkehr solle er sich Boris nennen. Einfach eine Anekdote erzählen: Die russischen Geschäftsfreunde hätten Schwierigkeiten mit dem Namen Ortwin gehabt und Boris gesagt. Daran habe er sich gewöhnt. Der Name sei ihm lieb geworden. Ab sofort sei er Boris. Boris aus Bielefeld.

Seitdem er Boris heißt, verkauft er noch mehr Neu- und Gebrauchtwagen. Klingt feuriger. Eine Frau hat ihm der rasantere Vorname nicht gleich beschert. Boris weiß, daß es so einfach nicht ist. Ich kann keine Garantien geben. Boris hat dafür Verständnis. Er ist Geschäftsmann und Realist. Ich habe ihm ein Beispiel aus seiner Autowelt gegeben: So wie Airbag und Antiblockiersystem in den Neuwagen dazu da sind, das Risiko bei Unfällen oder brenzligen Situationen zu vermindern, so ist Lifelifting dazu da, die Fehler der ratsuchenden Kunden zu reduzieren. Dadurch wachsen ihre Chancen. Mehr können wir nicht tun.

Boris macht vieles falsch. Ehe er zu uns kam, war es noch schlimmer. Immer wieder hatte er Frauen zum Essen eingeladen und sich vergeblich angestrengt, sie zu gewinnen. Schon bei der Wahl des Restaurants hatte er keine glückliche Hand. Es verschlug ihn in Lokale, die entweder so laut waren, daß man ungut brüllen – oder so leise, daß man flüstern mußte. Flüsternd kann man keine Frau gewinnen. Es wirkt beschwörend und unangemessen intim.

Langsam kannte Boris alle Lokale in Bielefeld und Umgebung und war ein bekannter Gast. »Guten Abend, Herr Müller«, sagten Köche und Ober, wenn er das Restaurant betrat, aber auch diese Bekanntheit nützte ihm nichts, sondern schadete eher. Der Mißerfolg hatte ihn verkrampft gemacht, und die Frauen hatten nun das Gefühl, in eine Falle gelockt zu werden. Als würde sich das Personal mit Boris zu einer Eroberung verbünden. Der unempfindliche Boris, damals noch Ortwin, spürte nicht den schwelenden Verdacht und ließ sich von den Ober abgelegene Plätze zuweisen. Er wußte nicht, daß Nischenplätze etwas Möchtegernseparéehaftes, also etwas leicht Schleimiges an sich haben können. Besser ein ungemütlicher Platz in der Mitte des Lokals, der lebendig und unverfänglich ist.

Nachdem wir ihm den Namen Boris verpaßt hatten, arbeiteten wir ein Programm für ihn aus: Wie gewinne ich eine Frau beim Essen in einem Restaurant. Weil Boris im Grund ein einfacher und bescheidener Mensch ist, neigt er in besseren Lokalen zu gestelzten Reden. Meine Mitarbeiterinnen sind dabei, ihm das abzugewöhnen. Unversehens entgleiten ihm noch immer furchtbare Worte. »Preisleistungsverhältnis« zum Beispiel. Er darf sich nicht wundern, wenn ihm die Frauen nicht ins Netz gehen. Wer will einen Mann, der beim ersten Treffen das Gespräch mit den Worten eröffnet, das Preisleistungsverhältnis sei in diesem Restaurant annehmbar. Die Autoverkaufssprache ist ihm nur schwer abzugewöhnen. Mühsam haben wir ihm ausreden müssen, sich nach dem Essen eine Rechnung für die Steuer geben zu lassen. Als wenn es bei seinem Einkommen auf die paar Mark ankäme. Keine Frau will bei den ersten Annäherungsversuchen als Steuerersparnis benutzt werden. Das entwertet.

Das Lieblingsgericht von Boris ist Linseneintopf. Wir haben ihm klargemacht, daß er natürlich mit einem simplen, vielleicht sogar faden Linsenessen in jeder Spelunke, mit einem Döner Kebab im Stehen eine anspruchsvolle

Traumfrau durchaus erobern kann – wenn man die fehlende Raffinesse des Essens mit einer raffinierten Art und Weise des Werbens, mit wirklich unerhörten Worten und scharfem Witz lässig ausgleichen kann. »Ich glaube, das ist meine Sache nicht«, sagte Boris kleinlaut und einsichtig. Originalität ist nicht das, was ihn auszeichnet, und er weiß es.

Wir haben schon manchen partnersuchenden Kunden geraten, in teure und zuverlässig schlechte Restaurants zu gehen. Ein Geheimtip besonderer Art. Beim Einigwerden über den allzu fruchtigen Wein, die affige Speisekarte, die überwürzten Vorspeisen, die viel zu schmantige Sauce und die schwänzelnden Kellner kann man sich oft schneller nahekommen als beim genießerischen Schwelgen eines makellosen Menüs. Das gemeinsame Erkennen des Reinfalls und der Entschluß, sich nicht von Stümpern die Laune verderben zu lassen, zeigt mehr Souveränität als der geübte Umgang mit Hummerscheren, und kann den weiteren Verlauf des Abends temperamentvoller gestalten als wohliges Nachschwärmen einzelner Gänge und satte Zufriedenheit. Wir raten ab, sich im Fall eines solchen Reinfalls über das Essen zu beschweren oder auch nur beim Zahlen arrogant den Kopf zu schütteln. Das führt nur zu Nachfragen, zu Zetern und unwürdigen Diskussionen. Man sollte sich in einem solchen Fall zu fein sein für Kritik und Belehrung. Man begleicht kühl, fast freundlich die Rechnung und überläßt es dem Ober, ob er das vernichtende Urteil der Gäste ahnt, daß hier Hopfen und Malz verloren sind. Amüsiert, mit einer leisen boshaften Bemerkung, verläßt man mit der Dame den Ort der schlechten Bescherung. Diese Niederlage ist nicht nur schnell verschmerzt, sie schweißt auch zusammen. Wenn die ausgeführte Dame Format hat, wird sie nach dem Arm des Gentlemans tasten und sich einhängen. Eine kleine Geste der Versicherung: Keine Sorge, das nehme ich Ihnen nicht übel.

Boris Müller aus Bielefeld ist für diese chancenreiche Art der Annäherung zu konventionell. Mühsam haben wir ihm ausgeredet, die Damen seiner Wahl in irgendwelche gutbürgerliche Schloß- oder Jagdstuben zu führen, die für ihre üppigen Spätzleportionen und ihre gestärkten Saucen berühmt sind. Er hat es dann bei allen möglichen Chinesen und Indern, Thailändern, Japanern, Vietnamesen und Mexikanern probiert. Er hat den Mann gespielt, der sicher ist, der nicht lang zögert, der sich beraten läßt, kundige Zwischenfragen stellt, dann aus 798 indischen Gerichten Nummer 365 auswählt, der Dame Nummer 669 empfiehlt und sich nach dem Essen die erlesenen Schnäpse so verwegen und gleichsam russisch hinter die Binde gießt, wie man es von einem erwarten kann, der Boris heißt.

Als das nicht half, haben wir ihm geraten, es umgekehrt mit der Rolle des liebenswert Ahnungslosen zu versuchen, dem Essen nicht so wichtig ist und dem es dennoch nichts ausmacht, für die Herzdame in einem Sternelokal einen Tausender lockerzumachen. Der sich beim Hummerauspulen helfen läßt. Er hat gezahlt, die Zähne zusammengebissen und keine alberne Rechnung verlangt. Nichts. Es funkte nicht.

Boris war besessen davon, eine Frau zu erobern, aber keine der Frauen liebte er wohl wirklich. Vermutlich klappte es deshalb lange nicht. Wenn man wirklich liebt, sind Restaurant und Essen einerlei. Schließlich half unser letztes Mittel. Wir verbanden ihm vor seiner Verabredung

mit einer Frau namens Martina beim Italiener den rech-
ten Arm und hängten ihn in eine malerische Seidentuch-
schlinge. »Angebrochen«, sagte er. »Sie Ärmster!« Marti-
nas Mitgefühl war echt. Obwohl er schlecht spielte, glaubte
sie ihm. »Aber kein Grund, dieses Treffen abzusagen«,
sagte Boris und bestellte gegrillte Riesengarnelen. Martina
auch. Sie half ihm beim Schälen. Er ließ sich gerne helfen.
Sie hatte geschickte Hände. »Nett, aber Ihre Viecher wer-
den kalt«, sagte Boris dann zu Martina, griff mit der Lin-
ken eine Garnele am Schwanz, biß ihr den Kopf ab, spuckte
ihn aus und zerkaute den Rumpf genüßlich mit der krossen
Schale, schluckte alles herunter. »Ballaststoffe braucht der
Mensch«, sagte er vergnügt.

Ballaststoffe? Das ließ sich Martina nicht zweimal sagen.
Sie ließ das Auspulen sein und verspeiste die Garnelen nun
auch mit der Schale. Als sie fertig war, war ihre Papierser-
viette nur noch ein Knäuel. »Darf ich«, fragte Boris, nahm
Martinas Hand und schleckte ihre Finger ab.

»So habe ich mir immer einen leidenschaftlichen Russen
vorgestellt«, sagte Martina und war zu allem bereit.

Ich schickte meine Geschichte in die Redaktion mit der Bitte
um Echo. Denn nicht alle Redakteure sind so höflich, gleich
nach dem Eintreffen des Textes ihre Begeisterung mitzuteilen oder wenigstens zu heucheln. Ähnlich wie in der Liebe
ist die Unsitte verbreitet, befriedigt zu verstummen, wenn
man das seine bekommen hat. Ähnlich wie in der Liebe will
aber derjenige, der sich abgerackert hat, wissen, wie er war –
auch wenn er weiß, daß sein Wunsch albern ist.

Da die erbetene Antwort nicht kam, wußte ich, daß etwas nicht stimmen konnte. Die Redakteurin würde demnächst anrufen und herumdrucksen, und ich würde sagen: »Zahlen Sie 2000 Ausfall, und die Sache ist erledigt.« Ich liebe Ausfallhonorare. Ich hatte einmal ein boshaftes Jahr, in dem ich fast ausschließlich von Ausfallhonoraren lebte. Man wollte ständig etwas Giftiges von mir haben: über den Adel und das Militär und die Weinfeinschmecker und die Kirche, mutigerweise sogar etwas über den Islam, und schließlich etwas ganz Gemeines über die political correctness – und ich schrieb, so giftig es ging. »Wir haben es gern gelesen«, sagten die Chefredakteure, »aber unseren Lesern können wir das nicht zumuten – zum Beispiel, daß Sie der Anblick betender Muselmanen an brünstige Küchenschaben erinnert.« – »Wenn Sie erst wüßten, an was ich bei betenden Christen denken muß«, hatte ich gesagt.

Obwohl es mit dem Freßverführungstext doch geeilt hatte, rief mich die Redakteurin erst nach zwei Tagen an und berichtete, diesmal kleinlaut und mit einer herzerweichend erschöpften Stimme, von endlosen Diskussionen, die mein Text in der Redaktion ausgelöst habe – als hätte ich ein Pamphlet verfaßt, das die Grundfesten des Abendlandes unterhöhlen könnte. Sie sei dafür gewesen und habe sich nicht durchsetzen können. »Wo ist das Problem«, sagte ich, »die Hälfte von 4000 ist 2000, weisen Sie das Ausfallhonorar an und fertig.«

»Nein«, jammerte sie, mein Text sei doch gut, nur eben unverständlich für die Leser ihres Blattes. Der Leser erwarte an dieser Stelle nicht Literatur, nichts um die Ecken herum Gedachtes, sondern meine ganz einfache Stellungnahme: Wie ich persönlich, der Autor von Frauenverführungsgeschichten und Frauenverführungsromanen, die

Frauen beim oder mit dem Essen verführe oder zu verführen gedächte. Tips, praktische Lebenshilfe – das sei es, was der Leser wolle, nicht schräge Empfehlungen, wie sie meinem Boris aus Bielefeld gegeben würden.

»Der Leser Ihres Blattes ist doch Boris«, sagte ich. Ich hatte diesen Boris doch nicht nur zu meinem Privatvergnügen erfunden, sondern um dem Leser der Zeitschrift, falls er tatsächlich blöd war und eine Verführungsanweisung erwartete, ein ironisches Spiegelbild vorzuhalten. »Boris ist die Identifikationsfigur, was wollen Sie denn noch?«

»Ihre Meinung«, sagte die Redakteurin, »wie Sie persönlich es anstellen, das wollen wir, beziehungsweise unsere Leser wissen.«

Jetzt war es genug: »Sind Sie verrückt«, rief ich ins Telefon, »ich will doch keine Frauenherzen mit dem Fressen gewinnen, was sind denn das für Schicksen, die auf feines Fressen abfahren, feines Fressen ist doch Ersatz für Erotik und kein Weg zur Erotik.«

»Sie sprechen mir aus der Seele«, sagte die Redakteurin und fing plötzlich an zu weinen: Ich solle mich mal in ihre Lage versetzen: Bei einem Blatt für fette Freßwichser mitwirken zu müssen – die Hölle sei das. Sie versuchte mir klarzumachen, es sei besser für mich, wenn sie noch einmal 1000 Mark auf das Honorar drauflege, als wenn sie 2000 abziehe. Von einem 5000-Mark-Abdruck-Honorar hätte ich doch mehr als von einem 2000-Mark-Ausfallhonorar – und alles, was ich zu tun hätte, wäre, meinen Text etwas zu kürzen und als meine persönliche Empfehlung auszugeben.

»Das beschädigt mein Image«, sagte ich, wenn das jemand liest, der mich kennt, dann bin ich unten durch.

Die Redakteurin versicherte mir, daß dies nicht der Fall sein werde. Kein Mensch lese dieses Blatt. Jedenfalls kein Mensch, der meine Bücher lese. Ich bestand auf 6000. Wer Poeten erniedrigt, dessen Rechnung muß erhöht werden. Schmerzensgeld. Es ging in Ordnung. »Dafür lade ich Sie auf eine Rostbratwurst ein, falls wir uns mal treffen«, sagte ich und machte mich daran, meine Geschichte zu zertrümmern und zu einem verbraucherfreundlichen Ratgebertext umschreiben.

Sechs Wochen später wurde mir das Heft zugeschickt. Obwohl ich Wert darauf lege, auf Fotos möglichst misanthropisch auszusehen, war es auf irgendeinem verdammten Buchmesse-Empfang einem Fotografen gelungen, ein gräßlich lebensbejahendes Genießerbild von mir aufzunehmen – mit einem Teller voller Leckereien in der Hand – und einem glasigen Glanzblick wie ein Starkoch, der zu viel gekokst hat. Dieses hassenswerte Foto war sehr groß, mein Text wurde daneben zu einem Nichts:

Das Essengehen ist und bleibt die klassische und chancenreichste Unternehmung, wenn ein Mann eine Frau verführen will. Oder eine Frau einen Mann. Die Umkehrung wäre ja schließlich auch denkbar. Geschieht aber trotz fortgeschrittener Emanzipation leider noch viel zu selten.

Sollte ich diesen Unsinn wirklich geschrieben haben? Ein widerwärtiger Anfang. Oder war das eine Art Vorspann der Redaktion? Und so ging es weiter – betulich wie Puderzucker:

Natürlich wird sich kein vernünftiges menschliches Wesen
allein auf Grund eines noch so gelungenen raffinierten
Essens verführen lassen. Die tolle Frau, die sich von, durch
oder gar gleich nach einem Essen verführen ließe, wäre so
toll nicht. Während des Essens schon. Das wäre toll in der
Tat. Die richtigen Leckereien können einen in der Regel
dem Ziel nur ein Stück näher bringen. Immerhin.

Ich haßte mich. Ich haßte diese Sätze. Es war mir zu dumm, meinen Text im Computer zu suchen und mit dem in der Zeitschrift zu vergleichen. Zu philologisch war mir das. Ich habe früher lang genug Philologie studiert. Ich habe das sinnlose Studium mit einem sinnlosen Dr. phil. abgeschlossen. Ich wollte nie wieder philologisch herumpuzzeln. Die Schmerzen, die mir jeder dieser Sätze verursachte, waren mit 6000 Mark nicht abgegolten. *Die tolle Frau, die sich von, durch oder gar gleich nach einem Essen verführen ließe, wäre so toll nicht.* Allein für diese 19 dummen Worte müßte es ein höheres Schmerzensgeld geben. Ich hätte meinen Namen zurückziehen sollen.

Ich mußte an einen Schreibärger denken, den ich viele Jahre zuvor mit einer Modezeitschrift gehabt hatte. Die »Vogue« muß es gewesen sein, und 1982 müßte es sich zugetragen haben. Damals hatte man mich gebeten, einen Artikel zu schreiben, in dem »Die neue deutsche Frau« ausgerufen und abgefeiert werden sollte. Das »Fräulein-wunder« sei ja nun längst passé, es sei Zeit für einen neuen Trend, und welche Zeitschrift, wenn nicht die »Vogue«, müsse den als erste erkennen. Ich sei dazu auserkoren, mit der mir eigenen eleganten Schreibe und meinem liebevollen Blick auf schöne Frauen, den Leserinnen der »Vogue«

dieses Geschöpf vorzustellen. Da ich keine Ahnung hatte, was man sich unter der neuen deutschen Frau vorzustellen habe, erfand ich einen argentinischen Herrn, den ich Señor Martin nannte. Señor Martin eilt aufgeregt von Buenos Aires nach Deutschland, weil er hier »die neue deutsche Frau« zu finden hofft, von der er, im Wartezimmer eines Urologen in einer Modezeitschrift blätternd, gelesen hatte. Natürlich findet er sie nicht, weder in München noch in Hamburg, Berlin oder Düsseldorf. Wie auch, es war ja nur die Phantasie einer Modezeitschriftenredaktion. Er verliebt sich aber in eine schmuddelige Studentin, die sich abfällig über kapitalistische Edelmodezeitungen äußert und die ihn, so ist zu hoffen, von einem hirnlosen Trendgläubigen zu einem kritischen Kopf erziehen wird, und zieht mit ihr glücklich nach Lateinamerika zurück. Die damalige »Vogue«-Redaktion war etwas irritiert: Die neue deutsche Frau käme ja nur in der Phantasie dieses Herrn vor. Es gibt sie auch nur in der Phantasie, sagte ich, in eurer Redaktionsphantasie! Dann strich die Redaktion die Rahmenerzählung und ließ nur die Phantasievorstellung des Señor Martin übrig. Man zeigte mir den verstümmelten Text, ehe er gedruckt wurde. »Das ist nicht mehr mein Artikel«, sagte ich. Die ganze Ironie war beim Teufel. Der Artikel war wie von einer männlichen Gans geschrieben, also einem Ganter. Er solle unter dem Pseudonym Johannes von Ganter erscheinen, sagte ich. Vermutlich wußte niemand in der piekfeinen »Vogue«-Redaktion, was ein Ganter ist. »Johannes von Ganter ist der neuen deutschen Frau auf der Spur«, titelte damals allen Ernstes die Zeitschrift. Dazu der winzige Textstummel von mir und dann eine seitenlange Fotostrecke mit den üblichen staksigen Bulimikerinnen.

Jetzt in der Freßzeitschrift war ich leider als Autor eindeutig erkennbar. Zum Glück ging der Text nach den fürchterlichen ersten Absätzen etwas erträglicher weiter:

Was sonst soll der teuflische Versucher anderes vorschlagen, als Essen zu gehen. Kaffeetrinkengehen ist zu wenig. Geht zu schnell. Kinogehen kommt nicht in Frage. Nur wenn man sich nichts zu sagen hat. Obwohl ihre Hand in der Popcorntüte auch schon ein Erfolg ist. Zufällig eine zweite Theater- oder Opernkarte übrig haben ist durchsichtig und viel zu bildungsbürgerlich. Selbst in der Pause kommt nichts zustande. Er muß für Eis mit heißen Himbeeren ewig anstehen, während sie sich auf der Toilette die Lippen nachzieht. Wenn das Eis erstanden ist, schrillt die Pausenbeendigungsglocke und erinnert einen ungut an die Schulzeit. Spätestens hier sollte man den Kulturtempel verlassen und ein Lokal ansteuern, um sich beim Futtern und beim gemeinsamen Schimpfen auf den Regisseur endlich näherzukommen.

Langsam fing ich an, mich in meinem eigenen Text festzulesen, wie so ein Koch, der sich schmatzend mit seinem eigenen mißratenen Populär-Gericht anzufreunden beginnt:

Die Wunschfrau zum Essen nach Hause einzuladen empfiehlt sich übrigens nur für verheiratete Männer. In dem Fall weiß die Wunschfrau nicht recht, was die Einladung zu bedeuten hat. Wird die Ehefrau mit dabei sein? Die Wunschfrau wird diese Frage nicht stellen. Das könnte so klingen, als vermute sie, daß dieser Mann darauf aus ist, sie zu erobern! Die Ehefrau wird natürlich verreist sein. Dadurch bekommt die Einladung etwas Unverfrorenes. Man ist in der Höhle der Löwin. Das geht eigentlich nicht. Das knistert. Das ist gut. Junggesellen aber sollten Wunschfrauen keinesfalls nach Hause zum Essen einladen. Bei ihnen wirkt es entweder schlüpfrig oder so, als ob der Verehrer Kochkunst und Häuslichkeit demonstrieren will. Der potentielle gute Ehemann. Womöglich mit Schürze. Ein James Stewart selig im Witwerlook. Das riecht nach Falle. Und törnt ab. Der Annäherungsversuch des Junggesellen in seinen eigenen vier Wänden ist auch keine moralische Kunst. Er ist billig und zu erwarten. Der Ehemann hingegen beweist wenigstens Kühnheit, wenn er die fremde Wunschfrau vor oder nach dem Essen zum Letzten auffordert und zur Zweckentfremdung des ehelichen Schlafzimmers bereit ist.

Das Restaurant ist in jedem Fall der unverfänglichere Ort, um sich näherzukommen und eine Verführung in die Wege zu leiten. Hier kann man auch würdewahrender als zu Hause oder im Kino notbremsen und sich zurückziehen, wenn das Verführungsvorhaben sich wider Erwarten als ein furchtbarer Irrtum herausstellen sollte.

Natürlich ist die Wahl des Lokals von allergrößter Bedeutung. Ein Spitzenfreßtempel verbessert die Chancen keinesfalls, macht die eingeladene Traum-, Wunsch- oder Trostfrau eher mißtrauisch. Wer will sich schon kaufen lassen. Ein luxuriöses Futter in einem Sterneschuppen zwingt den Mann andererseits, alles zu tun, um nicht als Großkotz dazustehen beziehungsweise dazusitzen. Wenn ihm das gelingt, wird sich ihre anfängliche Skepsis in Wohlwollen verwandeln. Der Verführer wird nun als großzügig und zugleich als unaffig erscheinen, eine nicht alltägliche Mischung, die einige Anziehungskraft ausübt.

Hat man einen Freßtempel zum Annäherungsversuch gewählt, ist ein selbstverständlicher, lässiger Auftritt besonders wichtig. Bloß nicht vor ihr den Eindruck erwecken, als schüchtere einen der gute Ruf des Hauses und die zu erwartende Rechnung jetzt schon ein. Man läßt sich keinen abgelegenen Platz zuweisen und bittet gegebenenfalls um einen Tisch mitten im Getümmel. In Nischen kann man später sitzen, wenn die Liebe brennt. Jetzt soll sie erst angefacht werden. Das geht im Offenen besser. Man ist keiner, der die Frauen in den Hinterhalt lockt. Man hat nichts zu verbergen. Wenn die Ober ständig vorbeisausen – um so besser. Bloß keine traute Atmosphäre. Das Leben drum herum muß pulsen. Schummrigkeit ist fehl am Platz. Ich würde die Kerzen ausblasen und um Abtransport bitten. Sie sind im Weg und erzeugen falsche Romantik. Das sollte Herzdame einleuchten. Protestiert sie, kann man Flexibilität zeigen und die Ober um eine Rückgabe der lästigen Wachsstangen bitten. Ist sie mit der Entfernung der Kerzen einverstanden, kann man unter dem Tisch einen Fuß der Herzdame suchen und eine Solidaritätsbekundung vornehmen.

Kein Restaurant ist so furchtbar, daß man es sich nicht mit ein paar giftigen Bemerkungen über das entsetzliche Mobiliar und die niederträchtigen Deckenlampen gut einrichten könnte. Ist man in einem hochgestochenen gelandet, kann man sich darüber ebenso amüsieren wie über ein heruntergekommenes. Wichtiger als der erste Blick in die Speisekarte ist ein kurzes Taxieren der Räumlichkeit und der anderen Gäste. Man läßt den Blick unauffällig schweifen, erkennt sofort die melancholischen Genießer, die hastigen Geschäftsleute und das verlegene Liebespaar. So immerhin

sei man nicht, sagt man seiner Dame. Die gemeinsame Ein-
schätzung der Lage eint mehr als jedes Essen.

Egal, wo man gelandet ist, man sollte sich beim Bestellen
des Essens nicht verkünsteln. Man rät und läßt sich raten
und zaudert nicht lang. Vegetarisch sollte es bei einem
Verführungsessen nicht zugehen. Gemüse ist angenehm,
aber nicht sexy. Einer Fleisch, einer Fisch – und dann tauschen, schlage ich vor. Tauschen ist immer gut. Neugierig
im anderen Teller stochern und im eigenen stochern lassen:
damit zeigt man Interesse und Ungeniertheit.

Nie nippe man andächtig, nie mümmle man mit spitzem
Mund dem Geschmack hinterher. Das, was man da vor sich
auf dem Teller hat, ist heute nicht das große Thema. Man
sieht sich längst tief in die Augen und redet über weiß-
gottwas. Über die Theateraufführung, deren Karten man
verfallen ließ, zum Beispiel. Auch was geredet wird, ist
nebensächlich, nur was dahinter mitschwingt, ist von Bedeutung. Heute werden keine Speisen geprüft, sondern die
Lust aufeinander. Das Essen ist allein Mittel zum Zweck.
Es wird nicht zelebriert, sondern fast beiläufig verschlun-
gen. Eine gewisse Gefräßigkeit sollte man an den Tag legen.
Gier ist sinnlich. Kein Kauen am Wein mit schrägem Kopf,
keine winzigen Häppchen zum Mund führen. Was soll sie
denken. Wer vom Wein mit spitzem Munde nippt, der wird
auch von der Liebe nur nippen.

Wie man ißt, so liebt man vielleicht. Wer artig seine
Suppe löffelt, wird auch ein artiger Liebhaber sein. Das tun
wir nicht. Ob Selleriecreme oder Ochsenschwanzbouillon
oder ein Fischsüppchen mit netten Krebsteilen darin – nach
drei Löffeln wandert die Terrine an den Mund und wird getrunken. Dezentes Schlürfen ist erlaubt. Wer auf das Prä-

sentieren seiner guten Sitten bedacht ist, der wird nur einer Spießerin gefallen. Es ist doch aber anzunehmen, daß hier das Herz einer Frau von Format erweicht werden soll.

Und nicht das Tauschen vergessen. Ihr geben, und von ihr probieren. Bei der Tauschaktion berühren sich Hände und Arme. Und schon kommt der nächste Teller. Daß man einen eigenen Willen hat und sich nicht zum Knecht der Köche machen läßt, kann man zeigen, indem man sich nicht zu jedem Gang einen anderen Wein aufschwatzen läßt. Man bleibt bei seinem Roten, trinkt aber ständig von ihrem Weißen. So zeigt man seine Treue. Auch das eint und ebnet.

Schmeckt ein Gang oder das ganze Essen nicht, ist auch das nicht der Rede wert. Dann verbindet eben der Reinfall. Das ist kein Tag für Beschwerden. Dann bestraft man den Koch, indem man sich fröhlich an Weißbrot und Butter hält. Man zetert, klagt und nörgelt nicht, wenn man verführen will. Souverän, wie man die fade Pastete mit dem blöden Muster liegenläßt. Das muß ihr auffallen. Statt dessen einfach ein Stück Butter auf die dünne Weißbrotscheibe streichen. Aber bitte lustvoll. Fortgeschrittene Verführer bestellen etwas Olivenöl und tunken das Brot hinein. Öl trieft. Öl ist nicht so keusch wie Butter.

Am Schluß dieser zweiten Version der Verführungsgeschichte hatte ich wieder die Garnelen gebracht, die man tierisch mit der Schale verspeisen müsse. Jetzt kam das Ganze als Tip: Nur nicht den Kellner um neue Servietten bitten, sondern Herzdame mit einem tiefen und eindeutigen Blick in die Augen die Finger sauberlecken. Seltsamerweise hatte die Redaktion diesen Schluß nicht gestrichen.

Das also war irgendwann Mitte der 1990er Jahre 6000 alte harte deutsche Mark wert. Zuzüglich Mehrwertsteuer. Solche großzügigen Honorare sind nach der Euro-Umstellung selten geworden. Ich schrieb damals spaßeshalber in die Rechnung hinein, der Betrag sei »inklusive 1000 Mark Schmerzensgeld wegen möglicher Beschädigungen meines seriösen Images als deutscher Dichter«. Die Formulierung erschien dann auch in der Verwendungsspalte meiner Bankauszüge: »Inkl. Schmerzensgeld wg. mögl. Beschädigungen des seriösen Images als deutscher Dichter.« Ich habe mich damals gefragt, ob man den Schmerzensgeld-Bestandteil des Honorars auch versteuern muß.

Der Text war zu lieblich geraten, aber er tat mir nicht wirklich weh und er beschädigte meinen Ruf keineswegs. Auch die erste Version hatte keine Schärfe gehabt. Die zivilisierte Gesellschaft hat andere Ohrfeigen verdient. Dennoch oder deswegen: Ein paar Mal hat mir der Text sogar geholfen. Denn natürlich habe ich es öfter mal ausprobiert und nachgemacht, was ich zunächst am Schreibtisch erfunden hatte: das mit dem Abschlecken der Finger. Die Literatur, egal ob Auftragstexte oder Romane, muß nicht nur immer beschreiben, was ist. Sie kann auch mal etwas vorschlagen oder vorschreiben. Vielleicht haben all diese Spezialzeitschriften mit ihrem Ratgebergetue in diesem Punkt gar nicht so unrecht. Warum sollen nicht auch literarische Texte Anregungen zu neuen Verhaltensweisen enthalten.

Später habe ich die Redakteurin getroffen und mein Einladungsversprechen gehalten: Als sie mir ihre Finger mit dem Rostbratwurstfett und den Senfresten zur oralen Säuberung anbot, habe ich gepaßt. Sie arbeitete mittlerweile bei einer Zeitschrift für Segler. Man hatte ihr bei der Freßzeitschrift gekündigt, weil sie mit den Autorenhonoraren etwas zu freigebig gewesen war. »Ich finde, Segeln ist das Stumpfsinnigste überhaupt«, sagte ich. Sie würde mich vertrauensvoll um einen Anti-Segler-Artikel bitten, wenn sie die Nase von dem Segel-Heft voll habe, sagte sie. »Kein Problem«, sagte ich, »wenn es sein muß, hasse ich sogar das Meer und die Wellen und den Wind.«

Zu einem Happy-End ist es noch nicht gekommen. Ein Happy-End wäre es, wenn diese Redakteurin und ich privat ein Paar wären. Noch aber sind wir nur Geschäfts-Komplizen. Mein Text über den Idiotismus des Segelns ist schon in Vorbereitung, und schon spitzt die Redakteurin auf eine Stelle in einer Kunstzeitschrift. Und das wollte ich schon immer mal: In einer dieser stockaffirmativen Kunst-gutfindezeitschriften der modernen bildenden Kunst nach allen Regeln meiner Schreibkunst den Arsch versohlen. Wir haben noch viel zu tun: Architektur, Musik, Design, Literatur, Autos …

Eine erotische Verbindung habe ich mit meinem Verführungsempfehlungsartikel für die Freßzeitschrift übrigens tatsächlich gestiftet. Eines Tages erhielt ich einen Leserbrief: Als ihr der Mann, der seit langem vergeblich hinter ihr her war, Olivenöl auf den Nabel goß und auf ihrem nackten, noch unwilligen Körper in alle Richtungen zu verteilen begann, habe sie das zwar nett, aber ziemlich herkömmlich gefunden, verriet mir eine schöne energische Frauenhandschrift, doch als dieser Mann dann dazu die Worte sprach: »Öl ist nicht so keusch wie Butter« – da sei sie von seinem Esprit überzeugt gewesen und habe seinem Drängen nach Hochzeit und Ehe nachgegeben. Leider habe sie feststellen müssen, daß ebendieser Mann nichts anderes im Kopf habe als feines Fressen, und der Satz, mit dem er ihr Herz gewonnen habe, sei auch nicht von ihm, sondern von mir, weswegen sie mich am kommenden Sonntag zu sehen hoffe. Sie mache in der Stadt, in der ich wohne, Station und erwarte mich in ihrem Hotelzimmer – zu ein paar Oliven und einem simplen Fläschchen Wein.

Liebeskummer

Eine Erinnerung an das alte Nürnberger
Bahnhofsrestaurant

Der Liebeskummer hatte mich ausgehöhlt. Wenn man vom Schreiben lebt, ist Hohlsein kein guter Zustand. Mir fiel nichts mehr ein. Zwölf Jahre lang gab mir die Liebe Schwung und Stoff. Ich bin übrigens kein Mensch, der erotische Abenteuer hat. Erotische Abenteuer lehne ich ab. Schon den Ausdruck »erotisches Abenteuer« kann ich nicht ausstehen. Ich mag es auch nicht, wenn man Sex als Genuß bezeichnet. Sex ist nichts zum Fressen, und Liebe schon gar nicht. Sie ist wichtiger. Sie ist wie Luft.

Der Teufel scheißt auf den dicksten Haufen, sagt der Volksmund, die alte Schnauze. Und der Millionär, der Affe, behauptet steif und fest, daß die erste Million die schwerste sei. Der weitere Reichtum wächst einem angeblich von selbst zu. Das Akkumulationsgesetz waltet in allen Bereichen. Ich kann das bestätigen. Hat man eine schöne Liebesgeschichte, kommen gleich zwei, drei, vier, fünf dazu.

Zwölf Jahre hatte ich mit dem Koordinieren der Liebe alle Hände voll zu tun gehabt. Zwölf Jahre war es gutgegangen. Dann entglitt mir plötzlich eine der Liebschaften. Ich weiß bis heute nicht, warum. Und schon rutschen sie alle weg. Erosion. Weg war Ines, weg waren meine anderen

Liebesgeschichten. Ich weiß nicht, für wen die Folgen verheerender waren, für mein Gemüt oder für meinen Ruf als Schriftsteller. Mein weites Herz wurde eng, und ich konnte immer nur das gleiche schreiben: Wie ein Mann von den Frauen und damit von allen guten Geistern verlassen wird. Mein Witz und meine Heiterkeit kamen mir abhanden, weil mir die Liebe abhanden gekommen war. Was für ein feuchter Christensatz: »Weil mir die Liebe abhanden gekommen war.« So dachte ich, so schrieb ich. Der Liebeskummer hatte meinen Stil versaut.

Verschwörungsphantasien konnten nicht ausbleiben. Eines Tages im Winter war aus Teneriffa eine Postkarte von Ines, meiner ehemaligen Hauptgeliebten, gekommen, deren Abschied den Erdrutsch im letzten Sommer ausgelöst hatte. Die für ihre Verhältnisse erstaunlich üppige Grußbotschaft lautete: »Ich habe gerade eine Tomate gegessen, dabei an Dich gedacht und hoffe es geht Dir gut.« Gleich war ich starr vor Glück. Die Hoffnung, diese blöde Amsel, fing an zu flöten, mein Interpretationsvermögen kam auf Touren und deutete die Nachricht sofort zu meinen Gunsten: Ines mußte kurz vor der Einsicht sein, daß sie auf mich nicht verzichten konnte. Ich merkte, wie mein Optimismus und meine Lebensgeister zu erwachen begannen. Dann kam mir die Sache verdächtig vor. So poetisch hatte sich Ines nie ausgedrückt. Ich stellte mir plötzlich vor, daß Ines von meinem Verleger und der Lektorin auf ihrer Insel aufgesucht worden war. Ines am Strand. Ihr neuer Geliebter oder alter Ehemann steht unentschlossen im Wasser und starrt auf den Horizont. Er ist Ines nicht gewachsen. Ines holt eine Tomate aus ihrer Tasche und beißt zu. Saft rinnt ihr das Kinn hinab, den sie mit ihrem Handrücken abwischt. So hat sie immer Tomaten gegessen. So habe ich es beschrieben. Die Tomatenesserin. Da treten meine Verlagsleute herbei. Der Verleger redet auf Ines ein. Er hat vier Tausendmarkscheine in der Hand. Ich kann nicht hören, was er sagt, aber es wird mir klar, daß es nur Folgendes sein kann: »Sie sind im Begriff, das Leben und die Laufbahn eines unserer hoffnungsvollsten Autoren zu zerstören. Sie können das vielleicht verhindern, wenn Sie ihm eine Zeile schreiben.« Ines greift gelangweilt erst zu den Geldscheinen, dann zu der Postkarte, die ihr die Lektorin zusammen mit einem Stift reicht, die Lektorin diktiert, und Ines schreibt.

Seitdem sind Monate vergangen. Ich habe nichts von Ines gehört, dem launischen Luder. Mein geplanter Roman wollte nicht gelingen. Wie leicht war mir früher das Hinwerfen von ein paar guten Seiten über Freud und Leid der Polygamie gefallen. »Ich muß was tun«, hatte ich Helene zugeflüstert, wenn ich morgens um vier das Bett verließ. Dann schrieb ich rasch eine halbe Seite, eilte zu Ines am anderen Ende der Stadt und lag schon um fünf Uhr in deren Bett. Um acht Uhr saß ich längst wieder zu Hause am Schreibtisch, hatte auf dem Weg von Ines zu Helene bereits ein Baguette gekauft, die zweite halbe Seite zu Papier gebracht und die Kaffeemaschine in Gang gesetzt.

Vorbei das schöne Leben. Nun schleppte ich mich schwunglos herum. Der Verlag schien weder Ines noch Helene mit Geld bestochen oder ihnen sonstwie ins Gewissen geredet zu haben, es wenigstens der Literatur zuliebe noch einmal mit mir zu versuchen. Bitte! Verstehen Sie doch! Nur einen Roman lang! Von einem anständigen Verlag hätte ich solche Intrigen erwartet. Ich will betrogen werden. Statt dessen hatte der Verlag das Interesse an mir verloren. Als rasanten Spötter hatten sie mich eingekauft, und nun war ich ein Jammerlappen geworden.

Ich hatte, soviel ich weiß, immer eine Literatur geschrieben, die sich lesen ließ. Solche Bücher werden in der Regel nicht mit Preisen bedacht. So gab es auch jetzt keine mildtätigen Jurys, die sich meiner erinnerten und mich mit Stipendien und Stadtschreiberposten durchfütterten. Allerdings hatte ich aus guten Zeiten in einigen Redaktionen noch Freunde sitzen, die mir ab und zu etwas zu schreiben gaben. Sie waren bei Zeitschriften gelandet, die sich mit dem Feinschmeckertum oder mit der Inneneinrichtung toskanischer Landhäuser oder mit der hohen Mode befaßten. Ich hatte solche Blätter in meinen fetten Jahren immer verachtet und verhöhnt – nun war es ein Hohn anderer Art, daß sie mir zu tun gaben, mich ins Brot setzten, wie der altmodische Ausdruck sehr richtig lautet. Je opulenter die Blätter, desto menschenfreundlicher waren nun die Redakteure. Sie nahmen es mir nicht übel, daß ich die Blätter, für die sie sich jetzt gegen üppiges Einkommen krummlegten, nach wie vor verlachte. Ich rätselte, ob ein Zusammenhang zwischen Wohlleben und Freundlichkeit bestand, ob der Umgang mit dem Überfluß womöglich gut und sanftmütig und uferlos tolerant macht – was dann hieße, daß der Kapitalismus an seinen äußersten Rändern eine Mildtätigkeit produziert, gegen die alle sozialen Einrichtungen des Wohlfahrtsstaats und der Kirche nichts sind. Dufte These: Wer sich mit dem Elend der Welt befaßt, muß irgendwann zum Laissez-faire-Zyniker werden. Wer aber hauptberuflich eine Kundschaft bedient, die genug verdient, um sich ausgiebig für gutes Essen und handgeschnittene Ziegelsteine aus Arrezzo zu interessieren, der wird ein milder

Mensch und hat ein Herz für die Armen dieser Erde. Vielleicht weckt der stete Umgang mit dem Luxus auch ein schlechtes Gewissen und damit ein Bedürfnis, den Hungerleidern Gutes zu tun. Oder die allmonatliche Anbetung von Delikatessen aller Art erzeugt ein Verlangen nach Säure und läuternden Bitterstoffen, weil Wohlstand und Wohlklang und Wohlsein einem sonst eklig werden.

Die Redakteure der Lebensgenußpostillen nahmen mir nichts übel, auch nicht, daß ich von den klassischen Bereichen des Wohllebens nichts verstand. Ich war immer auf nichts anderes aus gewesen als darauf, mich so oft, so heftig und so lang wie möglich zu verlieben. Die Lagen und Jahrgänge von Weinen, Restaurants mit Sternen, Mobiliar, das man nach den Regierungszeiten debiler Könige benennt, war mir dabei immer gleichgültig gewesen. Solange nur der Wein nicht süß und die Möbel nicht von Ikea waren. Es gibt Grenzen. In Ikeabetten könne ich nicht vögeln, behaupte ich. Am alleregalsten sind mir immer schon Opernfestspiele mit Weltstarbesetzung gewesen. So verdreht aber war leider keine Zeitschrift, mich zu den Bayreuther Festspielen zu schicken und einen Text bei mir zu bestellen, in dem ich meinem Abscheu vor der Musik Richard Wagners freien Lauf hätte lassen und mir über das Festspielpublikum das Maul hätte zerreißen können.

Immerhin, man schickte mich in die Toskana, wo ich das Kunststück fertigbringen sollte, den hundertsten oder tausendsten ironischen, aber bitte nicht verletzenden Bericht über die Toskanadeutschen und ihr Konsumverhalten zu schreiben. Dieser Bericht gelang mir trotz meines Liebeskummers oder wegen ihm, denn in dem Haus, in dem ich wohnte, gab es eine Gesamtausgabe meines Lieblingsdichters Heinrich Heine, in der ich besessener las als ein Konvertit im Katechismus. Oh Heine, du Trost der Liebeskranken, du Kenner süßer kleiner falscher Frauenherzen! »Tuo piccolo cour, certo nulla è più dolce e più falso!« Mein Toskanadeutschenporträt bestand fast ausschließlich aus Heinezitaten. »Vergiftet sind meine Lieder – Ich trage im Herz viel Schlangen – io porto in cuor molti serpenti.« Im übrigen gestand ich darin, daß ich guten Wein, der fünf Mark pro Flasche kostet, nicht von gutem Fünfundzwanzig-Mark-Wein unterscheiden könne und wolle – dito Olivenöl. Daß jeder, der Unterschiede herausschmecke, geschmäcklerisch sei, daß unter Weinkennern ein noch größeres Gebluffe, eine noch bizarrere Scharlatanerie herrsche als auf dem Katastrophenmarkt der modernen Kunst. Daß der Geschmack, den man vor dem ersten Schluck Wein im Mund habe, hundertmal wichtiger sei als der Wein selbst. – Da fast kein Mensch guten Fünf-Mark-von guten Fünfundzwanzig-Mark-Weinen unterscheiden kann, bekam der Artikel Zuspruch von allen Seiten, vor allem von den Spitzengenießern, die schon immer gesagt hatten, daß man Wein aus Flaschen, die weniger als fünfzig Mark kosten, nicht in den Mund nehmen sollte. Meinen Zusatz, daß Leute, die Weine über fünfundzwanzig Mark trinken, selbst in einer politischen Pflaume wie mir den Klassenkämpfer weckten, hatte der Redakteur gestrichen.

Die meisten Auftragsarbeiten mißlangen allerdings so unrettbar, daß sie nicht gedruckt wurden. Denn ich konnte im Grunde von nichts anderem schreiben als vom Jammer des Verlassenwordenseins, egal ob ich eine Polemik gegen das zeitgenössische Design abzuliefern hatte oder mich über den tieferen respektive höheren Sinn von Geschwindigkeitsbegrenzungen auf Autobahnen auslassen sollte. Die Redaktionen hatten für meine Themaverfehlungen wenig Verständnis. Weil ich nur meine entflohenen Frauen im Sinn hatte, rutschten mir Wendungen in den Text wie »Wer aber ohne Liebe ist« – ein Gebetbuchverlag hätte mich als Texter gut gebrauchen können.

Noch hatte ich Freunde, die mich nicht verloren gegeben hatten, oder so taten, als hätten sie mich nicht verloren gegeben. Sie quälten mich mit ihren Ratschlägen. »Vergiß deine zickigen Weiber!« sagten sie, und ich litt unter ihrer unmenschlichen Empfehlung. Ich wollte meine Weiber nicht vergessen. Vor allem sollte ich reisen. Andere Orte würden mich auf andere Gedanken bringen. Einer sagte, ich müsse unbedingt nach Mexiko fahren, und nannte mir allen Ernstes ein Dorf irgendwo zwischen Urwald und Wüste, wo die gegrillten Kakteenscheiben besonders lecker seien. Er suchte nur fünf Sekunden nach dem unaussprechlichen Namen, und dann hatte er ihn. »Tehuantepec.« Die Leute geben einem heute Kneipentips für Orte am Arsch der Welt. Als wahrer Kenner erweist sich, wer Dorfkneipen am Rand der Dritten Welt kennt, die nicht mal im alternativsten aller Reiseführer stehen. Tehuantepec. Als sei das ein neues Fruchteis, das man in der Tankstelle nebenan bekommt. Ein anderer alter Freund lud mich zum Essen ein und riet mir zu Kuba. Die Auflösungserscheinungen des mumifizierten Sozialismus zu beobachten sei für einen Schriftsteller Pflicht. Diese Geflügelmärkte. Dieser Zuckerrohrschnaps. Dann diese maßlose Prostitution, die einen die ersten drei Tage abstoße, um einen dann um so heftiger anzuziehen. Nach nur drei Wochen Kuba werde man sein restliches Leben lang nur noch mit kaffeebraunen karibischen Frauen schlafen wollen. Nicht nur mir, auch meinem Roman werde die Luftveränderung guttun. Havanna müsse endlich von mir zur Romankulisse gemacht werden. Ich protestierte: Über Kuba gäbe es schon genug Romane und Filme. Egal. Dann solle ich meinen Helden eben nach Kolumbien fliegen lassen, und zwar mit einer zweimotorigen Propellermaschine, die nur langsam an Höhe gewinnt, von Havanna nach Cartagena. Mein Ratgeber, ein ehemaliger britischer Colonel übrigens, ließ seine flache Hand langsam über dem Tischtuch an Höhe gewinnen und ahmte dazu das Brummgeräusch eines alten Flugzeugmotors nach. »Cartagena de las Indias«, sagte er triumphierend und schneuzte dann in ein Taschentuch mit Monogramm, »da müssen Sie hin!« Ich nickte höflich und war mir nicht sicher. Das klang nach Endstation. Was dann?

Obwohl ich den Verdacht nicht loswerde, daß Reisen die Erkenntnis eher verschattet und daß ich daher lieber meine Romanfiguren in der Welt herumschicke als mich selbst, fing ich an, mich für die Länder Lateinamerikas zu interessieren. Sich immer nur auf Blaise Pascals berühmten Spruch zu berufen, wonach das Elend der Welt daher rühre, daß der Mensch nicht ruhig auf seinem verdammten Hintern in seinem verdammten Zimmer sitzen bleiben könne, schien mir plötzlich etwas armselig. Da ich kein Geld für eine Reise hatte, schlug ich einem meiner Redakteursbekannten, der bei einer Reisezeitschrift eine einflußreiche Stelle hatte, vor, mich in die Karibik zu schicken. Er schrie auf. Niemals! Kuba, Kolumbien, Karibik, niemals! Mexiko? fragte ich. Es kam fast bettelnd aus meinem Mund. Ines war mit ihrem verfluchten Mann einmal in Mexiko gewesen. Diese Reise hätte nicht stattfinden dürfen. Ich hätte sie verhindern müssen. Mexiko? Der Redakteur winkte ab. Ob ich nie was von Pascal gehört hätte. Diese verdammten Reisen in der Welt herum brächten doch nichts. Machten doch nur den Globus kaputt. Man käme immer mehr davon ab.

Er verwickelte mich in ein Gespräch über die Vorteile und die Zukunft des Computers. Im Zeitalter des Lesens sei man auch nur in seiner Vorstellung auf Reisen gegangen, man sei ein Mitreisender der Autoren von Reiseliteratur gewesen. Der Computer beziehungsweise die entsprechende Software gäbe den Leuten nur diese verlorengegangene Tugend des Reisens im Geiste wieder zurück. Die gescholtenen virtuellen Welten, die der Computer eröffne, seien nichts anderes als eine auf Trab gebrachte Phantasie. Gerade an meinen Büchern habe ihm als Reiseredakteur immer gefallen, daß ich die Reisen meiner Figuren karlmayhaft recherchiert und erfunden habe, ich solle dieser genialen Methode ja nicht untreu werden, sagte er, und ich wurde den Verdacht nicht los, daß hier wieder einmal ganz karlmarxhaft das Sein das Bewußtsein bestimmte und nur nicht genug Geld da war, den Autoren eine Reise zu finanzieren. Der virtuelle Redakteur schlug mir vor, einen Essay über die Freuden der Seßhaftigkeit zu schreiben, in dem ich gegen das reale Reisen wettern sollte – aber das war mir dann doch zu bleibimlandundnähredichredlichhaft. Dann bot er mir eine Reise in das berühmt-berüchtigte »Weiße Rössl am Wolfgangsee« an, darüber dürfe ich für sein geplantes Österreichheft in einer Polemik hundertzwanzig Zeilen à sechsunddreißig Anschläge lang gepflegt lästern. Später könne ich ja meinen Romanhelden ebenda ein erotisches Abenteuer mit einer Touristin erleben lassen.

Ich nahm den Auftrag tatsächlich an und besuchte den

entsetzlichen Ort. Beim Schreiben der Reportage vergaß ich mich und mein Thema so sehr, daß ich statt des spießigen Operettenhotels die Blues-Stücke beschrieb, die ich auf dem Weg dorthin im Auto gehört hatte. Erst die Erkenntnis: »My gal is gone and cryin' won't bring her back.« Und dann das Interesse: »You'll miss me baby like I'm missin' you.« Immerhin gab es 2000 Mark Ausfallhonorar.

Kuba und Kolumbien mit seinen kaffeebraunen Frauen gingen mir nicht aus dem Kopf. Vor allem, wenn der neue Trend wirklich das ökologisch vernünftige Zuhausehockenbleiben vor dem Bildschirm und das Unterstützen des heimischen Gastronomiegewerbes sein sollte, dann war es Zeit für mich, eine Reise zu tun und etwas zu erleben. Wenn etwas sinnstiftend ist, dann gegen den Trend zu leben. Ich fuhr nach Hamburg zu meinem Verlag und machte dem Programmchef klar, daß mein geplanter Roman zu einem Drittel in Kuba und dann in Kolumbien spielen müsse und nur zustande kommen werde, wenn man mir einen viermonatigen Aufenthalt finanziere. In meinem Alter hätte ich keine Lust mehr, mir nur vorzustellen, wie die sagenhaften, von exotischen Drinks erhitzten Kubanerinnen im Bett herumtobten.

Programmchef und Verleger waren reserviert, sie rieten mir ab, meinten, Kuba-Reisen seien etwas für österreichische Provinzböcke, nicht besser als Sex-Reisen nach Sri Lanka, damit tue ich dem Roman keinen Gefallen. Das Ausweichen nach Kolumbien oder Mexiko sei auch Unsinn. Mein Romanheld brauche keine gerösteten Kaktusscheiben zu verspeisen. Der Verlag werde diesen exotischen Mißgriff nicht finanzieren, hieß es, und man gab mir den Tip, falls man mir Kuba nicht habe ausreden können, mich an eben jenen Redakteur der Reisezeitschrift zu wenden, der mich statt nach Havanna ins Weiße Rössl geschickt hatte.

Als ich unverrichteter Dinge von Hamburg Richtung Süden fuhr, kam ich mir uralt vor. Die Situation wurde langsam lebensgefährlich. Zwischen Hannover und Göttingen ging ich dem nach, was seit Monaten meine Lieblingsbeschäftigung war: Ich formulierte an einigen Sätzen herum, die ich Ines zukommen lassen wollte. Als ich es gewagt hatte, ihren winterlichen Tomatengruß aus Teneriffa mit meiner hocherfreuten Deutung zu beantworten, war Ines grausam und unverschämt genug gewesen, mich zu bitten, ihr nicht mehr zu schreiben. Seitdem wollte ich ihr ein paar finstere Abschiedsworte ins Herz stoßen. Ich hatte vor, ihr 50 Bund Petersilie zu schicken, unser hundsgemeines Lieblingsküchenkraut – und dazu ein paar gallebittere Worte, die ihr weh tun sollten. Diesmal sah die Textvariante so aus: »Die Liebe ist tot. Ins Grab mit ihr. Wirf das Grünzeug hinterher, damit die Erde nicht so poltert. Es gelingt mir nicht, Dich in angenehmer Erinnerung zu behalten. Mir fällt immer nur ein, wie Du unausstehlich warst. Ich denke an Dich wie an ein Gespenst, will unsere Liebe vergessen und möchte auch von Dir vergessen werden.«

Ich fuhr zweiter Klasse, das entsprach meinem Gemütszustand. Allerdings fahre ich meistens zweiter, auch in besseren Gemütszuständen. Es entspricht offenbar meinem Wesen und meiner Ideologie. In der ersten Klasse sitzen mir zu viele Kleinbürger, die ihrer Herkunft zu entfliehen versuchen. In einem meiner Romane habe ich den Helden beim Wählen zwischen erster und zweiter Klasse einmal eine Weile hin und her zögern lassen. Ein Kritiker hatte dieses Zögern tatsächlich gegen mein Buch verwendet und geschrieben, den Roman brauche man nicht zu lesen, denn wer interessiere sich für einen Mann, der mit Vierzig oder Fünfzig noch nicht weiß, ob er in die erste oder zweite Klasse gehört. Diese dumme Sau von Kritiker. Für welche Klasse man sich entscheiden soll, ist überhaupt die einzige Frage, die einigermaßen sinnvoll ist. Wohin mit mir? Es ist ja nicht nur das Reisen. Auch das Kranksein. Und das Essen natürlich. Wie viele Klassen es gibt! Mache ich 40 oder 60 oder 80 oder 120 Mark locker? Zu zweit natürlich. Allein essen gehen ist mir zu fürchterlich. Ab wieviel Mark wird es affig? Von 240- und 480-Mark-Rechnungen will ich hier nicht reden. Ab 120 lasse ich mich sowieso einladen, da ist es mir egal. Aber kein Mensch wird abstreiten, daß zwei Leute für 60 ganz wunderbar essen können, und zwar nicht nur als Elendstouristen in Nepal oder Malaysia, in Budapest oder Prag. Und dann ist die Sache doch die: Eine glückbringende europäische Fresserei für 60 Mark ist natürlich doppelt so gut wie dasselbe Futter für 120. Erstens, weil man sich besseren Gewissens zwei bis drei persönlichkeitsbildende Jazzscheiben mehr kaufen kann, zweitens weil das günstigere Verhältnis von Preis und Leistung euphorisierender wirkt als der oder die beste Grappa. Das heißt: ein famoses 480er Essen müßte genau achtmal so gut sein wie ein famoses 60er Essen, wenn es mit diesem an Beglückungskraft standhalten sollte. So etwas aber habe ich noch niemals geschluckt.

Natürlich wird in der zweiten Klasse ordinärer und enthemmter gehustet. Das ist ein Nachteil. Die Frau neben mir hatte einen scharfen, fast unecht klingenden Husten, und ich überlegte mir, ob der Husten hysterisch war und sie damit wahllos Mitgefühl auf sich ziehen wollte, oder ob er echt war und sich in drei Tagen lockern würde. Ich überlegte mir auch, ob mich dieses Husten weniger mord-lüstern machen würde, wenn die Husterin hübscher wäre. Oder husten hübsche Frauen nicht? Oder hört man deren Husten nicht? Wer hat schon mal hübsche Frauen husten hören? Auch das sind sinnvolle Fragen. In Kassel verließ ich den Zug, um nicht zum Würger zu werden.

Früher, als es mir gutging, hätte ich einen Essay über das Husten geschrieben. Jetzt, da ich mir verlassen vorkam, waren meine Inspirationen fern wie meine entglittenen Frauen. Der moderne Bahnhof trug zu meiner desolaten Laune bei. Ich mag keine moderne Architektur. Gute Archi-tekten mögen sie selber nicht. Ich weiß, daß sie lieber in alten Häusern wohnen. Moderne Architektur ist nur mit schönen Frauen zu ertragen! Gut, diese Aussage könnte auch von einem schwulen Modeschöpfer stammen, aber sie ist verdammt wahr. Je moderner die Bauten, desto perfek-ter müssen die Beine der Frauen sein, die sich in oder um diese Bauten herum bewegen, so lautet die Gleichung. Wer heute bauen will, kriegt von mir diese Auflage. Sonst gibt es keine Baugenehmigung, basta. – Im Blumenladen waren die Versager nicht in der Lage, 50 Bund Petersilie und eine giftige Botschaft über Fleurop zu Ines nach München zu expedieren.

Susanne fiel mir ein. Ärztin in Nürnberg, wo ich in einigen Stunden wenige Minuten Aufenthalt haben würde. In meiner Blütezeit als Autor hatte es nach einem unüber-trefflichen Fanbrief von Susanne einen flirrenden Brief-wechsel gegeben. Damals war mein Herz zu voll, um auch sie noch zu lieben. Wir wollten uns sehen, es klappte nicht.

Jetzt, Jahre später, trank ich ein Glas schlechten Wein, der gut genug war, um mich an einige ihrer Briefstellen zu erinnern. Susanne war damals geschieden. Ihr kurzsichtiger Ehemann hatte sie an ihrem Mund erkannt, wenn er ohne Brille aus dem Meer stieg und nach seiner Frau am Strand suchte. Ihr Mund war groß, und wenn sie lachte, leuchtete eine breite Reihe weißer Zähne. An diesem weißen Strich war sie erkennbar. So weit ihre Selbstbeschreibung. Wenn ein neues Buch von mir erschienen war, mußten die Patienten nachts lange nach ihr klingeln. Fiel Post von ihrem Lieblingsautor in den Kasten, bekam sie »einen dicken, dicken Glückskopf«, wie sie schrieb. »Obwohl ich Metamorphosen nicht mag« – so ihr himmlischer Zusatz. Sofort bekam ich auch einen Glückskopf. Ich eignete mir ihr wunderbares Wort sofort an. Nie hatte ich mit ihr telefoniert. »Am Telefon bin ich nicht so gut«, schrieb sie.

Jetzt rief ich sie an. Herzklopfen. Endlich wieder Herzklopfen! Hat schon mal jemand Herzklopfen vor einem Essen bekommen? Ich meine nur. Die Liebe ist dem Fressen um Längen voraus. Das Herz ist mehr wert als der Magen. Weiß auch nicht, warum ich immer das eine gegen das andere ausspielen muß. Ein boshafter und dummer Zug von mir. Aber ich bestehe auf Prioritäten. Ich pflege meine private Hierarchie der Organe und der Glücksgefühle.

Sie war nicht zu Hause. Welche Ärztin ist mittags um halb zwei zu Hause. Kein Anrufbeantworter. Das gute, altmodische, zuverlässige Tuten ins Leere. Ich gab ein Telegramm auf. Glückskopf, weil man im Faxzeitalter noch Telegramme aufgeben kann. »Sitze nachher von 18 bis 21 Uhr im alten Nürnberger Bahnhofsrestaurant und rechne vorsichtig mit Ihrem Auftauchen.«

Schon kurz vor fünf war ich in Nürnberg. Aufenthalte in Nürnberg liebe ich seit Jahren wegen des Bahnhofsrestaurants. Keine Ahnung, von wann der Bahnhof ist. Müßte doch im Krieg völlig zerbombt worden sein? Nazistadt und Eisenbahnknotenpunkt. Konnten die Alliierten doch nicht unzerstört lassen! Oder hatten die Bomber das Restaurant nicht getroffen? Egal alles heute. Ein hoher weiter Raum, vielleicht in den 50er Jahren renovierter Jugendstil, etwas in der Art, aber ich will auf diese Aussagen nicht festgenagelt werden. Jedenfalls ein Paradies der Übergangsreisenden, ein Fluidum, wie es weder in den Bahnhofsrestaurants im blöden Bonbon-München, noch in Stuttgart, Zürich, Wien, Ulm, Frankfurt, Würzburg, Hamburg, Bremen, auch nicht in Köln und Hannover zu finden ist – und schon gar nicht in Braunschweig. Endlich Platz, Platz, Platz und Weite in dieser verdammt vollgestopften Welt. Eine Oase der Geräumigkeit. Eigentlich kein Restaurant, sondern eine Art bewirteter Wartesaal. Nie voll besetzt, an jedem dritten Tisch ein Rentner, an jedem fünften zwei Vertreter – und ab und zu ein Liebespaar, weit weg, meist lautlos in erregter Unterhaltung. In der Luft der Geruch echter dünner Brühe – die Hotelküche in Davos könnte zu Thomas Manns Zeiten so angenehm unaufdringlich geduftet haben. Kurz, ein Juwel, ein Kleinod, eine Zuflucht, nein, kein Juwel, kein Kleinod, eine Selbstverständlichkeit, eine Seltenheit, eine Heimstätte, ein Ort wahrer Größe. Der Rauch der Zigaretten steigt zur hohen Decke, von der ich beim besten Willen nicht sagen kann, wie sie beschaffen ist. Mit Ornamenten verziert? Flach oder Gewölbe? Ich weiß es nicht. Wenn einem wohl ist, schaut man offenbar nicht nach oben.

Hier hatte ich schon mit Helene gesessen und auch mit

Ines. Helene hatte einmal Lust gehabt, mich ein Stück auf einer Fahrt nach Hamburg zu begleiten. In Nürnberg war sie ausgestiegen, und ich natürlich mit ihr. Wir saßen eine Stunde in diesem Restaurant, ehe ich weiter in den Norden und Helene wieder zurück in den Süden fuhr. Keine Aussprache, keine Versöhnung, einfach nur so. Wir hatten vermutlich nichts gegessen, vielleicht eine Suppe, vielleicht auch nur Tee mit Zitrone, oder ein Bier oder Wein, ich weiß es nicht mehr, ich kann mir nie merken, was ich wo gegessen oder nicht gegessen habe, es ist mir egal, und im alten Nürnberger Bahnhofsrestaurant ist es mir ganz besonders egal.

Ein anderes Mal war Ines mitgefahren. Wir hatten uns auf dem Münchner Bahnhof verabschiedet. Vier Wochen würden wir uns nicht sehen, und der Abschied war Ines zu kurz gewesen. Da war sie einfach zu mir in den Zug gestiegen und bis Nürnberg mitgefahren. Damit hatten wir gute anderthalb Stunden gewonnen. Sie hatte damals gerade eines ihrer zahllosen Kinder in die Welt gesetzt und stillte es noch. In Nürnberg mußte sie zunächst den Kindsvater anrufen und ihm Milchfläschcheninstruktionen geben. Kein Wunder, daß ich diese Frau abgöttisch liebte, oder? Für diesen wunderbaren Sieg der Liebe über die Fürsorge habe ich Ines später tausend Gemeinheiten verziehen. Wir gingen ins Restaurant und saßen am selben Tisch, an dem ich mit Helene gesessen hatte, wir traten auf unsere Füße und fragten uns, ob wir das täten, wenn wir ein Ehepaar wären. Zwei Züge ließ Ines fahren, dann trennten wir uns. Mein Gott, sagte sie und holte Luft. Im Gegensatz zu mir würde sie wegen ihres unverhofften Ausflugs noch Ärger kriegen. Das war einmal.

Jetzt kaufte ich mir eine Zeitung und ein Päckchen Präservative, suchte das Restaurant auf und fühlte mich sofort gerettet und zu Hause. Es war erst halb sechs. Ich bin gern vor der Zeit am Ort der Verabredung und sehe mich um. Das Restaurant war leerer denn je, fast stand eine süße k.-und-k.-Melancholie wienerisch im Raum. Daß es so etwas noch gibt! In Nürnberg! Schon wurde ich von wahrhaft christlichen Dankbarkeitsanwandlungen heimgesucht. Der strategisch günstigste Platz, von dem aus ich beide Eingangstüren im Blick haben würde, war von einer Frau mit Hut besetzt. Eine Weile streifte ich unentschlossen durch den Raum und nahm dann Platz an einem Tisch direkt neben dem, an dem ich vor vier Jahren mit Helene und vor drei Jahren mit Ines gesessen hatte.

Hier auf eine Frau zu warten gab dem Leben wieder Sinn. Erst nach zehn Minuten erschien ein kauender Ober, als ahnte er, daß ich Zeit im Übermaß hatte. »Ich bin noch nicht so weit«, sagte ich. Nach weiteren zehn Minuten bestellte ich eine Rindersuppe. »Hühnersuppe ist besser«, sagte er. Ich sah ihm scharf ins Gesicht. Man weiß es nie: Wollen sie ihr Zeug loswerden, oder meinen sie es ehrlich? Ich fügte mich. Huhn.

Um sieben Uhr war mir klar, daß es weltfremd von mir war, auf eine Frau zu warten, die ich nicht kannte, mit der ich vor zwei, drei Jahren ein paar Briefe gewechselt und der ich vorhin unvermittelt ein Telegramm geschickt hatte. Natürlich würde sie nicht kommen. Dennoch bereute ich meinen einfältigen Entschluß nicht, denn eine gute Stunde lang war ich kindisch genug gewesen, an ihr Kommen zu glauben, und das war eine aufregende Stunde gewesen. Zwei Dutzend häßliche Frauen waren in der Zeit ins

Restaurant gekommen, alle mit einem Blick, als hielten sie nach mir Ausschau. Zwei Dutzend Mal erschrak ich bis ins Mark. Ich wußte nichts. War Susanne dick oder dünn, 30 oder 60, blond oder dunkel. Die Suppe stand kalt neben mir, sie war nicht schlecht, aber ich war zu nervös, um zu essen. Auch lesen konnte ich keine Zeile von meiner Zeitung. Die Frage war nur noch, ob ich wirklich, wie ich Susanne telegrafiert hatte, bis 9 Uhr hier ausharren, und wenn, dann wie ich das aushalten sollte.

Um zwanzig nach sieben stand Susanne plötzlich im Raum, als wäre sie nicht durch die Tür gekommen, die ich doch dauernd im Blickfeld gehabt hatte. Sie erkannte mich sofort und lachte. Ich erkannte sie an ihren leuchtenden Zähnen, die tatsächlich einen breiten weißen Strich in ihrem Gesicht bildeten. Sie setzte sich, und wir duzten uns gleich. »Was ißt du da?« sagte sie »›Essen‹ ist gut«, sagte ich. Der Teller war noch immer voll. Susanne bestellte dieselbe Suppe und aß auch nicht. Wir stupsten unsere Schultern aneinander. Ich ließ einen Zug nach dem anderen fahren. Um zehn Uhr preßten wir Knie an Knie. Wir tranken Frankenwein. Ich mußte ihr mein Leben erzählen. Die Frauengeschichten hörte sie gern. Ich wunderte mich und zögerte. »Weiter, weiter«, sagte Susanne mit weißem Strich im Gesicht. Sie war Mitte Dreißig. Es machte ihr Spaß, von ihrem Leben wenig zu erzählen. Sie erzählte von ihrem Bett: Ein neues Bett. Zu groß. So groß, daß man über den Schreibtisch klettern muß, um hineinzukommen. »Wenn das nicht affengeil ist«, sagte sie.

Am nächsten Morgen brachte sie mich zum Zug. Wir wollten im Bahnhofsrestaurant frühstücken. In unserem Restaurant. Geschlossen. Für immer. In den »Nürnberger

Nachrichten« stand ein Bericht. Das Restaurant hatte seit Jahren schon nicht mehr wirtschaftlich gearbeitet. – Vielleicht war es deswegen so angenehm gewesen? Profit entwickelt keinen Zauber. Hat nur Charme, was untergeht? Susanne stieß mich in die Seite: »Du spinnst wohl!« Wir umarmten uns nicht, wir umklammerten uns. Ich dachte an Schiffe, die untergehen. Das frischverliebte Paar steht im schwankenden Kahn und sieht mit Schaudern den guten alten Dampfer sinken, der ihnen eben noch Zuflucht geboten hatte. Gestern die Rettung im Restaurant, das heute schon nicht mehr zu retten war. »Opern subventionieren die Schweine«, sagte ich, »solche Lokale müssen Zuschüsse kriegen!« Susanne nickte. »Wir haben ja uns«, sagte sie, und wir gingen zum Bahnsteig.

ganz wahr

Meine Kaschmirjahre

Der Dresscode auf der Buchmesse ist härter
als der Literaturkampf

Zu spät, wie so oft ist es zu spät. Seit Wochen weiß ich nun schon, daß ich zur Buchmesse fahren werde. Ich hatte mir vorgenommen, den Besuch der Messe diesmal zum Anlaß zu nehmen, mir vorher etwas zum Anziehen zu kaufen. Frauen brauchen ja auch irgendwelche Anlässe, um neue Kleider, Röcke, Blusen, Hosen, Schuhe zu kaufen, meist Einladungen, zu denen sie die Neuerwerbungen in aller Regel dann doch nicht tragen. Männer trotzen mit Jeans und verwaschenen Polohemden den bürgerlichen Festlichkeiten, werden aber vor Messen nervös, was ihre Kleidung betrifft.

Vielleicht hätte ich etwas gefunden, mit dem ich mich von der grauen Autorenschar abhebe – ein bißchen. Einen ungewöhnlichen Schal vielleicht. Manche Kollegen schaffen das. Egal, nicht zu ändern, jetzt nicht hadern, für eine Shoppingtour ist keine Zeit mehr. Zumal ich so dumm war, mich auf einen Zug festzulegen. Kostet weniger. Allerdings wird man die Fahrtkosten von seinem nicht am Hungertuch nagenden Verlag ohnehin zurückbekommen. Jedoch nur, wenn man die Fahrkarte einreicht. Die aber wird wie immer nach der Reise verschwunden sein und erst zwei Jahren später auftauchen. Also doch gut, wenn man sich auf einen Zug festlegt und günstig bucht. Weniger gut, daß man den gebuchten Zug auch ohne Kleiderkauf vermutlich nicht mehr erreichen wird. Keine Rücknahme des Tickets bei günstigen Sonderpreisen. Man wird also, wie es aussieht, den Zug verpassen, die Fahrt doppelt zahlen und obendrein langweilig angezogen sein.

Also wieder das übliche in die Reisetasche. Bloß keinen Rollkoffer, das wäre das Ende des Selbstbewußtseins. Und froh sein, nicht Filialleiter einer Bank geworden zu sein, der es sich nämlich nicht leisten kann, abgetragene Absätze an den bequemen Schuhen zu haben. Statt eines Schals um den zunehmend welker werdenden Hals tut es auch ein über die Schultern gelegter Pullover.

Zwei der Texte, von deren ständiger Verfertigung ich als unsubventionierter Poet nun einmal leben muß, waren noch bis kurz vor Abfahrt zur Messe fertigzustellen. Denn noch schlimmer, als immer das gleiche anzuziehen, ist es, den Laptop mitzunehmen und im Zug und Hotelzimmer seine Sachen zu Ende zu schreiben. Mit dem aufgeklappten Laptop vor der Nase kommt man sich auch mit abgetretenen Absätzen vor wie ein Filialleiter oder Autozubehörindustrievertreter auf Bezirksrundfahrt. Vor allem, wenn man einen grauen Anzug trägt. Und wie die Dinge liegen, wird es auch diesmal wieder bei diesem verdammten grauen Anzug bleiben.

Ich hasse meinen grauen Anzug. Vor sechs, acht oder auch schon zehn Jahren, als ich einmal mit dem Schreibpensum überraschenderweise rechtzeitig fertig geworden war, wollte ich den Nachmittag vor der Fahrt zur Buchmesse nutzen, um unverbindlich nach einem neuen Kleidungsstück Ausschau zu halten. Mein Lieblingsjackett war damals dabei, den Geist aufzugeben. Im Jahr zuvor hatten die Gebrauchsspuren noch den Charme des Nachlässigen gehabt, nun ging es mit großen Schritten der Heruntergekommenheit entgegen. Ich wollte eine ähnliche Jacke haben und mußte entsetzt feststellen, daß eine nicht halb so schöne weit mehr als das Zwanzigfache dessen kostete, was ich wenige Jahre zuvor für meine über alles geliebte bezahlt hatte. Die hatte ich mir, ohne lange zu überlegen, in einem italienischen Ausverkaufsladen einpacken lassen, weil sie weich und warm und leicht zugleich war, angenehm unaufdringlich kariert und zeitlos geschnitten. Sie paßte perfekt und war nicht teurer als zwei neue CDs: Sechzigtausend Lire, also 60 Mark.

Erst später lernte ich die wahren Werte meiner Zufallserrungenschaft kennen. Auf einer Buchmesse. Ich traf einen flüchtig befreundeten Branchenmenschen, der zum Controller eines Verlagskonzerns aufgestiegen war und machte ihm ein paar ironische Komplimente zu seinem Karrieresprung. Er sah mich an und sagte: »Ihnen geht es aber auch nicht schlecht.« Mir ging es finanziell wieder einmal gar nicht gut, und ich bat ihn, seine Kapitalistenscherze zu lassen. »Wer sich so ein Jackett leisten kann, der sollte nicht klagen«, sagte er, »darf ich?« Er griff an meinen Ärmel, prüfte den Stoff kurz zwischen Daumen und Zeigefinger und pfiff leise: »Allerfeinstes Kaschmir, wie ich schon vermutete, dafür haben Sie mehr als 2000 bezahlt.«

Jackettmäßig waren die Kaschmirjahre die glücklichsten meines Lebens. Das wunderbare Stück beschützte mich, wann immer ich das Haus verließ. Als die Winter noch

eisig waren, fror ich nicht, in tropisch heißen Theater-
räumen oder halogenlichterhitzten Messehallen schwitzte
ich nicht. Auf der Messe wird man als Autor gelegentlich
interviewt. Leider nur selten zu seinem eigenen neuen
Buch, weil der Reporter ja da einen Blick hätte hinein
werfen müssen. Also wird gefragt, welches andere Buch
man empfehlen könnte. Das ist einfacher. Einen Menschen
in dieser Lage nach den Hervorbringungen seiner nichts-
würdigen, in grauen Anzügen geschäftig herumwuseln-
den Autorenkollegen zu fragen ist schon nicht mehr takt-
los, sondern Folter. Dennoch: ich schoß keinen Interviewer
über den Haufen, ich schlug keinem sein Mikrophon auf
den Kopf, sondern gab freundlich die gewünschten kolle-
gialen Auskünfte. Meine dezente, geduldige, widerstand-
fähige, schmeichelnde Gentlemanjacke war es, die mich
sanft bleiben und die Form wahren ließ.

Weil Bilder beliebter und auch leichter zu machen sind
als Texte, wird man als Autor auf der Buchmesse mehr
fotografiert als befragt. Auf sämtlichen Fotos meiner karierten Kaschmirjacke kann ich mich mit der dargestellten
Person identifizieren. Ein Mensch blickt mich an, der mit
seiner Jacke im Einklang ist, der voll hinter der Mischung
aus billig und edel steht.

Billig und edel. Meine Jacke hat mich gelehrt, daß dies das
ideale Motto meines Lebens ist. Billig und edel, so sollen
auch meine Texte sein. Bloß nicht kostbar! Teuer und edel –
das kann sich jeder Depp zusammenkaufen, wenn er Geld
hat. Da ist ja teuer und geschmacklos noch besser. Über diese
Mischung kann man sich bestenfalls amüsieren. Frauen in
sündhaft teuren rosafarbenen Noppenstoff-Chanel-Kostü-

men zum Beispiel. Eingefaßte Revers. Entsetzlich. Traurig. Billig und geschmacklos hingegen, das hat was. Für diese Exzentrik besitze ich allerdings noch nicht die nötige Größe.

Ungern denke ich an die Jahre vor meiner karierten Kaschmirjacke. Aus der heute nicht mehr nachzuvollziehenden Überlegung heraus, als Schriftsteller sei man schließlich ein bunter Vogel, glaubte ich eine Zeitlang, mich vom Grau des Bürgertums absetzen und etwas Farbe tragen zu müssen. Ich sehe mit Schrecken eine ausgebeulte rotbraune Cordhose vor mir, in der ich aussah wie ein Heimwerker. Dazu elfenbeinfarbene Socken. Zum Glück nicht gleichzeitig gab es eine blattgrüne Leinenjacke, die mich zu einem degenerierten Gemsenjäger machte, zu einem mißratenen Sproß des Hauses Wittelsbach. Erbarmungslose Pressefotos und Fernsehauftrittsaufzeichnungen belegen all diese Verirrungen.

Der Kauf des Anzugs nach dem Ausgedienthaben der geliebten und unersetzlichen Kaschmirjacke geschah im Zustand der Resignation, in dem man Bekleidungshäuser meiden sollte. In der halben Stunde des An- und Ausprobierens schwankte ich zwischen Selbstekel und heimlichen Anpassungsgelüsten. Jahrzehnte meines Lebens hatte ich ohne Anzug zugebracht. Warum nicht mal aussehen wie alle Autohändler und Verleger und seriösen Autoren dieser Welt. Ich entschied mich für ein mittleres Gebrauchsgrau, das dunklere Grau war schöner, aber zu feierlich. Zu Hause der Schock. Im Spiegel des Ladens hatte mich trotz aller selbstzerfleischenden Bedenken ein wahnwitziger Funken Hoffnung umgetrieben, der Anzug würde mir stehen wie Gary Cooper. Diese erhoffte Anmutung war nun gänzlich und ein für alle Mal dahin. Ich sah aus wie Harald Schmidt, der immer so aufgedreht angezogen auftritt, als käme er aus einer Umkleidekabine. Ich habe ihn früher ab und zu gern gesehen, seine Anzüge aber, und wie er sie siegessicher trägt, fand ich immer extrem spießig und abscheulich.

Schlips kommt bei mir allerdings nicht in Frage, trage ich frühestens ab 80. Ein letztes Aufbegehren gegen Verein-nahmung und Establishment – hochgradig albern, aber auch bequem: Ich habe es luftiger und muß nicht auch noch entscheiden, mit welchem Fähnchen vor der Brust ich Ge-schmack beweise und mich von der Brut der Geschäftsleute und Politiker unterscheide. Die hohe Zeit der Schlipse ist ohnehin unwiederbringlich vorbei. Von Mitte der 1930er bis Mitte der 1950er Jahre sahen Mafiakriminelle, heroinsüch-tige Jazz-Musiker, Privatdetektive und Schriftsteller aus wie Gentlemen: Diese lässigen weichen Schlipsknoten und Hemdkrägen, diese breiten Revers und weiten Hosen sind so wenig wiederbelebbar wie besagter Gary Cooper, Cary Grant und all die anderen Götter des guten Geschmacks. Leider. Mit den 60er Jahren zogen bei Kriminellen wie Intellektuellen fadendünne Schlipse und schwarz-existen-tialistische Rollkragenpullover ein (Gruppe 47!), und die Männer begannen wie Konfirmanden auszusehen.

Ein offener Schriftstellerkragen läßt heute am wenig-sten Rückschlüsse auf die Gesinnung zu. Das ist mir lieb. Ich will nicht erkannt und festgelegt werden. Mal von dem Grad der Spießigkeit des Musters und der Häßlichkeit der Farbe des Schlipses abgesehen, hat jeder Knoten seine Bedeutung. Sehr locker ist pseudoneoliberal-ranschmeiße-risch und vorsichtig opportunistisch. Wer so nicht wirken

will und es schick findet, Schlips und Knoten extrem fest-
zuzurren, muß in Kauf nehmen, für einen konservativkle-
rikalen Knochen gehalten zu werden. Mit Krawattennadel
am eingeschnürten Hals sieht man aus wie ein katholischer
Befürworter der lateinischen Meßfeier und Fan der Marty-
rien des heiligen Sebastian.

Das erste Jahr mit meinem praktischen, ekelhaft mode-
raten Anpassungs-Messe-Anzug trug ich, um nicht wie ein
adretter Verlagsgeschäftsmensch oder wie ein vor Selbst-
bewußtsein und schreiender Gutgelauntheit fast platzen-
der Harald Schmidt auszusehen, ein weißes T-Shirt
unter der Jacke und stellte fest, daß alle Autorenkollegen
graue Anzüge mit weißen T-Shirts trugen. Manche jün-
geren Autoren schlurften mehr wie Stefan Raab durch die
Hallen: mit raushängenden Hemden und Kapuzenpullis.
Als jung gilt man in dieser seltsamen Branche bis Ende 40.

Im Jahr darauf probierte ich es mit schwarzen Polohemden zum Anzug – auch das war dann prompt die Autoren-
ausgehuniform der Buchmesse. Immerhin waren meine
Polohemden von C&A und also ohne das alberne Kroko-
dilsprädikat. Diesmal waren die Fotografen zufrieden, die
Menschen mit weißen Hemden nur ungern knipsen.

Obwohl doch jeder Autor heute mehr denn je heraus-
ragende unverwechselbare Bücher schreiben möchte und
aus Konkurrenzgründen schreiben muß, neigt er in seiner
Kleidung eher zur Unauffälligkeit. Die Scheu vor extra-
vaganten Auftritten ist unübersehbar. Das gilt übrigens
auch für die Autorinnen, die auf der Messe so schlicht
kostümiert sind, daß man sie wie die Männer kaum ausein-
anderhalten kann. Und auch in den langen Messenächten

bei den Verlagsfeten halten sich die Kolleginnen zurück und unterscheiden sich von den exaltierten Hysterikerinnen der Filmbranche. Die Frage, die nach Filmfesten noch wochenlang die Modegemüter bewegt, welche Favoritin welches tollkühne und von wem fabrizierte und wie weit ausgeschnittene Kleid trug, hat sich auf der Buchmesse noch nie gestellt. Eigentlich schade.

Die Paradiesvögel sterben aus. Hat ja auch keinen Sinn, sich mordsmäßig herauszuputzen. Wie sollten dann die Bücher neben einem standhalten. Byron, Puschkin, Oscar Wilde waren große Dandys und große Autoren. »Man kann ein guter Dichter sein und trotzdem auf die Schönheit seiner Manschetten Wert legen«, läßt Puschkin seinen Eugen Onegin sagen. Funktioniert heute nicht mehr. Ein Autor, der sich aufzäumen würde wie Karl Lagerfeld, wäre schlecht beraten. Die Fernsehteams wären hinter ihm her, aber seine Bücher, egal wie gut oder schlecht, würden belächelt werden.

Die moderne Unauffälligkeit von uns Autoren hat auch damit zu tun, daß wir uns als Beobachter fühlen. Das ist unser Job. Deswegen kleiden wir uns gern unscheinbar wie Detektive. Unter den Hunderten von Autoren gibt es eine Handvoll, deren Kleidung ihr auffallendes Markenzeichen ist. Es gibt den blaugelben Kanarienvogel, den Mann mit dem mittelalterlichen Wams und der Zimmermannshose, den allseits beliebten Rauschebart im Jeansanzug, den bücherschreibenden Verleger mit den roten Socken, den Religions- oder Systemkritiker im Schlabberpullover. Manchmal ist Tom Wolfe aus Amerika auf der Messe, und man fragt sich, wie der seine weißen Anzüge sauber hält.

Martin Walser braucht nicht seinen verwegenen Hut, Verve und Würde sind auffallend genug. Ähnliches gilt für Günter Grass, den anderen Patriarchen, der mit seinen unbegreiflich dunklen Haaren in einem grauen Anzug unvorstellbar ist: Grassens gemütliche Herrenhausklamotten sind meist in herbstlich gedeckten Cognac-Tönen gehalten, denen man die Kritik am uniformen Kapitalismus ansieht. Enzensberger, der dritte unserer älteren Autorenbrüder, geht auf keine Buchmesse, und wenn, würde er auf ein Höchstmaß an Unauffälligkeit Wert legen und nur von Eingeweihten erkannt werden. Lästig ihm nachlaufenden Liebhaberinnen und Liebhabern seiner Bücher könnte er sich mit dem Hinweis entziehen, dem besagten Dichter nur ähnlich zu sehen.

Auf der Leipziger Messe kann es passieren, daß man ab und an noch etwas zu sehen bekommt, was es in Frankfurt nicht gibt: zum Beispiel sozialistische Honecker-Sandalen am Autorenfuß. Mit Socken. Sicher sehr angenehm bei der Lauferei und der Hitze in den Hallen. Auch so kann man Zeichen setzen und auf Konventionen pfeifen.

Turnschuhe zum Anzug sind auch ein Zeichen: Ich bin kein geschleckter Mitläufer, soll das heißen. Wirkt aber heute nicht mehr alternativ, sondern siech: als habe man mit den Folgen eines Bandscheibenvorfalls zu tun. Übrigens sollte man nicht versuchen, Anzüge mit weit aufgeknöpften Hemden salopper erscheinen zu lassen. Das sieht nicht locker aus, sondern berndeichingerhaft und ranschmeißerisch, als wolle man Kontakte mit der Filmbranche aufnehmen und sei streberhaft bemüht, einen Drehbuchvertrag an Land zu ziehen.

Ich trage jetzt in den nächsten Jahren noch zähneknir-

schend meinen Spießeranzug auf, auch wenn der Hosenboden zu glänzen beginnt. Damit weise ich dann auf die
schlechte finanzielle Lage der Autoren hin. Was das Zurschaustellen der Individualität betrifft, verlasse ich mich
auf die zunehmenden Falten meiner Visage und studiere
einen irre glühenden Poetenblick ein, als ob ich 90 Prozent
eines Romans auf der Festplatte hätte, dessen Erscheinen
die deutsche Literatur der letzten 20 Jahre alt aussehen
lassen wird.

Von dem Vorschuß dieses Romans besorge ich mir dann
wieder eine unauffällige Kaschmirjacke, deren kolossaler
Wert nur kundigen Controllern auffällt. Vielleicht gibt es
bis dahin Controllerinnen. Die Emanzipation schreitet voran. Auch ist es, nachdem man als artiger Mann jahrzehntelang hübsche Frauenkleidung gelobt und besungen hat, an
der Zeit, von Frauen ein bißchen befummelt und zurückgelobt zu werden. Lang genug bin ich mit meinem hassenswerten grauen Anzug in selbstverschuldeter Unmündigkeit
zusammen mit anderen Autorenkollegen in ebensolchen
Anzügen von betrunkenen, die Wahrheit erkennenden
Kantianerinnen und anderen Frauen mit Blicken bestraft
worden, die nur bedeuten konnten: Glaubt ja nicht, daß ihr
Eindruck macht, ihr uniformierten Schreibmäuse.

Sexy ist Kaschmir allerdings nicht. Man kommt damit
als bescheidener, aber nicht unvermögender Antiprotz rüber. Ideal, wenn man vorhat, sich als Hochstapler durchzuschlagen. Die Schreiberei ist ein unsicheres Geschäft. Da
kann ein zweites Standbein nicht schaden.

Wenn es so weit ist, lasse ich mir mein Kaschmirjackett
schneidern. Steigerung und Verbesserungen müssen sein.
Ein Autorenbuchmessenjackett sollte nämlich übergroße

Außentaschen haben. Solche Jacken gibt es nicht von der Stange. Man muß in jede Tasche bequem einen 500-Seiten-Roman versenken können. Es ist keine Art, auf der Buchmesse mit Büchern in der Hand herumzulaufen, weder mit eigenen, noch mit fremden. In die Hand des Autors gehört ein Glas Wein und nach wie vor eine Zigarette.

Der Dichter mit den achtundzwanzig Büchern

Wie ich einmal in Schanghai über
den roten Teppich ging

Meine Reiselust hält sich in Grenzen. »Nach Ägypten wäre es nicht so weit, aber bis man erst zum Südbahnhof kommt.« Der Seufzer von Karl Kraus hat mir immer besser gefallen als das so beherzigenswert klingende Motto des in Vergessenheit geratenen Reisephilosophen Hermann von Keyserling, wonach der kürzeste Weg zu einem selbst um die Welt führt. Man kommt sich fast vor, als treibe man Erkenntnisboykott, wenn man, zu Hause auf dem Sofa sitzend, solche Sentenzen hört. Und doch sind die Weltenwanderer, die unerleuchtet heimkehren, in der Mehrzahl und zeigen, daß die Erfahrbarkeit ihre Grenzen hat.

Am liebsten reise ich, wenn ich eingeladen werde und mich um nichts kümmern muß. Einmal ging es nach Schanghai. »Schanghai! Ah! Oh! Wahnsinn! Toll!« war der Kommentar all meiner Freunde und Bekannten. Der offenbar ehrliche Neid auf meine Reise tröstete mich ein wenig über die lästigen Aufbruchsvorbereitungen hinweg. War mir nicht klar gewesen, daß diese Stadt als besonders aufregend gilt. Automatisch war dann immer die Nachfrage gekommen: »Reist du für das Goetheinstitut?«

Wenn deutsche Schriftsteller auf dem Globus herumkurven, steckt in der Tat oft das Goetheinstitut dahinter. Das ist der übliche und preisgünstige Weg für hiesige Künstler, die große Welt kennenzulernen. Im Glauben oder unter dem Vorwand, deutsche Kultur in die Welt zu tragen, reisen seit Jahrzehnten meist die immer selben Schriftsteller und sonstige Kunstschaffende nach Kasachstan oder Kolumbien, um dort ein paar strammen, Deutsch lernenden Hirten und einigen schlaffen Witwen deutschstämmiger Auswanderer das neue Buch, den neuen Film, die neueste Bildkunst nahezubringen. Danach läßt sich der Künstler vom Goethe-Institutsleiter Stadt und Umland zeigen und zum Essen einladen, ehe er über die Innere Mongolei nach Neuseeland weitertourt, um dort andere kulturhungrige Menschen zu beglücken. Später wird er diese Erfahrungen vielleicht in seinem Werk verarbeiten und so den engen Horizont der deutschen Literatur erweitern. Werden Goetheinstitute geschlossen, erhebt sich ein Wehgeschrei, weil solche wechselseitig enorm bereichernden kulturellen Begegnungen weniger werden.

Ich kann mir diese ungerechten Bemerkungen erlauben, da ich nicht zu denen gehöre, die von Goethe in die Welt geschickt werden. Einerseits schade, andererseits kein schlechtes Gefühl, wenn man kein geeigneter Repräsentant seines ohnehin nur mäßig geliebten Heimatländchens zu sein scheint. Zwar kenne ich dadurch weder Indien noch Uruguay, aber in Ulm oder Kiel zweihundert Leute mit einer Lesung zu erheitern ist vielleicht glückbringender, als in Neu-Delhi oder Montevideo ein paar Zuhörern beim Einschlafen zuzusehen.

Nicht also das Goetheinstitut, von dem man nie weiß, ob es nun bettelarm ist oder sich als bettelarm darstellt, um

mehr Geld zu ergattern, sondern die fraglos nicht bettel-
arme Stadtregierung von Schanghai selbst war auf die Idee
gekommen, eine Handvoll deutscher Schriftsteller einzuladen. Warum man auf mich verfallen ist, weiß ich nicht.
Ich stehe nicht im Vordergrund. Die chinesische Übersetzung eines Kinderbuchs von mir war gerade irgendwo im
fernen Riesenreich erschienen, das aber war der Grund
nicht. Das Buch hieß »Wie man seine Eltern erzieht« und
war ein entschieden zu ironisch und antiautoritär gerate-
ner Ratgeber, den ich mir abgequält hatte, weil der Verleger
sicher gewesen war, daß ein Kinderbuch von mir ein großer
und jahrzehntelang währender Dauererfolg werden und
sich damit als ideale Grundrente für meinen Lebensabend
erweisen würde. Da ich, was derlei Vorsorge betrifft, eher
zu den sorglosen Grillen der Fabel als zu den emsig alle
möglichen Versicherungen abschließenden Ameisen gehöre, schien mir die Idee gut. Der Kinderbuchton fiel mir
nicht leicht, das Schreiben kostete mich fast ein halbes
Jahr. Was tut man nicht für seine Altersversorgung. Als
das Buch dann erschienen war, brachte es weder Geld noch
Glück, noch Ruhm. Es interessierte weder Kinder noch Eltern, erstaunlicherweise aber einen kleinen chinesischen
Verlag, der sich vielleicht wehmütig an Mao erinnert fühlte. Denn in meinem Buch werden die Kinder ständig zum
Widerstand aufgerufen. Über den Widerstand hatte auch
Mao schlaue Sachen geschrieben und damit von seinen
Greueltaten abgelenkt.

Eine in Deutschland lebende chinesische Künstlerin mit
guten Drähten zu chinesischen Strippenziehern und ein
Hamburger Reisemagazin hatten die Literaten-Gruppe

nach undurchschaubaren Kriterien zusammengestellt. Zehn Tage würden wir Schanghai zu sehen bekommen, dann sollte jeder von uns einen längeren Bericht für die dortige Zeitung »Shanghai Today« schreiben, der auch in einem Bildband erscheinen würde: »Deutsche Dichter sehen Schanghai.« Natürlich sollten wir auch in westliche Medien Kunde von der Fortschrittlichkeit der Stadt am Gelben Meer bringen. Es war im Sommer 2002. Die Nennung des Jahres ist insofern wichtig, als China rasant wächst und sich von Jahr zu Jahr alles verändert. Man hat ehrfurchtsvoll von der 16-Millionenstadt berichtet und von Wolkenkratzern, die fast einen halben Kilometer hoch sind, kaum ist der Text wenig später erschienen, beträgt die Einwohnerzahl bereits 18 oder 20 Millionen, und die höchsten Hochhäuser sind schon wieder 100 Meter höher.

Vorsicht, ihr werdet instrumentalisiert, hieß es hier vor der Reise von politisch korrekten Kollegen. Den von den Goetheinstituten verschickten Künstlern ruft das seltsamerweise niemand nach. Ich beruhigte die Mahner und Warner: Ich würde in Schanghai behaupten, Befürworter der Todesstrafe zu sein, die in Deutschland leider wenig Zuspruch fände, würde mir mit diesem Geständnis Zugang in düstere Gefängnisse erschleichen, Hinrichtungen beiwohnen und dann in hiesigen Medien über die grausamen Justizmethoden des turbokapitalistischen Kommunistenriesenreichs berichten, mit dem alle Investoren so gierig paktieren wollen.

Die chinesische Organisationskunst ist enorm: Mit Sonderkurieren kamen Bildbände und CD-ROMs, auf daß man sich auf das gigantische und an Superlativen reiche Schanghai vorbereiten könne. Dann die betrübliche Botschaft: Unterbringung nicht wie geplant im zentralen »Park Hotel«, von dem ich gelesen und auf dessen alten Kolonialstil ich mich gefreut hatte, sondern in einem »Holiday Inn« im neuen Stadtteil Pudong. In bestem Englisch ließ der Mensch der Stadtregierung in seiner E-Mail durchblicken, daß das moderne Hotel für uns angemessener sei. Wie sich später herausstellte, keine schlitzohrige Sparmaßnahme, wie ich argwöhnte, sondern der volle Ernst: je moderner, desto gastfreundlicher. Das »Holiday Inn« ist um einiges teurer als das ehrwürdige »Park Hotel«, aus dessen Waschbecken es angeblich modrig riecht. Das wollte man uns Langnasen nicht zumuten.

Ich freute mich auf die Reise mit den anderen Kollegen, auf die allesamt das Schmuckwort »hochkarätig« zutraf. Ein paar kannte ich und hatte sie schon länger nicht gesehen, ein paar würde ich kennenlernen, Ingo Schulze zum Beispiel. Doch plötzlich war keiner von denen mehr mit von der Partie. Einer schrieb doch lieber seinen Roman zu Ende, einer mußte ein Drehbuch umändern, einer wollte seine schwangere Frau nicht allein lassen. So kam auf die Schnelle ein etwas scheckiges Grüppchen von Ersatzleuten zusammen: Zwei Dokumentarfilmer, zwei Reisejournalisten, ein netter, in London lebender Italiener, der Werbetexte schrieb und aus ihm selbst nicht recht erfindlichen Gründen als deutschsprachiger Lyriker mitreiste. Warum auch nicht. Ein bißchen vereintes Europa eben. Wir Europäer können zwischen den Ländern, Sprachen und den geheimnisvollen Tätigkeiten der Menschen im fernen Ostasien auch nicht immer unterscheiden. Dann war da noch eine junge Autorin, die kurz zuvor in Klagenfurt einen

Literaturpreis bekommen hatte – neben mir die einzige belletristisch schreibende Person.

Die Ankunft am neuen Flughafen Schanghai-Pudong glich dann auch einem mittleren Staatsempfang. Jeder von uns bekam von verwirrend süßen Chinesinnen einen christbaumgroßen Blumenstrauß mit irritierend obszönen Blüten in den Arm gedrückt, dann ging es im eisgekühlten Auto durch die brütend feuchte Hitze Richtung Stadt, entlang der Trasse, auf der bald der Transrapid als schnellster Zug der Welt alle Rekorde brechen und dieser Stadt einen weiteren Superlativ bescheren würde, den Hunderten von viele hundert Meter hohen Hochhäusern entgegen, die das moderne Schanghai bilden. In der eiskalten großen Hotelhalle dann ein Riesentransparent: WIR HEISSEN DEUTSCHE VERFASSER HERZLICH WILLKOMMEN IN SCHANGHAI!, darunter Dutzende von Hortensien wie bei einem Gewerkschaftskongreß.

Die ersten Tage waren hartes Delegationsleben. Man hatte sich Kurzbiographien und Veröffentlichungslisten von uns besorgt. Da ich vom Bücherschreiben lebe, muß ich fleißig sein. Achtundzwanzig Veröffentlichungen gab es, Kinderbuch, Flugschriften, Sammelbände mitgezählt, das hatte einer der vielen fleißigen Chinesen, die uns betreuten, nachgezählt, und so war ich »Der Dichter mit den achtundzwanzig Büchern«, zudem der älteste, zudem adelig – also der würdigste der würdigen Verfasser, und mußte als solcher als erster der Delegation Minister und andere wichtigen Menschen begrüßen und mit einer Ausdauer Hände schütteln, als begännen sogleich historische Weltfriedensgespräche. Permanent waren Fotografen und ein Kamerateam dabei, allabendlich kamen Fernsehberichte über die von bedeutenden Schanghaier Persönlichkeiten empfangenen und von Schanghai mächtig beeindruckten bedeutenden deutschen Verfasser.

Nach einer Weile bekommt man ein Gespür dafür, daß der Kameramann immer dann auf einen zuschwenkt, wenn man sich höflich nickend Notizen macht oder den Anschein erweckt, beeindruckt zu sein. Auch wenn man nur angestrengt lauscht, weil man den Dolmetscher nur schwer versteht, wirkt man kolossal konzentriert und interessiert und telegen. Einmal bin ich über einen Markt gegangen. Ohnehin schon anstrengend, wenn einem in einer gänzlich unverständlichen Sprache Textilien oder schwarz gebrannte DVDs angeboten werden, dabei aber auch noch gefilmt zu werden und zu ahnen, am Abend als Beweis für das brennende Interesse wichtiger deutscher Schriftsteller an wichtigen chinesischen Seidentaschen herhalten zu müssen, und das bei über 40 Grad im diffusen subtropischen Dunst, läßt den Schweiß in Strömen fließen – eine nicht sehr telegene physiologische Reaktion, vor der sich die weniger schwitzenden Chinesen angeblich ekeln. Andererseits hat der Schwitzende immer etwas Unterlegen-Beflissenes, der Nichtschwitzende ist immer der Souverän. Auch nicht schlecht, wenn man besser ist als der beste Gast.

Hart war die obligatorische Besichtigung des Fernsehturms, von dessen Spitze aus täglich Tausende von Inlandchinesen die Stadt bewundern, die sich in zehn Jahren von einer Großstadt in eine Metropolis verwandelt hat, obwohl an vielen Tagen im Sommer die Sicht miserabel ist und viele der unzähligen, teils eigenwilligen, teils imposanten Hoch- und Höchsthäuser mit ihrem oberen Teil im heißen

Nebel verschwinden, was besonders komisch sein muß, wenn man im 100. Stock eines solchen Hotel-Towers für 600 Dollar der Aussicht wegen ein Zimmer genommen hat. Unser Delegationskonvoi hielt an einer Absperrung, und wir glaubten, gleich würde der amerikanische Präsident vorfahren und mit seinem einfältigen Texas-Grinsen über den roten Teppich laufen. Rasch aber stellte sich heraus, daß der Teppich für uns, die deutschen Verfasser ausgelegt war. Es wurde mir bedeutet, daß ich als »Dichter mit den achtundzwanzig Büchern« und somit Delegationsführer als erster über den Teppich zu schreiten habe. Der Schau-lauf war unvermeidlich. Auf den Dutzenden von Fotos, die dabei geschossen wurden und die ich später zu Gesicht bekam, ist zu erkennen, daß es mir einigermaßen gelang, meine peinliche Berührtheit mit einem mittlerweile schon ganz asiatischen Lächeln zu tarnen. Seitlich vor uns lief das Fernsehteam. So steuerte ich auf einen Mann zu, der wie der Ministerpräsident von China aussah, sich aber dann als Manager des Fernsehturms erwies. In diesem Augenblick hoben zwei Dutzend in leuchtblauen Phantasieuniformen strammstehende Chinesen-Girls ihre Blasinstrumente an den Mund und spielten »Freude, schöner Götterfunken« im Marschrhythmus. Später erfuhr ich, warum der Fern-sehturmmanager so sorgenvoll aussah: Das eben noch höchste Bauwerk der Stadt wurde von neuen, noch höhe-ren Hochhäusern in den Schatten gestellt.

Wer der idealistischen Ansicht ist, fremde Orte müßten auf eigene Faust erkundet werden, weil den Empfehlungen Einheimischer nicht zu trauen sei, der sollte keine solche Einladung annehmen. Sprachunkundig aber wird er sich in einer Großstadt wie Schanghai allein nur schwer zurechtfinden und analphabetisch herumirren. Auch ein Taxi bedeutet nicht unbedingt Rettung. Wenn es einem endlich gelingt, das Ziel der Fahrt so auszusprechen, daß es der Taxifahrer versteht, ist es noch lange nicht gesagt, daß er auch weiß, wo das ist. Zu viele neue Straßen kommen täglich dazu. Im übrigen hat es durchaus seine Reize, sich Schanghai von Stadtpolitikern zeigen zu lassen. Man lernt es vollständiger kennen. Denn es besteht ja nicht nur aus Bauten und Einrichtungen und Fluidum, sondern auch aus seinem ganz speziellen Stolz auf diese Bauten und Einrichtungen und dieses Fluidum.

Wir wurden in den ersten Tagen empfangen unter anderem von Stadtbauamtchefs, Propagandachefs, Ministern mit unerklärlichen Geschäftsbereichen, Baulöwen, Chefredakteuren, Leitern von Fremdsprachenschulen und Waisenhäusern, Immobilienhaien, Universitätsdirektoren und ein paar Schriftstellerkollegen (mit denen der Austausch ziemlich unergiebig war). Wir standen viel im Stau und kamen oft zu spät. Dadurch verkürzten sich glücklicherweise die unergiebigen offiziellen Begegnungen an überdimensionierten Konferenztischen.

Nach diesen wichtigtuerischen Konferenztischbegegnungen und ein paar höflichen Fragen und einer raschen Besichtigung der Örtlichkeit ging es zum Wesentlichen: Zum Essen. Wir aßen mittags zwei bis drei Stunden und abends zwei bis drei Stunden. Mittags spät und abends früh, oft nur zwei Stunden dazwischen. Es gibt kein Entrinnen. An den runden Eßtischen resümiert man, was man zuvor an den Konferenztischen hörte: teils angeberische und teils erstaunlich offene Referate – zum Beispiel über die Bedeutung des Individualismus im modernen China.

Wir haben eine Unmenge aufgeweckter perfekt amerikanisch sprechender Chinesenkinder getroffen, die trotz ihres Lerneifers weder engstirnig noch schüchtern, noch sonst irgendwie deformiert wirkten, sondern quietschfidel. Viele in Schanghai arbeitende Ausländer (besonders die wegen der Pisa-Studie mit Minderwertigkeitskomplexen beladenen Deutschen) sind der festen Überzeugung, daß spätestens dann, wenn die jetzt jungen Chinesen in Schlüsselpositionen sitzen, in einigen Jahren also, China in der Weltwirtschaft den Ton angeben wird – eine Vision, die einen allerdings nicht erschrecken sollte, denn die jungen Chinesen, die mit der Kulturrevolution nicht mehr in Berührung gekommen sind, sind ausgesprochen angenehme Menschen, und ein Amerika an zweiter Stelle wäre einmal eine hübsche Abwechslung. Auch ist es angenehm, daß man in China immer und überall rauchen darf und besonders gern während des Essens. Schlangensuppe schmeckt besser, wenn man sie mit Rauch im Mund herunterschlürft.

Da bei den Essen mein Platz als Dichter der achtundzwanzig Bücher stets neben dem des höchsten chinesischen Gastgebers war, meist ein Mensch im Ministerrang, war es mir ein Vergnügen, den für den Bau von Krankenhäusern oder die Erziehung von Millionen von Schanghaier Schulkindern zuständigen Mann dabei studieren zu können, wie er die knappe freie Fläche zwischen seinem rechten und meinem linken Tellerrand nutzte, um Fischgräten und Knöchelchen laut und deutlich und punktgenau aufs weiße Tischtuch zu spucken. Ich sage das ohne Ekel und Überheblichkeit, ich lobe die Sitte ohne Ironie: Der Tisch ist voll mit Leckereien, da ist eben kein Platz für Spucknäpfe. Der Minister machte einem vor, was man nur allzugern nachmacht. Für den ratlos auf Knorpeln herumkauenden Europäer hat diese Möglichkeit der Entsorgung nicht nur etwas Erlösendes, sie hat auch etwas angenehm Unspießiges. Man darf nur nicht auf den Haufen des Tischnachbarn spucken, immer rechts neben den Teller muß man seinen eigenen Unrat entsorgen.

Manche von uns Verfassern hatten das Gefühl, man mache uns etwas vor. Die berühmten Potemkinschen Dörfer. Das glaube ich nicht. Man ist in Schanghai sicher nicht blinder selbstverliebt in seine boomende Stadt und stolzer darauf als anderswo. Wenn einen der Bürgermeister von New York oder der Microsoftboß zu einer Besichtigung einladen, dürfte man auch einiges Aberwitziges an Zuversicht und Selbstweihrauch zu hören kriegen.

Es gibt in Schanghai Immobilienhaie, die furchterregend aussehen wie Erzböse aus James-Bond-Filmen. Aber Vorsicht: So können auch Immobilienhaie in Chicago – und sogar in München aussehen. In München allerdings würde sich auch unter einer allmächtigen CSU-Regierung nicht der Bau eines Golfplatzes am Stadtrand durchsetzen lassen, und drum herum eine Siedlung mit Dutzenden von schlecht nachgemachten Pseudorenaissancevillen, wie sie alte Hollywoodschicksen und junge Ölscheichs mögen. Diese grauenhaft goldmöblierten und mit ekelhaften Brokatvorhängen ausgestatteten Horrorhäuser im lebensmüden Niemandsland stehen je nach Ausstattung für vier bis sechs Millionen Dollar zum Verkauf. Und der Eigner einer solchen Anlage wäre selbst im mafiotischen Italien

kein einundzwanzig Jahre junger, unsicher zu Boden blik-
kender Finanzfinsterling, dem fünf Adlaten gleichzeitig
Feuer geben, wenn er zur Zigarette greift, und der ohne
Ausschreibungsverfahren einem einzigen miserablen
Architektenfreund den Auftrag zum Bau dieses abartigen
Marmorghettos geben konnte.

Dafür, daß der groteske Protz diese Häuser für nicht-
debile Ausländer vollkommen unbewohnbar macht, hat
man noch kein Verständnis entwickelt. Als ich als Verfasser
von achtundzwanzig Werken und somit als bedeutender
und vermeintlich wohlhabender Mann von einer chinesischen Immobilienmaklerin aufgefordert wurde, eine der
Villen zu kaufen, sagte ich: »Mache ich, wenn Sie dafür sorgen, daß ein Roman von mir ins Chinesische übersetzt und
drei Millionen Mal verkauft wird, was bei einem Milliar-
denvolk keine Schwierigkeit sein müßte.« Die Maklerin
antwortete, es wäre einfacher, einen Roman über Schanghai zu schreiben und sich mit der Schanghaier Stadtregierung gut zu stellen, die würde dann schon dafür sorgen,
daß der Roman die nötige Verbreitung fände und ich ein
reicher Mann werde. Ich war nicht ganz sicher, ob der Vorschlag ironisch oder womöglich halb bis dreiviertel ernst
gemeint war.

In Schanghai beginnt die inoffizielle Zeitrechnung Anfang
der 1990er Jahre. Was davor war, nennt man »früher«. In
dieser grauen Vorzeit gab es keine Hochhäuser, keine Hoch-
autobahnen durch die Stadt, keine Brücke über den Fluß,
keinen Tunnel, keinen riesigen, aus dem Boden gestampften
Stadtteil Pudong. Weil es kein Besucher glauben kann, wie
in zehn Jahren soviel gebaut werden und eine völlig neue

Stadt entstehen kann, lautet das Wort, das ständig gestammelt wird: »Unglaublich«. – »Wie ist Ihr Eindruck«, wird man als Delegations-Schaf unentwegt von den Journalisten gefragt, und auch wenn man als bedeutender deutscher Verfasser wenig originell, sondern eher ärmlich tautologisch zur Antwort gibt: »Ich bin beeindruckt«, sind die Journalisten im großen und ganzen zufrieden. Aufforderung zur Selbstkritik ist ihnen noch ziemlich fremd. Vielleicht hat man diese Disziplin in der Kulturrevolution auch überstrapaziert. Naseweise ausländische Gäste, die nostalgisch darauf hinweisen, daß durch die Bauwut alte Stadtsubstanz verlorengehe, gibt es nicht wenige. Sie werden höflich gebeten, sich die alten Viertel anzusehen, in denen die Leute beengt und ohne eigene Küche und Toilette leben.

Ich habe diese allabendlichen Berichte über den Tag der deutschen Verfasser im Schanghaier Stadtfernsehen nie gesehen, kann sie mir aber vorstellen: Vermutlich sieht man aus wie ein von Leni Riefenstahl von unten gefilmter Hitlerjunge, der kühn und begeistert in die Zukunft des Tausendjährigen Reichs blickt. Die Tonleute des Teams fragen einen zwar und halten einem auch ein Mikrophon vor den Mund, aber ich bin sicher, daß die Antworten völlig einerlei sind und in der Übersetzung der O-Töne immer den gleichen Inhalt haben, in etwa diesen: Wow, bin wirklich überrascht und begeistert und total beeindruckt von dieser Stadt.

Als eine junge Redakteurin der Zeitung »Shanghai Daily« meinen Eindruck von Schanghai hören wollte und ich keine Lust mehr hatte, schon wieder all die Hochhäuser »unglaublich« und »beeindruckend« zu finden, hatte sie ein Erbarmen und sagte: »Your answer must not be positive.« Darauf sagte ich ihr, mehr als vom höchsten Hochhaus sei ich beeindruckt von ihrer soeben ausgesprochenen Einladung zur Kritik. Das solle sie schreiben: »Das Keimen von Kritik und Selbstkritik im neuen China, diese ungefähr sechs Zentimeter hohe Kritikbereitschaft ist eindrucksvoller und gibt zu mehr Hoffnung Anlaß als die sechshundert Meter in den Himmel hochgewucherten Luxushotels.« Als meine Antwort dann nicht in der Zeitung kam, fragte ich nach. Noch nie was von Zensur und Partei gehört, wurde mir bedeutet. »Your answer was quite funny and we laughed a lot, but our newspaper is to serious for that.«

Energie, Ehrgeiz und Erfolgsstreben der jungen Chinesen werden vor allem von den in Schanghai lebenden, natürlich selbst rasend ehrgeizigen, strebsamen und erfolgreichen Ausländern ehrfurchtsvoll gepriesen. Was für ein Gegensatz zu der versumpften Jugend der westlichen Wohlstandsgesellschaften! Ein Podiumsgespräch der deutschen Verfasser in einer der vielen bedeutenden Schanghaier Universitäten scheint den Wissenshunger der Chinesen zu bestätigen. An anderen Orten der Welt, egal ob in einer französischen oder amerikanischen Universitätsstadt, würde eine solche Veranstaltung in einem Seminarraum vor drei Dutzend Studenten stattfinden. Schließlich gab es hier keine flammenden Nobelpreisträger zu bewundern, die streitbereit ihre Prognose über die Zukunft der Welt zum Besten geben und den Weltpolitikern die Leviten lesen würden, sondern ein paar hinter ihrer angedichteten Bedeutung völlig unmaßgebliche Autoren. Nicht besonders öffentlichkeitsgeeignet, wie Literaten meist sind, sollten wir auf einem Podium brav die Eindrücke unserer Stadtbesichtigung resümieren.

In Schanghai ist der Hörsaal fast so groß wie der Platz des Himmlischen Friedens in Peking (behaupte ich, an Superlative mittlerweile gewöhnt) und mit Hunderten von Studenten dicht gefüllt. Man ahnt förmlich, wie viele Unglückliche keinen Platz mehr fanden, dem Gespräch der bedeutenden deutschen Verfasser zu lauschen. Hier mußte keiner zur Teilnahme überredet oder gar gezwungen werden. Hunderte von interessierten Gesichtern. Oder geht es den Studenten wie uns? Sehen sie vor allem deswegen so interessiert und konzentriert aus, weil sie versuchen zu verstehen, was wir sagen? Wir reden das, was auf allen Podien der Welt geredet wird: harmlosen, höflichen, überflüssigen Stuß – hier über die Verschiedenheit unserer Kulturen. Was der Übersetzer daraus macht, wissen wir nicht. Gibt er noch einen Schuß Bedeutung und noch ein paar Superlative hinzu? Oder verwischt er das bißchen Sinn völlig? Nachher darf gefragt werden. Hunderte von Wortmeldungen. Traum und Albtraum aller Veranstalter. Eine Studentin setzt sich durch. Was für ein Bild für den Lerneifer dieser Jugend! Wie sie da aufsteht inmitten all der sitzenden, gebannt lauschenden Kommilitonen und ins hingehaltene Mikrophon spricht. Warum wird es nicht übersetzt? War es Regimekritik? War es unhöfliche Kritik am Westen? Nein, es war Deutsch, wir haben es erst nur nicht verstanden, es klang so chinesisch. Noch einmal bitte. Wi Che I Che Dun Kel In Kep Ten Blu Bel. Nach langer Beratung und Mithilfe anderer Studenten kommt heraus: Die Studentin teilt mit, daß sie in dem Kinderbuch »Käpt'n Blaubär« den Satz gefunden hat: »Wissen ist dunkel.« Wir verstanden dann aber noch lange nicht, was sie von uns wissen wollte. Wollte sie sagen, daß sie in diesem Buch eine fernöstliche Weisheit entdeckt hat, wie sie im Abendland selten zu finden ist? Oder wollte sie einfach nur darauf hinweisen, daß sie ein bedeutendes Buch der deutschen Kultur gelesen hat? Nächste Frage bitte.

Es gibt verschiedene Möglichkeiten für einen Schriftsteller, mit einem solchen monströsen Ereignis fertig zu werden. Will man seinem durch ständige Beleidigungen ramponierten Autoren-Ego einen Gefallen tun, kann man es so ähnlich sehen wie das chinesische Staatsfernsehen: Die chronische Bedeutungslosigkeit der Literatur ist nur eine üble Nachrede. In Wahrheit und in Wirklichkeit stoßen Literatur und Kulturaustausch auf breite öffentliche Aufnahmebereitschaft. Die Bilder beweisen das. Man fährt nach Hause, zeigt Fotos und sagt: Überwältigend diese Begeisterung der hellwachen Chinesen für unsere Kultur. Zweitausend, ach was, dreitausend Studenten hingen an unseren Lippen. Die Reise war ein voller Erfolg. Aber hallo! Man kann, wenn auch holprig, eine Kulturhymne singen: Brüder hört das Signal / und keiner vergesse: / Kultur ist international / von kolossalem Interesse. Wer als Autor ein Aufmerksamkeitsdefizit verspürt, für den mag diese Lüge verlockend sein.

Oder man sagt sich die Wahrheit, die hier gratis zu greifen ist: Kulturmanager können besser bluffen als Pokerspieler. Bei dem Eventhunger der Menschen kriegt man mit der richtigen PR sogar in Sachen Kultur Tausende auf die Beine, kann aus Mücken Mammuts machen, dem Bedeutungslosen einen Sinn geben, und keiner gesteht es sich ein. Diese Erkenntnis aber kann man auch zu Hause haben. Nachrichten von ausverkauften Konzerten miserabler Popsänger oder stundenlange Wartezeiten und endlose

Besucherschlangen vor mittelmäßigen Ausstellungen sind Indizien genug. Der Einblick in die Unsinnsmaschinerie gekonnten Kulturmanagements aber hat mehr Wucht, wenn man selbst ein Bestandteil des Wahns ist und dafür um die halbe Welt geflogen wurde. Wegen dieser Erkenntnis hat sich die Reise dann indirekt doch gelohnt. Und natürlich wegen der jungen Chinesinnen, die einem als Dolmetscherinnen und Betreuerinnen zur Seite stehen. Sie sind entzückend, zutraulich und albern. Wenn man länger mit ihnen zusammen wäre, könnte man ihnen vielleicht sogar eine Fähigkeit beibringen, die in China noch etwas unterentwickelt ist: die Selbstironie.

Ziemlich clever, was die Stadtregierung von Schanghai sich einfallen ließ: Statt ihre Künstler, die außerhalb Chinas kaum einer kennt, nach Goetheinstitutsart für teures Geld ins Ausland zu schicken, wo sie dann in winzigen Veranstaltungsräumen vor ein paar Sinologen chinesische Kultur repräsentieren und womöglich kritische Äußerungen zum chinesischen Wirtschaftswunder hören würden, lädt man ausländische Künstler ein, bewirtet sie großzügig, zeigt ihnen Sehenswürdigkeiten am laufenden Band und bittet sie um einen Text, wie manche Gastgeber eben um einen Gästebucheintrag bitten. Den Wunsch kann man ihnen schlecht verwehren. Damit man den Gästebucheintrag besser lesen kann, stellt man den Gästen einen Computer ins Zimmer und erläßt ihnen zwei Tage den Sightseeing-Streß, um ihnen Zeit zum Tippen zu geben.

Ich bin in den beiden freien Tagen endlich dort herumspaziert, wo wir nicht hingeführt worden waren. Vom 24. Stock meines Luxushotels aus hatte ich einen Blick auf ein Meer von drei- bis vierstöckigen Wohnblocks. Die armen Leute, die da wohnen müssen, hatte ich all die Tage gedacht. Nun hatte ich Zeit, hinunterzugehen und durch diese Siedlungen zu spazieren. Magnolienbäume, Oleander, Buchsbaum – alles grün. Die Siedlung konnte nicht älter sein als sieben Jahre, war aber eingewachsen, als gäbe es sie seit vielen Jahrzehnten. Schlendernde Menschen, ohne Hast. Und diese wunderbare Sitte der Chinesenmänner, Tag und Nacht mit dem Schlafanzug auf der Straße herumzulaufen.

Allein, ohne Dolmetscher, konnte ich niemanden fragen. Aber die Sprache der Körper, die Haltung der Leute war Antwort genug. Ich sah es an dem lässigen, selbstsicheren Gang der Menschen, daß sie sich hier wohl fühlten. Die Frauen sangen leise beim Gehen und Radfahren. Wen ich anlächelte, der lächelte zurück. Fremder als hier kann man als Fremder nicht sein. Dennoch fühlte ich mich hier nicht als Fremder und wurde auch nicht als ein solcher angegafft.

Mein Hotel war so nah, daß ich den Kopf in den Nacken legen mußte, um bis oben hin zu sehen. Aber es war kein zynischer Kontrast zwischen arm und reich. Das Hotel stand einfach da und glänzte und störte nicht weiter. Auch die Blätter der Magnolienbäume glänzten. Es war warm und friedlich und Mittag. Die Leute saßen vor den Häusern. Sie lasen, schliefen, spielten ihr Brettspiel, nähten einen Knopf an oder bereiteten das Essen vor. Sie kamen vom Einkauf. Es roch gut und immer besser. Ich dachte an enge Dörfer in den Mittelmeerländern, in denen man sich oft wie ein Eindringling vorkommt. Hier in einer Wohnsiedlung im fernen fremden Schanghai hatte ich nicht das penetrante Gefühl, als ein neugieriger Exot den Einheimischen zu nahe zu kommen und sie zu stören.

Ich kaufte mir an einem Stand für einen Yuan einen Spinatfladen, unglaublich gut, verschlang ihn und kaufte gleich noch einen. Das freute den Bäcker. Ein Yuan sind etwa fünfzehn Cent. Eine Flasche Wein in einem besseren Restaurant kostet ein paar Hundert Mal so viel.

In den beiden verbleibenden Nächten schrieb ich, wie es abgemacht war, meinen Gästetext. Jeder von uns Verfassern hatte sein Thema. Meines war »Ausländer in Schanghai«. Ich hatte mit etlichen Deutschen und Amerikanern gesprochen, die alle gern hier lebten und arbeiteten. Von daher wurde mein Text positiver, als mir lieb war. Ich versuchte, in den Nebenbemerkungen gegen den Strich zu schreiben, lobte das Spucken auf die Tischdecke und das Tragen von Schlafanzügen auf der Straße, beklagte politisch korrekt das Abreißen alter Stadtviertel und das Schicksal der Millionen unsichtbarer Wanderarbeiter aus der Provinz, durch die allein der rasante Aufbau möglich ist, amüsierte mich über das permanente naive Prahlen mit den Superlativen und versuchte sogar irgendwo unterzubringen, daß die Todesstrafe ein Unding sei, löschte die Passage aber wieder, weil sie gar zu pflichtschuldigst aufgesetzt wirkte und war.

Im Jahr davor hatte man das gleiche Spiel mit ein paar deutschen Fotografen getrieben. Man hatte sie eingeladen, herumgeführt, seine Superlative gezeigt und sie zum Knipsen aufgefordert. Ein Buch war entstanden. »Deutsche Fotografen sehen Schanghai.« Das gab es als Abschiedsgeschenk. Auch aus unseren Beiträgen würde ein Buch gemacht und uns zugeschickt werden.

Blitzschnelle, superorganisierte Chinesen. Das Buch kam, kaum hatte ich zu Hause den Koffer ausgepackt, nach zehn Tagen über die chinesische Botschaft in Berlin, picobello gedruckt, Fadenheftung. »Deutsche Schriftsteller sehen Schanghai.« Schade, daß wir nun keine Verfasser mehr waren.

Was meinen Text betraf, war ich gespannt und auf das Schlimmste gefaßt. Bei den Zeitungen und Zeitschriften in unserer pressefreien Luxusdemokratie gibt es genügend Redakteure, die bestellte Texte liebend gerne zurechtstutzen oder aufpeppen, wenn sie nicht auf ihrer Lifestyle-Linie liegen, wenn die Autoren ihrer Ansicht nach über die Stränge geschlagen haben oder unter Niveau geblieben sind. Oder wenn die Redakteure, was zwar irgendwie nett, doch im Ergebnis noch schlimmer ist, der Text so anregt, daß sie ihn mit eigenen Formulierungen verunzieren, die dann einen Duft ausströmen, als wäre man von einem Fremden mit Rasierwasser bespritzt worden. Natürlich muß eine Redaktion vor Eingriffen den Autor kontaktieren. Wenn aber, wie so oft, höchste Eile herrscht, der Autor nicht erreichbar ist, und ein Text auch nur rasch gekürzt werden muß, können seltsame Dinge mit ihm passieren. Wie oft habe ich schon Zeitschriften sofort in die Papierabfalltonne werfen müssen, weil einem Beitrag von mir klammheimlich der entscheidende Zahn gezogen worden war.

Zu meiner Überraschung war mein Schanghai-Text unverfälscht und wiederzuerkennen. Einige spöttische, die naiv-prahlerische Selbstverliebtheit der Stadt betreffende Bemerkungen waren durchaus erhalten geblieben. Daß man meine Hymne auf die ungezwungenen Tischsitten Chinas als ironische Kritik mißverstehen mußte, war klar. Der neben mir spuckende Minister war diskret aus dem Text entfernt, das konnte ich den Chinesen nicht verdenken. Er wäre vermutlich auch hier der Schere so mancher spießigen Redaktion zum Opfer gefallen, mit der Begründung, daß man den Leserinnen und Lesern einen so unappetitlich ausspuckenden Menschen nicht zumuten wolle. Alles in allem hatten die Redakteure oder Lektoren im Land der Zensur behutsamer gekürzt und redigiert als ein ängstlicher Redakteur hierzulande, der die Befürchtung hegt, eine dreckige Bemerkung über Protzlimousinen könnte einen automobilherstellenden Anzeigenkunden verärgern und seinen Arbeitsplatz in Gefahr bringen. Das Buch mußte nicht in die Papiertonne, ich konnte es ungeniert jemandem schenken, der eine Reise nach Schanghai plante.

Eine Weile gingen dann, wie das so ist, noch E-Mails mit den dolmetschenden Begleitern und Begleiterinnen hin und her. Meine Lieblingsbegleiterin hatte immer das »Du« und »Sie« bei der Anrede verwechselt. Wenn ich sie aufmerksam machte, daß sie gerade wieder einmal einen bedeutenden Verfasser geduzt hatte, kicherte sie entzückend, tat erschrocken und griff nach meinem Unterarm, als sei ich verärgert und müsse beschwichtigt werden. Von ihr kam die Frage angemailt: »Wann kommen Du wieder, Verfasser?«

Die große Glaubensfrage

Eine wahre Weihnachtsgeschichte

Es war ein November- oder Dezembertag vor langer, langer Zeit, als das E-Mailen noch nicht erfunden und das Faxen noch nicht geläufig und der Euro als Währung noch nicht einmal geplant war.

Da klingelte das Telefon. Die Redaktion der »Bunten Illustrierten«, kurz »Bunte« genannt. »Sie haben sich verwählt«, sagte ich so streng und zugleich nachsichtig wie möglich. Nein, man hatte sich nicht verwählt: Für die Weihnachtsausgabe der Illustrierten suche man Schriftsteller, die kurz, bündig und kindgerecht eine Frage von Klein-Sandra beantworten sollten. Ob es einen Weihnachtsmann gäbe, habe die siebenjährige Sandra von der Redaktion wissen wollen. Nun habe man sich einfallen lassen, verschiedene »berühmte und namhafte« Schriftsteller um eine Antwort auf diese brennende Frage zu bitten.

Der »namhafte Schriftsteller« schmeckte mir selbst aus dem Mund dieser illustrierten Redaktion. Zu meinem Ärger merkte ich, daß meine Stimme schon nicht mehr ganz so unwirsch war, als ich weiter standhaft ablehnte: Ich käme mir nicht namhaft vor, aber ehrlich gesagt zu ernsthaft, um nicht zu sagen zu seriös, erstens für diese Frage, zweitens, wenn Sie erlauben, für Ihr Blatt!

Eine Beleidigung, dachte ich, damit wäre das Ansinnen vom Tisch. Keineswegs. Wir sind nicht die »Zeit«, wir sind nicht der »Spiegel«, hieß es, wir wollen ja auch nur eine halbe Schreibmaschinenseite; ich könne schreiben, was ich wolle, auch daß es den Weihnachtsmann nicht gäbe, könne ich schreiben, aber ich müsse mitmachen, ich könne doch so peppige Texte schreiben. Und dann, nach einer Pause, der Versuch, eine weitere Hemmschwelle abzubauen: Gabriele Wohmann und Wolf Wondratschek seien auch angefragt und würden mitmachen, und über die Gesellschaft könne ich mich ja wohl nicht beklagen.

Zum Glück fiel mir ein Einwurf ein: Ob man nur auf Autoren aus sei, deren Nachname mit dem Buchstaben W beginne? Sähe das nicht ein bißchen seltsam aus, wenn noch ein Autor mit W dazukäme? W wie Weihnachtsmann?

Was für ein komischer Zufall, hieß es, das sei der Redaktion noch gar nicht aufgefallen. Aber das mache doch nichts. Und dann beiläufig: Das Honorar betrage übrigens 1000 Mark. Und gleich großzügig hinterher: Aber ich könne es mir bis Ende der Woche noch überlegen. Und zum Abschied: Ich könne das, ich müsse das. Und abschließend neckisch: Vergessen Sie nicht, Ihre Bankverbindung auf das Manuskript zu schreiben.

Stunde der Selbstbesinnung. Kann man es sich leisten, für eine Klatschillustrierte zu schreiben? Würde ich selbst nicht über jeden Kollegen den Kopf schütteln, der als Autor in so einem Blatt einen Auftritt hätte? Wären nicht ein leichter Grusel und ein pflaumenweicher Schrecken vermischt mit einem boshaften Mitleid die Gefühle, die mich bei der Entdeckung heimsuchten? Vermutlich würde mir der bittere Satz »Hat der das nötig?« durch den Kopf gehen, wenn ich davon erführe – und sehr wahrscheinlich würden auch meine Kollegen eben dies denken, wenn sie von meiner Mitarbeit Wind bekämen: Hat der das nötig?

Andererseits: Ist das nicht ein bißchen albern und hysterisch und kulturetepetete gedacht? Und vor allem: Kann ich es mir leisten, auf 1000 Mark zu verzichten? Aber wenn die mich nicht erreicht hätten, dann wäre ich auch ohne die schöne Summe ausgekommen! Mit 14 Prozent Mehrwertsteuer wären es aber sogar 1140 Mark, die zunächst einmal auf mein Konto flössen. Und das vor Weihnachten! Schließlich hatte ich als freier Autor keine Weihnachtszulage zu erwarten. – Weihnachtszulage, dreizehntes Monatsgehalt, heute Fremdwörter aus den fetten Jahren.

Noch war es Adventszeit 1987 und nicht Spätsommer 1988, Franz Xaver Kroetz schrieb noch nicht aus der Olympiastadt Seoul exklusiv für Springers »Welt« und hatte damit eine weitere Hemmschwelle niedergerissen, die von ehemals hochherzigen linken Beschlüssen übriggeblieben waren, nicht für fragwürdige Publikationen zu schreiben. Die Berliner Mauer stand noch felsenfest, Axel Springer hatte mit seinem deutschen Wiedervereinigungsverlangen im nachhinein noch nicht recht bekommen und war in —diesem Punkt posthum vom penetranten Schmuddelreaktionär zum seriösen politischen Propheten geworden. Allerdings gehörte die »Bunte Illustrierte« nicht zu Springer, sondern zum Burda-Verlag, also halb so schlimm, oder?

Im übrigen war meine Entscheidung weniger politischer Natur als eine Frage des Stils. Damals hatten Stilfragen noch ein ideologisches Fundament und bewegten sich nicht belanglos zwischen cool und uncool hin und her.

Von einer kaum zu ertragenden Peinlichkeit würde das Umfeld sein, trotz Wohmann und Wondratschek und wem auch immer. Aber war es nicht auch ein Experiment? Sollte es nicht möglich sein, einen Text zu verfassen, zu dem ich stehen konnte, der nicht völlig blödsinnig war, und der in dem klatschillustrierten Umfeld standhalten würde?

Den »namhaften Autor« noch im Ohr und die 1140 Mark vor Augen erschien es mir plötzlich geradezu als eine Aufgabe, ob ich einen Text zuwege bringen könnte, in dem ich einem siebenjährigen Kind tatsächlich eine Antwort auf die Frage nach der Weihnachtsmann-Existenz geben würde, ohne mich selbst dabei zu verraten.

Ich holte tief Luft, setzte mich an die Schreibmaschine, donnerte los, konnte bei einer halben Seite gar nicht bremsen, und schon war in zehn Minuten eine ganze Seite fertig. Der Gedanke, daß Luxusnutten in so kurzer Zeit einen Tausender verdienen, erheiterte mich.

Ob es einen Weihnachtsmann gibt? Ich bin nicht sicher, ob Du an Deine eigene Frage glaubst. Vermutlich willst Du gar nicht wirklich wissen, ob es wirklich den Weihnachtsmann gibt, sondern wie Erwachsene auf Deine Frage antworten. Ja, das interessiert Dich: wie die eine Sache erklären, die sie selbst nicht glauben, die sie aber immer wieder erzählen.

»Erzähl mir keine Märchen!« sagt man und hört man oft, wenn vom Weihnachtsmann oder Christkind, von Osterhasen, Klapperstörchen, von Wölfen und Hexen die Rede ist.

Aber Märchen sind nicht unbedingt zum Glauben da. Man kann sich etwas aus ihnen herauspicken. Es gibt richtige Märchenforscher. Und die behaupten, daß Kin-

der Märchen brauchen. So ungefähr, wie man Vitamine braucht. Das kann schon sein.

Vor allem aber scheinen die Erwachsenen Märchen zu brauchen. Damit kann man nämlich Kindern gut etwas beibringen: Man kann ihnen zum Beispiel beibringen, daß sie vorsichtig sein sollen. Man kann ihnen kleine Schrekken einjagen. Man kann ihnen Versprechungen machen und sie vor Vorfreude zappeln lassen. Wenn Du brav bist, so heißt es oft, bringt Dir der Weihnachtsmann das gewünschte Geschenk. Solche Sprüche wirst Du kennen.

Wenn Du das albern findest und naseweis herumerzählst, daß es den Weihnachtsmann nicht gibt, dann hast Du davon gar nichts. Und Du hast nicht einmal recht damit. Denn es gibt ihn ja. Zwar nicht in Wirklichkeit, aber in den Köpfen der Menschen. In der Phantasie. Die Menschen haben sich eine Vorstellung vom Weihnachtsmann gemacht. Sie haben Gedichte und Lieder auf ihn geschrieben. »Draußen vom Walde komm ich her« – Es klingt behaglich, wenn man so einen Satz im Wohnzimmer hört.

Es gibt den Weihnachtsmann auf Adventskalendern und Weihnachtspostkarten. Dort ist er zu sehen mit Sack und Pack und Schlitten und vorgespannten Hirschen und wie er durch den Schnee stapft, den es bei uns an Weihnachten meist noch gar nicht gibt. Aber es ist doch eine hübsche Vorstellung. Jedenfalls hübscher als die Vorstellung, wie sich Erwachsene abgehetzt durchs Kaufhaus drängeln, um schnell noch ein paar Geschenke zu kaufen.

Die Sache mit dem Weihnachtsmann ist so: Du weißt, es ist ein Schwindel, aber Du läßt Dich gern beschwindeln, weil es nämlich angenehm und vorteilhaft ist. Das ist auch *in Ordnung. Du darfst nur nicht vergessen, daß es ein Schwindel ist.*

Wenn Du älter wirst, wird man Dir noch eine Menge Märchen erzählen und alle möglichen Versprechungen machen. Da wirst Du oft nicht gleich wissen, ob es geschwindelt ist oder nicht. Da mußt Du höllisch oder auch himmlisch aufpassen. Die Lehrer in der Schule, und später, wenn Du einen Beruf hast, Deine Chefs, und immer diese Leute, die sich Politiker nennen und die Du vom Fernsehen her kennst: Manches ist richtig, was die erzählen, aber – aufgepaßt! – meistens erzählen sie Märchen. Und das merkt man gar nicht so leicht, weil die nämlich oft selbst dran glauben.

Du darfst nicht vergessen, daß viel geschwindelt wird. Sonst wirst Du verkohlt. Und dafür bist Du zu schade und zu schlau. Du kannst doch Weihnachtsmänner von Hampelmännern unterscheiden. Klar kannst Du das.

Die Seite fuhr mit einem Transportdienst durch die Stadt in die Redaktion. Anruf. Also: Wunderbar, daß ich mitgemacht habe, die Texte von Gabriele Wohmann und Wolf Wondratschek seien auch schon da oder so gut wie da, und Luise Rinser wolle auch mitmachen. O Gott, dachte ich, o mein Gott, was habe ich getan. Nein, man sei noch nicht dazugekommen, meinen Text zu lesen, hieß es, als handle es sich um ein 20-Seiten-Manuskript. Aber ein Farbfoto solle ich umgehend rüberschicken, klar, wieder mit dem Transportdienst. Was, ich wolle nicht, daß ein Foto von mir abgebildet werde!? Also bitte, ich solle mich nicht so haben! Was, ich habe nur ein Schwarzweißfoto!? Dann werde ich eben fotografiert. Paßt es heute – nein? Also morgen früh um zehn.

Tatsächlich kam anderntags ein Fotograf, der zwei bunte Filme verknipste. Und dann hörte ich erst einmal eine Weile nichts. Plötzlich war es überhaupt nicht mehr eilig. Nach ein paar Tagen wieder ein Anruf: Mein Text sei Spitze, ehrlich Spitze, echt Spitze, echt toll. – Aber? fragte ich. Spitze sei der Text, toll sei er, genau den Punkt habe keiner der anderen Autoren gebracht mit dem Schwindel, daß ich das angesprochen hätte mit dem Schwindel, das sei wirklich ganz prima. – Aber, aber, aber das Wort »Schwindel« sei ein Problem. Man wisse ja auch nicht warum, aber der verantwortliche Redakteur möge das Wort »Schwindel« nicht, der Text sei wirklich fabelhaft, es gehe allein um das Wort »Schwindel«, das Wort passe irgendwie nicht.

Es paßte offenbar nicht zu Weihnachten. Es paßte nicht zur »Bunten«. Jetzt war es wirklich genug. Ausfall! rief ich. Man möge mir ein Ausfallhonorar zahlen, und fertig.

Ich sollte an dieser Stelle erwähnen, daß die Person, mit der ich es zu tun hatte, viele Jahre später als nicht gerade fortschrittliche Kultursenatorin in Hamburg in Erscheinung trat und in ihrer Amtszeit immer wieder mit Kübeln von Häme übergossen wurde. Ich allerdings kann ihr nach meiner Weihnachtsmanngeschichte ein taktisch nicht ungeschicktes, irgendwie kautschukartiges Durchsetzungsvermögen bescheinigen, das auch unwillige Gegner durch beharrliches Nerven bei gleichzeitigem Einstecken von Beleidigungen vorläufig erlahmen läßt – eine Fähigkeit, die Politiker vermutlich gut brauchen können.

Sie brachte es tatsächlich fertig, daß ich den Hörer nicht auf die Gabel warf (die Telefone hatten 1987 tatsächlich noch rudimentäre Gabeln). Sie beteuerte geradezu aufrichtig, es gehe nur um das Wort »Schwindel«, es sei zwar kindisch von der Redaktion, ja, das gebe sie zu, aber sie wolle meinen Text unbedingt bringen, es sei nämlich der beste Text, besser als der von der Rinser. Dazu gehört nicht viel, schrie ich. Nein, es sei wirklich ein aufklärerischer Text, hieß es.

Immer, wenn mich jemand als Aufklärer bezeichnet, und sei es jemand von der »Bunten«, wird mir so angenehm licht zumute. Ich möge mich bitte entschließen, das Wort »Schwindel« zu ersetzen, dann laufe die Sache, da habe ich doch mehr davon als von einem Ausfall, der übrigens nicht die Hälfte betrage wie üblich, so knauserig sei man nicht, 800 Mark erhielte ich für den Ausfall, also nur 200 weniger, aber darum ginge es vermutlich nicht, es gehe vielmehr darum, daß diese so ungeheuer vernünftige und den Kinderton treffende Antwort gedruckt werden müsse, nur eben ohne das Wort »schwindeln«. Das werde ich doch ersetzen können! Ich sei doch schließlich Schriftsteller. Dann nehmen wir »heucheln«, sagte ich. Um Gottes willen, »heucheln« doch nicht! hieß es. Nehmt »lügen«, sagte ich.

Also Spaß beiseite, hieß es, ob ich nicht das Wort »flunkern« nehmen könne, der Text verliere nichts dadurch. Alle die Kinder in Klein-Sandras Alter hätten dann wirklich eine schöne Antwort.

»Schwindel« ist das äußerste an Zugeständnis, sagte ich. Was ich eigentlich gemeint hätte, sei ja »heucheln«, und das hätte ich mir selbstzensorisch untersagt. Mit »flunkern« verliere der Text jeglichen Sinn.

Irgendwie ging das Telefongespräch nicht zu Ende. Ich war nicht Manns genug, in die Leitung zu rufen, daß mir die Redaktion der Illustrierten komplett mitsamt dem Verleger den Rücken hinunter rutschen sollte, irgendwann verlor ich die Fassung und schrie: Dann druckt eben euer »Flunkern« und habt mich gern.

Ich wußte, daß wir uns einigen würden, hieß es. Anderntags wieder die nunmehr vertraute Stimme am Telefon. »Flunkern« gefalle dem verantwortlichen Redakteur noch immer nicht, ob mir nicht ein freundlicheres Wort einfalle.

Ich sagte nur noch: Zurück mit dem Text und her mit dem Honorar. Das Geld kam pünktlich.

Die Absage

Noch eine wahre Weihnachtsgeschichte

Nur in Kriminalromanen wird mehr telefoniert als in einem Lohnschreiberleben. So beginnt auch diese Geschichte mit einem Telefonanruf. Adventszeit, 2004. Anfrage aus Berlin. Ob ich an einer Talkshow teilnehmen wolle? Ich wollte eigentlich nicht. Aber schaden kann es nichts, wenn man als Schriftsteller auf Auftragsarbeiten angewiesen ist und seine Bücher verkaufen will. Ein Fernsehauftritt ist zwar einerseits unverzeihlich exhibitionistisch, andererseits befördert er nun mal die nötige Bekanntheit. Die Redakteurin spürte mein Zögern, stufte es als ehrenwert ein und zerstreute meine Bedenken: Es handle sich nicht etwa um schmieriges Privatfernsehen, sondern um eine öffentlich rechtliche Anstalt. Rundfunk Berlin Brandenburg. Alles ganz seriös. Sie werde vom ehemaligen Berliner Wissenschaftssenator Christoph Stölzl und vom ehemaligen Kulturstaatsminister Michael Naumann abwechselnd moderiert.

»Das ist ja schon nicht mehr seriös, das ist ja schon richtig vornehm«, sagte ich. »Genau«, sagte sie, daher heiße die Sendung auch »Im Palais«. Sie wies mich auf die Internetseite hin, die ich auch gleich aufrief. Die Sendung, zu der ich eingeladen wurde, war schon angezeigt. Es ging um Weihnachten.

»Wollen Sie nicht wissen, worum es geht«, fragte die Redakteurin. »Doch«, sagte ich. Ich wollte nicht so eilfertig und interessiert erscheinen. »Es geht um Weihnachten«, sagte sie. »Auch du lieber Gott«, sagte ich. »Am besten, ich lese Ihnen vor, wie wir die Sendung angekündigt haben«, sagte sie. »Bitte«, sagte ich. Sie las den Text, und ich las ihn auf der Homepage des Senders mit: »Alle Jahre wieder – alles wie immer? Was Weihnachten uns bedeutet. Die Lebkuchenherzen liegen bereits seit dem Spätsommer in den Regalen der Supermärkte. Seit November weihnachtet es unübersehbar, die Sehnsucht nach festlichen Gefühlen und Geschenken wird marktstrategisch entwickelt und gefördert. Ein Fest zwischen Shoppingevent, Krisenstimmung und Wertewandel. Konsumrausch, die beliebte deutsche Ersatzreligion, ist durch wirtschaftliche Tiefschläge und Zukunftsängste kein selbstverständliches Ritual mehr. Trotzdem, Weihnachten ist das einzige Fest, das von gemeinsamen Traditionen und Werten geprägt wird. Wie wichtig ist Weihnachten in einer Zeit der massenhaften Verunsicherung und Entwurzelung?«

»Hm«, machte ich. Eigentlich hatte ich mir vorgenommen, mich nie wieder zu Weihnachten zu äußern. Ich habe dies nämlich im Lauf meines Autorenlebens ein, wenn nicht zwei Dutzend Mal getan, ich habe alles gesagt, was man gegen Weihnachten sagen kann, erst vor drei Wochen hatte ich mit innerem Übersättigungsgrollen meinen letzten soundsovielten Weihnachtstext verfaßt. Ich habe in edlen Eßzeitschriften Marzipan und Gänsebraten verhöhnt und aus der Dose gelöffelte Linsensuppe als Gericht für den Heiligen Abend empfohlen. Ich habe in Frauenzeitschriften den Leserinnen geraten, sich nicht wie die Rauschgoldengel anzuziehen, sondern mit der ältesten Jeans der Festlichkeit zu trotzen. Immer gegen den Strich. Ich habe mich gegen den Papst und seinen Segen verwahrt und die Wohlstandskinder beschimpft, die ihren Eltern zu Weihnachten Gutscheine für das dreimalige Ausräumen der Spülmaschine schenken. Manche Monatszeitschriften haben lange Vorlaufzeiten und rufen Mitte August an, wenn man gerade zum Baden gehen will, um rechtzeitig einen Antiweihnachtstext zu bestellen: »Kann ruhig schön scharf sein, sparen Sie bitte nicht mit Bosheit.« Die Antwort kann in dem Fall nur lauten: »Wenn Sie nicht mit dem Honorar sparen.« Wenn sie sich zieren, muß man sagen, daß man eine Schmerzensgeldzulage möchte, weil es qualvoll ist, im Sommer an den Winter denken zu müssen.

Weil sich in der Weihnachtszeit in den Buchhandlungen die Anthologien mit lieblichen Texten zur Stillen Nacht stapeln, muß es für die Weihnachtsgegner auch Bücher geben, die dann zum Beispiel »Schrille Nacht« heißen. Auch da hatte ich mitgewirkt. Sogar zwei eigene kleine komplette Weihnachts-Antiromane hatte ich geschrieben, einen über die Erlebnisse eines Callgirls am Heiligen Abend, einen über die Ermordung eines Vatikanmitarbeiters, der die Aufzeichnungen eines der Heiligen Drei Könige entdeckt hatte, aus denen hervorgeht, daß Christi Geburt eindeutig ein inszenierter Bluff gewesen war und das ganze Christentum somit auf einem Betrug basiert.

»Also Weihnachten – ich weiß nicht«, sagte ich daher ziemlich ehrlich. Die Redakteurin ging nicht auf meinen ratlosen Seufzer ein. Das Gespräch werde diesmal von Herrn Stölzl geleitet, sagte sie und nannte jetzt ein paar Namen von eingeladenen Gästen. Bischof Huber sei angefragt, befinde sich aber gerade in Somalia oder im Sudan, sein Kommen sei noch fraglich. »Dieser Evangelenboß?« fragte ich. »Genau, wenn Sie so wollen, der Evangelenboß«, hieß es. Fest zugesagt habe unter anderen schon Pastor oder Pfarrer Fliege.

Ich kenne das Spiel. Egal ob man zu Beiträgen in Anthologien oder in Zeitschriften oder zu Aufritten in Talkshows eingeladen wird: mit populären Namen und Hintergrundwissen (Bischof auf Geheimmission in Afrika) wollen sie einem immer suggerieren, wie wichtig und ehrenvoll die Einladung ist und wie hochkarätig die Angelegenheit.

Meine Unlust, an der Talkshow teilzunehmen, stieg zunehmend, anderseits war mir eingefallen, wen ich in Berlin alles besuchen könnte, und daß ich unbedingt ein paar Bilder von Adolf Menzel sehen wollte. Und das würde nichts kosten, sondern sogar etwas einbringen. Naumann wäre mir als Gastgeber zwar lieber gewesen als Stölzl, andererseits kann man sich mit Konservativen besser zanken. Mal wieder ein bißchen Reklame für sich und seine Bücher machen konnte auch nicht schaden. Und warum nicht mal diesen Jürgen Fliege aus nächster Nähe erleben, dessen Sendungen ich an so manchen regnerischen Hotelnachmittagen vor Lesungen eine Weile angestarrt und dann schleunigst weggezappt hatte. Was ist das für einer? Hat ja keinen Sinn, immer nur über Gesülze und Gutmenschentum die intellektuellen Augen zu verdrehen. Das tun alle. Vielleicht ist er der letzte wirklich volksnahe urige Kumpel. Mischung aus Urchrist und Urkommunist – etwas in der Richtung. Das Lehrreichste an Talkshows sind für die Teilnehmer sowieso die Backstage-Überraschungen:

Gesinnungsgenossen erweisen sich als Ekel, vermeintliche Feinde als dufte Typen. Lehrreich auch, daß man nie dazu kommt, das zu sagen, was einem plötzlich durch den Kopf geht. Auf diese Art beschert einem die Teilnahme an einer Talkshow hinterher gute Gedanken.

Klar, daß sie mich als Stänkerer brauchten, ich kenne mein Los und meine Rolle. Zwar hatte ich mich zum Thema Weihnachten schon ziemlich leergeschrieben, aber es würden mir schon noch ein paar neue Sticheleien einfallen.

Ich würde versuchen, von der abgenudelten Weihnachtskritik weg zu den Ursprüngen zu kommen. Nicht lustig auf falsches Klingeling schimpfen und Lacher ernten, sondern richtig giftig gegen die Religionen und die ganze verfluchte Gläubigkeit wüten, die genug Unheil brachte und bringt. An das Licht der Aufklärung erinnern und es dem kitschigen Schimmer der Weihnachtsilluminationen entgegenhalten, die ab November und Dezember die Innenstädte versauen und die Vororte mit ihren elektrifizierten Blautannen in den Vorgärten vollkommen unbetretbar machen!

An all das dachte ich sofort, während ich mich manierlich mit der Redakteurin über dies und das warm plauschte. Sie erklärte mir zum wiederholten Mal, daß diese Berliner Talkshow etwas Besonderes sei, etwas Besseres, etwas Salonartiges in gewisser Weise. Ich hingegen wollte langsam die nicht entscheidende, aber doch lebenswichtige Frage loswerden, wie es denn mit einem Honorar aussehe. Damit nämlich steht es bei Sendungen, die sich als etwas Edles und Besonderes begreifen, nicht zum Besten. Unter 500 tue ich es nicht, nahm ich mir vor. Schließlich ist ein Schreibtag weg. Meist heißt es, für Honorare sei kein Geld da, aber in Ausnahmefällen könne eine »Unkostenpauschale« oder eine »Aufwandsentschädigung« lockergemacht werden. »Ich bin eine Ausnahme«, würde ich sagen.

»Wie feiern Sie denn Weihnachten?« fragte die Redakteurin mit einem Mal fröhlich. Ich freute mich schon, die Frau mit dieser angenehm munteren Stimme vor dem Auftritt in Berlin kennenzulernen und sagte ihr, daß ich es seit dem Erwachsensein der Kinder und dem Nicht-mehr-auf-Erden-Weilen der Alten vor allem genösse, keinen Weihnachtsbaum mehr besorgen zu müssen. Keine einzige Tannen- oder Fichtennadel verunziere die Wohnung. Kein Weihnachtslied werde abgesungen. Keine Adventskerze flackere inniglich und hinterlasse Wachstropfen. Es sei der Himmel. Selbst die mehr oder weniger literarischen Adventskalender, die einem Verlage zuschickten und auch erotische, wie sie einem der »Playboy« zukommen läßt, wenn man mal für ihn geschrieben hat, flögen bei mir drei Minuten nach ihrer Ankunft in den Müll. Die Redakteurin schwieg, offenbar beeindruckt von meinem nicht ganz schwunglosen Wegwischen des ganzen weihnachtlichen Hokuspokus. Ich wollte ihr einen kleinen Vorgeschmack geben auf meinen Auftritt in der Talkshow. Sie schwieg so begeistert, daß ich nachfragte: »Sind Sie noch dran?« – »Jaja«, sagte sie, offenbar noch ganz ergriffen von meiner Vehemenz. Ich erinnerte mich an andere Einladungen zu Talkshows. Manchmal sagten die Redakteure lachend, wenn ich in Fahrt kam: »Stopp, stopp, verschießen Sie Ihr Pulver nicht! Heben Sie sich das für unsere Show auf!« Das sagte meine Weihnachtsfrau nicht. Fast vermißte ich diese Worte. »Schön, daß Sie dieses Thema machen«, sagte ich, und schäumte ein bißchen los: es geht ja weniger um Weihnachten, das ist ja nun mehr ein Popanz als ein wirklicher Gegner, es geht mehr um den neuen Konservatismus, der sich wieder ausbreitet. Die Leute heiraten in Weiß, lassen ihre Kinder taufen und möchten, daß ein Geistlicher sie begleitet, wenn sie zu Grabe getragen werden. Es ist, als habe Kant nie gelebt und Goethe seinen »Werther« nie geschrieben. Die neuerliche Kritiklosigkeit Weihnachten gegenüber paßt in dieses Weltbild so wunderbar hinein – wie der Erfolg des katholischen Weltbild Verlags und seiner Buchhandlungen.

Ich deutete das Schweigen der Redakteurin als Zustimmung und fuhr fort: In immer mehr Talkshows hockten Leute herum und gestanden ungeniert, daß sie sonntags in die Kirche rennen. Zum Auswachsen sei das. Und Sandra Maischberger, unser aller Traumfrau, nickt milde zu dieser penetranten Rückwärtsströmung. Und Tausendsassa Hellmuth Karasek, offenbar kurz vorm Konvertieren, will, daß sein Erinnerungsbuch an Weihnachten verschenkt wird und grummelt mopsig, er könne sich schon vorstellen, daß dem sich ausbreitenden Islam nur mit einer intakten christlichen Religion begegnet werden könne. Oh Gott, wo bleibt die Stimme der Vernunft! Wahnsinnigen Muselmanen (ich vermied absichtlich das Wort »Islamisten«, um schon jetzt klarzumachen, daß ich auf politisch korrekte Bezeichnungen keinen Wert legte) kann man nicht mit dem Wahnsinn einer wiedererweckten Christgläubigkeit begegnen. Wie das aussieht, haben uns ja die Bush-Wähler vorgeführt. Nur die Wonnen der Weltlichkeit und eine gepflegte Kultur der Religionsskepsis werden irgendwann einmal auch den ein paar Hundert Millionen Anbetern Allahs und den 50

Millionen rechtgläubigen Amis klarmachen, daß ein säkulares Leben weniger Hysterie und mehr Würde bedeutet. In 20 Jahren, wenn es so weit ist, daß 99 Prozent der Pisa-Studenten den Namen Marx noch nie gehört haben, kann man dann auch wieder an dessen gar nicht so dummes Wort von der Religion als Opium des Volks erinnern. Glauben ist Gift. Wie sang John Lennon? Von wegen Gott: I just believe in me.

Das alles sagte ich nicht der Redakteurin, das hörte ich mich bereits in der Talkshow sagen – und ich sah schon, wie Jürgen Fliege die Hände pastörlich vor sein jungenhaftes Quotengesicht schlug (betete er für meine verirrte Seele oder verbarg er sein Lachen, weil er womöglich meiner Meinung war?), während Stölzl Luft holte, um mich endlich mit einer konservativen Ermahnung zu unterbrechen und der Evangelenboß Huber die Lippen schmaler denn je zusammenpreßte, energisch den redlichen Protestantenkopf schüttelte und mir mit den Worten ins Wort fiel, daß er mir jetzt aber wirklich ins Wort fallen müsse.

»Ich dachte, Sie sind *für* Weihnachten«, sagte die Redakteurin plötzlich. Ich verstand nicht. »Sie haben doch jede Menge über Weihnachten veröffentlicht«, sagte sie. »Richtig«, sagte ich, »kein Weihnachten, ohne daß ich irgendwo eine Weihnachtsgeschichte schreibe, sogar zwei Weihnachtsbücher gibt es von mir.« – »Genau«, sagte sie und nannte einen Titel: »Lametta Lasziv.« Ich war gerührt. Selten, daß Talkshowredakteure Buchtitel von einem richtig wiedergeben können. »Gelesen?« Nein, das nun nicht. »Aber der Titel«, sagte ich, »legt doch ein Weihnachtsverständnis nahe, das sich nicht ganz mit der Kirche decken dürfte, nicht einmal mit dem der Christbaumschmuckabteilung von Karstadt.«

Schweigen. Ich fragte: »Wieso laden Sie mich ein, wenn Sie einen Weihnachtsengel brauchen?« Sie sagte, der Redaktion sei ein Text über Weihnachten von mir aufgefallen, der soeben in der Dezembernummer einer Monatszeitschrift erschienen war (im anspruchsvoll herumtuenden »Cicero«, das sich »Magazin für politische Kultur« nennt). Diesen Text hatte ich in der Tat erst vor kurzem geschrieben. Er war mir nicht leichtgefallen, weil ich meine Antiweihnachtsargumente nicht noch einmal wiederholen wollte. Aus diesem Grund lobte ich Weihnachten. Als freier Autor habe man seine Ruhe. Weil die meisten Redakteure und Lektoren Ferien machten, werde man nicht mit Textablieferungsanfragen bedroht, es sei denn, man habe den Fehler gemacht, einen Text für eine Silvesterausgabe zuzusagen. Vor Weihnachten ans andere Ende der Welt in die Südsee zu fliehen sei Unfug, nicht nur umweltverpestungsmäßig, dafür sei ich nicht hinreichend ozonlochinformiert, sondern weil man noch in Madagaskar oder auf der Insel Mauritius in den Hotels mit Christbäumen empfangen werde. Weihnachten könne man nicht entfliehen, es sei daher sinnvoller, zu Hause zu bleiben und die Weihnachtstage in innerer Emigration zu verbringen.

Ich hatte geglaubt, die Ironie sei mit dem Hinweis auf die innere Emigration klar. Damit hatte ich doch deutlich gemacht, daß ich Weihnachten für die Pest hielt. Ich hatte eher befürchtet, jemand würde mir vorwerfen, den oft für die Nazizeit angewendeten Ausdruck »innere Emigration« zu verwenden und damit Weihnachten leichtfertig mit Hitlerdeutschland gleichzusetzen. Statt dessen war in der Redaktion dieser edlen Palais-Talkshow meine Ironie offenbar überlesen worden. Man hatte meinen zynisch schillernden Aufruf zum ruhigen Daheimbleiben für bare Münze genommen und daher auf meine positiven Weihnachtsgefühle geschlossen.

»Pisa«, dachte ich. Was, wenn die nächste Generation nicht mehr in der Lage ist, ironische Texte zu lesen? Dann kann ich einpacken. Das wäre noch schlimmer als Analphabetismus und Legasthenie total.

»Also gegen Weihnachten, das geht nicht«, sagte die Redakteurin, »diese Position ist schon besetzt, da ist jemand von der ›taz‹ da.«

Ich versuchte es doch noch. Plötzlicher Ehrgeizanfall. Dabei sein ist alles. Im Zweifelsfall würde ich meine Honorarforderungen zurückschrauben und mich bei einem Aufstöhnen der Redakteurin beim Thema Geld nachgiebig wie ein pflaumenweicher Streikbrecher zeigen. Mich notfalls mit einem symbolischen Honorar von einem Euro zufriedengeben. Ich wollte Jürgen Fliege lebendig erleben. Pfundstyp vermutlich. Ich war bereit, mein Vorurteil zu revidieren. Mein Beitrag zum Weihnachtsfrieden. Mit ihm beim Bierchen danach gegen die Verbrecherbausparkassen kämpfen. Stölzl fragen, was er von Altkanzler Kohl wirklich hält. Mal ehrlich, Stölzl! Ich wollte anderntags ein paar Berliner Freunde besuchen. Unbedingt. Ich wollte auch heroisch gegen das Verkennen der Ironie kämpfen (und damit gegen das Wegrationalisieren meines Arbeitsplatzes als freier Autor). Ich hatte den Ehrgeiz, mir selbst und auch dieser Redakteurin am Telefon meine Position klarzumachen. Wer bin ich? Wo stehe ich? Sich ab und zu diese Frage zu stellen kann nicht schaden.

Was heißt dafür? Was heißt dagegen? Ich sagte in etwa: Ich bin doch nicht gegen Weihnachten. Im Gegenteil. Ich bin ein Weihnachtsbefürworter. Weihnachten ist mein Wirtstier. Als freier Autor bin ich ein Weihnachtsparasit. Alljährlich beziehe ich mein Weihnachtgeld, das einige Angestellten trotz Pleitedeutschland noch immer einstreichen, aus Texten über Weihnachten. Ich hasse Weihnachtsmärkte, aber Weihnachten ist mein Markt, verstehen Sie. Ich bediene die Opposition, die Weihnachtsgegner. Ich schreibe blasphemisch oder pornographisch oder sonstwie höhnisch über Weihnachten, und weil der Weihnachtsrummel natürlicherweise bei einem nicht unbeträchtlichen Teil der Leute Verdruß erzeugt, bediene ich das Marktsegment derer, die von Weihnachten bedient sind. Ich lindere das Los derer, die da leiden, wenn sie von ihren quengelnden Kindern oder Schwiegermüttern auf Christkindlmärkte verschleppt werden und denen vom süßen Glühwein übel ist. Die freuen sich, wenn da ein Zelt steht, in dem keine Krippe zu sehen ist, sondern ein Autor eine Geschichte vorliest, in der das Event von Bethlehem als Beginn eines großen Humbugs beschrieben wird. Hey! Das ist wichtig. Angesichts vernagelter Muselmanen kann man nicht oft genug vorführen, was kultivierte Religionsverspottung ist! Nicht neue Christengläubigkeit muß man dem Islam entgegensetzen, sondern die Schönheit des Unglaubens. Weihnachten ist mein Zubrot, auch ich labe mich an diesem Kuchen, warum also sollte ich dagegen sein. »Sind Sie wirklich sicher, daß diese Position schon besetzt ist?« fragte ich abschließend, aber ich ahnte schon, daß ich verloren hatte. Und noch während die Redakteurin schwieg, setzte der Selbsttröstungsmechanismus ein: Hätte eh wieder mal nichts von dem loswerden können, was ich zu verkünden habe, der TV-versierte Fliege hätte Weihnachten vermutlich harscher hergenommen als ich, der »taz«-Mensch hätte mir religiöse Untoleranz und Ausländerfeindlichkeit vorgeworfen und keiner meiner Berliner Freunde hätte Zeit gehabt, so kurz vor Weihnachten,

Die Redakteurin hatte mir geduldig zugehört. Ihr Schlußwort war routiniert und diplomatisch: »Wenn wir das Gefühl haben, Sie für unsere Runde doch noch brauchen zu können, hören Sie noch einmal von uns.«

Es gibt ein Nachspiel. So war es nun nicht, daß mich, was diese Berliner Talkshow betrifft, das Ein- und Ausgeladenwerden weiter beschäftigte. Ein Sonderangebot von günstigen weichen Wollpullovern, das ich nicht rechtzeitig wahrnehme und von dem ich aus dummer Unentschlossenheit kein einziges Stück ergattere, treibt mich wirklich um, nicht die Nichtteilnahme an einer Fernsehrunde. Über ungekaufte Pullover allerdings lamentiert man nicht, dieses Versäumnis interessiert niemanden. Von einer Talkshow-Absage hingegen läßt sich blumig berichten, auch wenn das Ganze ja eigentlich keine Geschichte, sondern nur ein vielleicht zehnminütiges Telefongespräch war. Ich habe ein paar Leuten von dieser Absage erzählt, unter anderem Alexander Gorkow, der nicht nur Redakteur bei der »Süddeutschen Zeitung« ist, sondern auch Schriftsteller und daher weiß, wie man sich als Loser fühlt und stilisiert. Er forderte mich auf, die Geschichte aufzuschreiben.

Meine Teilnahme an der Talkshow wäre absolut mittelmäßig und peinlich gewesen. Die Geschichte zu veröffentlichen, wie es nicht dazu kam, hat mir nicht nur sehr viel mehr Spaß gemacht, sondern auch neue Bekanntschaften beschert – und im übrigen exakt die 500 Euro Honorar, die ich vom Sender vermutlich nicht bekommen hätte.

Ein paar Tage, nachdem pünktlich vor Weihnachten die Weihnachtsgeschichte über meine Abwesenheit bei der Weihnachtstalkshow »Im Palais« erschienen war, in den ersten Tagen des neuen Jahres 2005 also, bekam ich Post vom Berliner Sender. Meine Adresse war mit der Hand aufs Kuvert geschrieben. Ich habe den Brief schweren Herzens geöffnet, denn ich war sicher, es würde die Redakteurin sein, mit der ich telefoniert hatte. In gewisser Weise hatte ich sie verraten. Sie hatte doch nur ihren Job getan. Der Brief war mit der Hand geschrieben. Wenn man persönlich beleidigt wird und bewegt ist, ist einem der Computer zu unpersönlich und man greift zum verläßlichen Füller. Ich weiß nicht mehr, wie der Brief begann, jedenfalls nahm er gleich Bezug auf meinen Artikel. Ich las mit Bangen weiter und rechnete beim Lesen jeder Zeile damit, daß in der nächsten Zeile der Zorn der Redakteurin ausbrechen werde: Ich hätte mich auf ihre Kosten amüsiert, hoffentlich hätte ich ein nettes Weihnachten gehabt, ihres sei dank meiner Infamie sehr unerfreulich gewesen. In Sekunden ballte sich in meinem Kopf ein seitenlanger Entschuldigungsbrief zusammen, den ich sofort schreiben würde. Der Brief der Redakteurin wurde immer witziger und sarkastischer, er war am Ende der ersten Seite von einer geradezu überirdischen Heiterkeit. Das alles war natürlich nur schwärzeste Ironie, die gleich in Haß und Verbitterung umschlagen würde.

Doch der Brief blieb heiter bis zum Schluß. Sie beglückwünschte mich zu meinem Telefonprotokoll, genau so, wie ich es geschildert habe, funktioniere das Fernsehen. Diese Frau, die ich in meiner Geschichte gemeinerweise der Ironieunfähigkeit bezichtigt hatte, war von einer seltenen und bewundernswerten Souveränität. Ich brauchte mich nicht bei ihr zu entschuldigen, ich hatte sie nicht verletzt, sondern entzückt, ich wollte mich jetzt nur stürmisch für ihr Verständnis bedanken. Bei unserem Telefongespräch neulich hatte ich nicht auf ihren Namen geachtet, und jetzt hatte ich Schwierigkeiten, die Unterschrift zu entziffern.

Nach einer halben Stunde graphologischer Studien und einer kurzen Internetrecherche wußte ich Bescheid: Nicht von der Redakteurin war der Brief, sondern von der Intendantin des Senders, die sich von mir gerührt an eigene frühe Talkshowpeinlichkeiten erinnert gefühlt hatte. Die einzige Frau in der sonst rein männlichen Intendantenbande der deutschen Sendeanstalten, erfuhr ich bei der Gelegenheit.

Ob die Redakteurin des Berliner Senders mir verziehen hat, ob sie sich vielleicht auch nur amüsiert hat – ich weiß es nicht. Ich hatte ihr übrigens tatsächlich unrecht getan, was die Ironieunfähigkeit betrifft, allerdings ohne mein Wissen: Eine Kolumne von mir hatte ja den Ausschlag gegeben, mich als Weihnachtsbefürworter einzuladen. Weil die Pro-Weihnachten-Argumente in dieser Glosse blanke Ironie gewesen waren, hatte ich am Verstand der Redakteurin gezweifelt. Das muß jetzt endlich feierlich zurückgenommen werden. Vielmehr ist heftig am Verstand der kulturbeflissenen Zeitschrift »Cicero« zu zweifeln. Zum Zeitpunkt des Telefongesprächs war zwar das Dezemberheft mit meiner Glosse schon erschienen, mir aber noch nicht zugeschickt worden. Ich wußte also nicht, auf welche Weise ein offenbar übergeschnappter Redakteur oder eine übergeschnappte Redakteurin in meinem Text herumgefuhrwerkt hatten. Schon bei der Bestellung des Textes hatten mich seltsame Gefühle beschlichen, weil keine halbwegs intelligente Redaktion einem Autor zu suggerieren versucht, was alles genau in seinem Text zu stehen habe. Man bekommt als Autor normalerweise sein Thema und seine Textmenge, und man hat seinen Stil und seine Sicht. Darauf kommt es den Auftraggebern an. Was man schreibt, steht einem frei. Deswegen wird man ja von einer Zeitung oder Zeitschrift um einen Text gebeten, weil sie sich denken können und wissen wollen, was man zu einem Thema zu sagen hat. Bei »Cicero« aber versuchen offenbar diensteifrige Redakteure, die Beiträge auch von Gastautoren so hinzudrechseln und einzuparfümieren, daß sie den verschrobenen Vorstellungen des Chefredakteurs von einem neoliberal gebildeten Text entsprechen. Was in meinem Fall herauskam, war eine Art pseudointellektueller Marzipanschweintext, und es ist wahrhaftig nicht verwunderlich, wenn ein Leser dieses übersüßten Desserts nicht weiß, was der Autor nun sagen will. Wenn es irgendwie intelligent klingt, scheint es für eine Talkshow-Qualifikation zu genügen.

Zu Beginn meiner Lohnschreiberei vor vielen Jahren, gab es gelegentlich Redakteure, die den Drang hatten, an einigen Stellen ihre persönliche Duftmarke in einem bestellten Text zu hinterlassen. Mit den Jahren allerdings nahm der Respekt zu. Je länger man in dieser Branche arbeitet, je älter man wird, desto weniger wagen sie, Einwände oder Verbesserungsvorschläge vorzubringen, was einen zu mehr Formulierungssorgfalt zwingt, als einem lieb ist. Der »Cicero«-Redaktion allerdings war jede Achtung vor dem Gastautor offenbar fremd.

Ich weiß gar nicht mehr, was mich damals davon abhielt, die Redaktion mit einer Beschimpfung zu überziehen. Vor allem unterblieb das wohl, weil ich als ständig gehetzter Lohnschreiber keine Zeit fand, Briefe zu schreiben, für die man schließlich nicht bezahlt wird, wenn man kein Anwalt ist. Auch habe ich den »Cicero«-Chefredakteur oft genug in Fernsehtalkrunden herumsitzen und ein derart wichtigtuerisches Rasierwassergesicht machen sehen, daß ich von diesem Mann keine Erklärung für die Unverschämtheit bekommen wollte, die mir sein Intelligenzblatt angetan hat. Auch kannte ich keinen Menschen und konnte mir keinen vorstellen, der »Cicero« lesen und sich über meinen Weihnachtstext wundern würde.

Noch nie in meinem Autorenleben habe ich die Geschmacklosigkeit besessen, ein Wort wie »Dichotomie« zu benutzen, nicht einmal das simple intellektuelle Schwätzerwort »Diskurs« kommt mir über die Lippen oder auf das Papier. Und dann mußte ich in einem von der Redaktion unter meinem Namen dazugeschriebenen Absatz eine Formulierung lesen, die ausreichen sollte, nicht nur die Redaktionsräume dieses Blatts zu durchsuchen und zu verwüsten, sondern auch die Verantwortlichen zu inhaftieren: »Die Grundsatzdebatten über ›Lametta oder Strohsterne‹, ›Hecht oder Gans‹, ›TV oder nicht TV‹ dürfen durchaus als diskursfördernde Liegestütze gelten: Solcherart polar zugespitzt und in Alternativen dichotomisiert erleben wir schließlich auch die großen gesellschaftlichen Auseinandersetzungen.« Entsetzliches vorweihnachtliches Akademikergewitzel! Eine Art mißlungene Habermas-Parodie. Mein Text war den Spießern offenbar nicht bildungsbürgerlich, nicht luzide genug gewesen.

Richtig, einen »luziden« Text hatten sie sich gewünscht, das hätte mich mißtrauisch machen sollen. Schon ein paar Wochen vorher hatten sie mich um eine Gastkolumne für ihre Rubrik »Bürgerliche Innenwelten« gebeten, eine »luzide« Reflexion über die neue Rolle des Mannes im Zeitalter der emanzipierten Frau. Ich hatte in diesem Text eine Frau vorkommen lassen, die an der Weichheit ihres Mannes verzweifelt, etwas zupackender angefaßt werden möchte, die in ihrer Not schließlich deutlich wird und dem Gatten zuruft: »Gib mir Saures!« Eine Botschaft, die der Softie natürlich nicht versteht. Dieser Text war bezahlt, aber nicht gedruckt worden, weil er dem Chefredakteur nicht behagt hatte.

Mein schönster Mißerfolg

oder Die Kunst der Entsorgung

Was ging es mir gut, Mitte der 1980er Jahre. Die Kritik rühmte den neuen deutlichen Ton meiner Texte und heftete mir wohlklingende Etiketten an. »Blaublutanarcho.« In Österreich war ich »der goscherte Graf«. Literarische Entrüstungen über die Ausgeburten der Zeit waren mein Ding. Schon damals fuhren die gerne großen Laffen mit riesigen Jeeps durch die Villenviertel, und ich beschrieb sie als Kotzbrocken. Weg mit euch! Manche entschuldigten sich bei mir, manche verließen meine Lesungen. Man lud mich nach Klagenfurt zum Wettlesen ein. Ich erfand eine Romanfigur, Harry von Duckwitz, verpaßte dem Mann meine Sicht der Dinge, las vor und gewann – allerdings nur den Beifall des Publikums. Die Jury fiel über mich her. Weil bei der Lesung Heiterkeit aufkam, wurde mir vorgeworfen, beim Schreiben an den Leser zu denken. Eine poetische Sünde, damals. Was Besseres aber konnte mir nicht geschehen. Klagenfurt-Siegertexte galten als prätentiös und ungenießbar. Von Sigrid Löffler und Hellmuth Karasek öffentlich zerpflückt zu werden hob den Marktwert. Je aufgeplusterter sie an einem herumnörgelten, desto lieber druckten einen die Verlage, die damals noch nicht bei jedem Buch bangen mußten, ob es auch Gnade vor den Augen der Fernsehleserin Elke

Heidenreich finden werde – eine Zitterpartie, die mit dem unsanften Ende der Bücherverkaufssendung im Herbst 2008 historisch geworden ist.

So ging ich von dannen ohne Preis, aber mit Vorschußangeboten, die mehr wert waren. So viel war nun klar: an den Näpfen der Kulturförderung würde ich weggebissen, und mit der Unterstützung des feinsinnigen Feuilletons würde ich nicht rechnen können. Wer für Geld schreibt, bekommt keine Literaturpreise. Wer keine Literaturpreise bekommt, muß für Geld schreiben. Damals galt es als ungehörig, wenn man ab und zu für den »Playboy« oder die »Vogue« schrieb und diese Art des Broterwerbs würdiger und erwachsener, unterhaltsamer und literarischer fand als das Schielen nach Preisen und Stipendien. Heute gilt es nicht mehr als anrüchig, aber die feine Art ist es noch immer nicht, und es sieht so aus, als müsse man erst einmal eine Weile tot sein, um als Autor Absolution für seine sündige Lohnschreiberei zu erfahren, wie dies bei dem Kollegen Jörg Fauser zu beobachten ist.

In diesen Tagen des Höhenflugs und der klingenden Angebote erschien Klaus Renner auf dem Plan, der in München einen kleinen Verlag betrieb und schöne Bücher fabrizierte, von H. C. Artmann und Walter Serner zum Beispiel. Ob ich ein Buch bei ihm machen wolle? Dem Reiz der Unvernunft konnte ich nicht widerstehen. Warum nicht den lukrativen Roman verschieben und statt dessen poetisch herumspinnen?

Zehn Jahre zuvor hatte ich mir eine Doktorarbeit abgequält. Der Professor (Werner Vordtriede) war ein Gentleman und Romantiker und zurückgekehrter Emigrant. Er mochte das Wort »Ideologiekritik« nicht, das ich als linker Literaturstudent auf jeder dritten Seite gebrauchte. Wir verständigten uns, indem wir uns unter anderem Namen englisch geschriebene Gedichte zuschickten. Ich nannte mich David Elphinstone. Eines meiner Gedichte hieß »Sinecure«. Darin liebäugelt der Dichter mit einem feudalen Leben ohne wirtschaftliche Sorgen (sine cure), behauptet dann aber standhaft, daß ein solches Dasein für ihn nicht in Frage käme. Dieses linkslastig polternde Gedicht kommentierte ich auf drei Dutzend Seiten und nahm darin die Germanistik auf den Arm. Wenn der Professor schon unter meiner Doktorarbeit litt, sollte er wenigstens daran Spaß haben.

Den akademischen Insiderscherz aus Studentenzeiten baute ich nun mit Feuereifer aus. Aus David Elphinstone wurde im Winter 1988/89 ein wichtiger zeitgenössischer Poet, zu Unrecht unbekannt, obwohl doch Größen wie Enzensberger und Rühmkorf sich an Übersetzungen versucht hatten. Fritz J. Raddatz und Joachim Kaiser hatten sich ebenso mit ihm auseinandergesetzt wie Herbert Riehl-Heyse. Karasek und Löffler hatten ihn natürlich mißverstanden. Willi Winkler und Klaus Wagenbach wußten ihn zu schätzen. Ich hatte die abgelegensten Quellen aufgetan, zitierte aus dem Briefwechsel mit Klaus Theweleit und Hermann Gremliza. Joan Baez wollte »Sinecure« vertonen, und der Autor fragte sich, ob dieses schöne Wort, englisch von der glasklaren Proteststimme gesungen, ergreifend oder penetrant klingen würde.

Weil alles möglichst authentisch aussehen sollte, wurde das Buch üppig illustriert. Faksimiles belegen die Korrespondenz, eine ausklappbare Farbtafel zeigt eine von William Turner gemalte Villa, die in dem Gedicht eine Rolle spielt. Auf dem Umschlag sind ein paar alte braune Schuhe des Dichters zu sehen, die George Harrison zu dem Beatles-Song »Old Brown Shoe« anregten. Elphinstone legte sich mit Herbert Achternbusch an und küßte Ilse Aichinger galant die Hand. Alles erfunden natürlich, fast alles. Mit Wolfgang Hildesheimer hatte ich tatsächlich über Elphinstone korrespondiert, der hatte Sinn für Verkleidungen dieser Art. Hildesheimers abgedruckter Brief aber war zwischen all den Erfindungen als echt nicht erkennbar.

Ein Prachtexemplar von 240 Seiten war entstanden, ironisch, verspielt, edel, 50 Mark teuer. Ich trat als Herausgeber dieses zwölften Bandes der auf 26 Bände angelegten Gesamtausgabe der Werke Elphinstones auf, eines weltläufigen Autors, der zu Münchens Damenwelt eine auffällige Affinität hatte. Aus einem Jux war ein Spaß nicht ohne Bedeutung geworden. Die Kritik, so hoffte ich, würde schon erkennen, was hinter dem Versteckspiel und in all den Fußnoten zu finden war: ein selbstironisches Aufdenarmnehmen der Linken. Über deren Liebe zur Toskana machte ich mich ebenso lustig wie über die Verschwörungstheorien zum »deutschen Herbst« 1977. Nicht zuletzt bot mein Buch eine hübsche Grundlage, um die knifflige Frage zu diskutieren, was für die Kunst besser sei, Existenzkampf oder Subvention? Da ich selbst nicht die übliche Förderung erfahren hatte und das Sein nach wie vor das Bewußtsein bestimmt, hatte ich mich als Herausgeber mit spürbarer Sympathie den Subventionsbedenken meines Autors angeschlossen.

Das ungewöhnliche Buch würde kein Bestseller werden, dazu war es zu speziell, aber es würde einen Entzückensschrei des Feuilletons auslösen. Der Verleger würde einen Preis für das schönste Buch des Jahres bekommen. Weitere Auflagen würden nötig werden, natürlich »verbessert, vermehrt und auf den neuesten Stand gebracht«, wie es in solchen Fällen heißt. Ich freute mich schon auf die Ergänzungen und Nachträge. Wir dachten an eine preisgünstige Studienausgabe. Vielleicht würde ich mir weitere Elphinstone-Gedichte ausdenken und in weiteren Bänden lang und breit kommentieren. Mein englischer Dichter gab einiges her.

»Sinecure« erschien im Mai 1989. Die Rezensionen waren dürftig und nicht der Rede wert. Der Verleger bemühte sich, ein paar Exemplare wenigstens an die im Buch vorkommenden Personen loszuwerden, doch die hatten kein Interesse an der Darstellung ihrer selbst. 2000 Stück hatte er gedruckt, keine 600 wurden mit Ach und Krach verkauft, ein halbes Dutzend an amerikanische Universitäten. 20- bis 30-tausend Mark hatte der Verleger in den Sand gesetzt. Und ich hatte drei Monate lang umsonst gearbeitet. Ich war nicht so wirklichkeitsfremd gewesen, an einen finanziellen Erfolg zu glauben. Amüsement und Anerkennung aber sind auch etwas wert. Und damit hatte ich fest gerechnet. Statt dessen Schweigen und Ablehnung.

Man kann dem Feuilleton nicht ewig gram sein, wenn es ein Buch ignoriert, und seine Autoren, zu denen man ab und zu selbst gehört, sämtlich für blinde Hühner und denkfaule Schlampen hält. Man ist nun mal kein Handke, auf dessen abgelegenste Hervorbringungen sich alle stürzen. Ein Buch kann zum falschen Zeitpunkt kommen. Es kann zu teuer sein. Es kann nicht zum Image des Autors passen. Letzteres war mit Sicherheit ein Grund. »Sinecure«

sah aus wie später die Bücher von W.G. Sebald. Das paßte offenbar nicht zu mir. Von meinen Büchern erwartete man Politikerbeschimpfungen und die Schilderung unbestrafter Seitensprünge und keinen schrägen englischen Dichter, der mit zwiespältigen Gefühlen in Schloßparks über Kieswege schlendert. Mein Ausflug in das Gebiet der unpopulären Literatur war nicht belohnt worden. Noch einmal würde ich mir nicht leisten können, ein Buch zu schreiben, ohne an seine möglichen Leser zu denken.

Auf Dauer hat man nicht die Kraft, seine Hervorbringungen allein gegen alle geistreich und bedeutend zu finden. Irgendwann tritt ein ebenso grausamer wie gnädiger Schutzmechanismus in Kraft, und man fängt an, sein eigenes Buch für einen Bastard zu halten, um nicht mehr am Urteil der dummen Welt leiden zu müssen.

Verlage lassen die unverkaufte Auflage eines Buches, das nicht mehr geordert wird, alsbald stillschweigend zerschreddern. Das ist üblich und unumgänglich. »Makulieren« nennt man es in der Branche. Klingt nicht ganz so brutal. Das brachte der Verleger nicht fertig. In »Sinecure« steckten zu viel Lust und Liebe, Witz und Eigensinn. Das Buch war so edel gemacht. Nach ein paar Jahren aber wollte der Verleger für diese unbeweglich im Koma ruhende Auflage kein Geld mehr ausgeben. Seitdem bezahlte ich die Lagerkosten, um die 100 Euro im Jahr, für 1286 Exemplare, die keiner haben will.

Als ich 50 wurde, hatte ich die Idee, einen größeren Kahn zu mieten und die Bücher in Deutschlands tiefstem See zu versenken: dem Königssee. Vorher den Boulevard- und Regionalzeitungen Bescheid sagen. »Verzweifelter Autor« trennt sich anläßlich seines Geburtstags von unverkäuf-

licher Auflage. Naturschützer protestieren gegen das un-
genehmigte Verklappen. Dazu coole Interviews geben: Nicht
das Schreiben von Büchern sei die Kunst, sondern das Loswerden.

Als ich 60 wurde, überlegte ich, mit ein paar Freunden
die Bücher auf den Monte Rosa zu schleppen und sie dort
oben in einer Gletscherspalte in einem wetterfesten Alumi-
niumsarg zu verstauen und zu verkünden: Wer ein Exemplar haben will, kann es sich auf 4444 Meter abholen. Dann
habe ich den Aufwand berechnet. Auch dem besten Freund
kann man auf einer so anstrengenden Bergtour nicht mehr
ein zusätzliches Gewicht von fünf Kilo zumuten. Das sind
gerade mal zehn Bücher. Um 1000 Bücher hochzuschaffen,
bräuchte ich 100 gut trainierte Helfer.

Im Frühjahr 2007 war plötzlich ein Happy-End in
Sicht. Der Student, der vor 19 Jahren in der »Süddeutschen Zeitung« an »Sinecure« herumnörgelte, Lutz Hage-
stedt, ist Professor in Rostock. Er kennt einen Herrn, der in
Mecklenburg-Vorpommern ein schloßartiges Gutsgebäude
erworben und wieder hergestellt hat. Gerd Schäfer. Der
kommt aus Düsseldorf. Rechtsanwalt mit Sinn für Kunst.
Ein Sammler. Er öffnet sein prächtiges Haus für kulturelle
Veranstaltungen. Er hat Platz. Er wird 1000 Exemplare von
»Sinecure« bei sich unterstellen. Mein Buchentsorgungs-
mäzen. Kann sein, daß ein großes Foto von Andreas Gursky
dafür etwas zur Seite gehängt werden muß. Aber 1000
gleiche Bücher sehen ja auch nicht schlecht aus. Ein spezielles Regal wurde erdacht. Jedes Exemplar sollte in einem
eigenen schmalen Fach stehen. Keinem Buch wurde je eine
solche Ehre zuteil. Nach fast 20 Jahren Lagerlebens würden
meine 1000 Schönheiten in ihr verdientes Märchenschloß

kommen. Und zwar nicht, um dort wie Dornröschen herumzuschlafen, sondern um entnommen zu werden. Das Ganze würde als Entsorgungskonzeptkunstwerk deklariert werden. Als Autor dieses Buches hatte ich versagt, als für seine unkonventionelle Entsorgung zuständiger Konzeptkünstler würde ich nun erfolgreich sein.

Die ahnungslosen Leser! Sie hatten mein Buch einst nicht kaufen wollen, nun konnten sie es geschenkt haben! Wer sich dafür interessierte, mußte nicht einmal wie im Märchen einen Drachen töten, auch keine Denksportaufgabe lösen und die richtige Antwort ankreuzen. Er mußte nur eine Reise gen Norden und Osten antreten, einige Alleen durchfahren, bis er schließlich vor einem zunächst verschlossenen Tor stehen würde. Landsdorf. Dahinter ist mein Buch zu holen. Ein Blick ins Telefonbuch, eine Anfrage bei Google genügt. Es sollte ihm aufgetan werden. Wer ein Exemplar entnimmt, wird gebeten, in das leere Fach einen Ersatzgegenstand zu stellen, damit sich mit der Zeit in ein Quodlibet verwandelt. Zuneigungsbotschaften willkommen, materielle Kostbarkeiten auch. Ein Interessent, der von dem Plan erfuhr, kündigte an, das ihm peinliche Bundesverdienstkreuz als Gegengabe dort abzulegen. Ein sich wandelndes Kunstwerk. Konzeptkunst. Keiner weiß, was eher abgeschmolzen sein wird: die Polkappen oder der Buch-Bestand. Oder wird nun, da meine lange verschmähten Schönheiten in all ihrem Glanz mit einem Mal als ein modernes Konzeptkunstwerk erscheinen, ein Run beginnen, und das Regal wird in Windeseile leer geräumt sein?

Die Frage ist hinfällig. Denn die perfide Wirklichkeit duldet keinen glücklichen Märchenschluß. Eine Dummheit, ein grausamer Unfall, ein gräßliches Mißgeschick hat meinem Buch auch seine späte Krönung verwehrt: Im Herbst 2007 sollten die Exemplare vom Lager der Druckerei im Allgäu an ihren feudalen Bestimmungsort in Mecklenburg-Vorpommern gebracht werden. Da stellte sich heraus: Der Bestand existierte nicht mehr. Ein Arbeiter hatte Lagerschäden entdeckt und ohne Rücksprache die komplette Auflage vernichten lassen. Fahrlässig und ahnungslos war man mit dem Zerschreddern unserer kunstvoll geplanten Entsorgung zuvorgekommen.

Mit keinem Geld der Welt ist der Schaden auszugleichen. Schuldbewußt bot die verantwortliche Druckerei einen exakten Nachdruck der vernichteten 1286 Exemplare an. Ein sinnloses Angebot, denn das Konzept war ja, über den Umweg der Zurkunsterklärung Aufmerksamkeit zu wecken und Abnehmer zu finden für ein Buch, das vorher keiner haben wollte. Ein täuschend echter Nachdruck der aufwendig gemachten Bücher (in Handarbeit eingeklebte Farbtafel!) hätte das Entsorgungskonzept unecht und zu einer Farce gemacht. Zudem witterte der Verleger, der, auch wenn ich längst die Lagerkosten übernommen hatte, noch immer der rechtmäßige Besitzer der Bücher war, Schadensersatz. Was für uns, die Entsorgungskonzeptfraktion, eine Katastrophe war, war für ihn ein spätes Geschenk des Himmels.

Nach einigem zänkischen Hin und Her, das sich nach Schäden und Ersatzansprüchen nicht vermeiden läßt, entschloß sich mein Mäzen, 1000 »Sinecure«-Exemplare als schlichtes Taschenbuch nachdrucken zu lassen, um das Entsorgungskonzept damit wenigstens ersatzweise durchführen zu können. In einem langen Nachwort für diese Ausgabe erzählte ich ausführlicher als an dieser Stelle die sonderbare Geschichte dieses Buchs, das mir kein Glück, aber doch einigen Spaß gebracht hat und dazu die Bestätigung, daß ich mich als Konzeptkünstler so wenig eigne wie als Autor versponnener Bücher

Eine Auflage nur zu drucken, um zu demonstrieren, wie hübsch 1000 Bücher in einem Regal aussehen und wie kompliziert es ist, sie wieder loszuwerden – das immerhin hatte eine besondere Note. Die Bücher wurden mit einem Stempel als »Entsorgungsdruck« gekennzeichnet. Sie sind nicht zu kaufen. Interessenten müssen nach Landsdorf reisen und können dort durch Entnahme des Buchs zu seiner Entsorgung beitragen.

Ab 2008 wird eine »Landsdorfer Sinecure« an Autoren verliehen. Der auserwählte Poet kann in den Sommermonaten im Schloß hausen und bekommt reichlich Taschengeld. Er kann in Ruhe arbeiten, im Park lustwandeln und den Baumfröschen zuhören. Er kann sich mein Buch schnappen, und auf der Terrasse über die Gefahren der Sorglosigkeit nachlesen. Vielleicht kommt tatsächlich ab und zu ein Leser vorbei, der sich einen »Sinecure-Entsorgungsdruck« abholen möchte. Vielleicht trinkt man ein Glas zusammen und fragt sich, ob das nun großer Quatsch oder kleine Kunst ist, was ich seinerzeit verzapft habe, altbackener Unsinn oder ein relativ flottes Stück.

Gerührt und erheitert vom glücklosen Schicksal meines »Sinecure«-Buchs stellte mir die »Süddeutsche Zeitung« im Frühjahr 2008 eine ganze Seite zu Verfügung, auf der ich die Geschichte meines Flops ausführlich erzählen und die Bevölkerung zur finalen Entsorgung aufrufen konnte. Gleichzeitig wurde in Landsdorf der erste Autor, der die frisch geschaffene »Sinecure Landsdorf« wahrnehmen würde, der Presse vorgestellt (Ralf Thenior) – wie auch das Entsorgungsregal mit den 1000 »Sinecure«-Entsorgungsdrucken, eine kunstvolle Wabenkonstruktion aus dünnen Industriesperrholzlatten, die rätselhafterweise dennoch in der Lage ist, vollkommen stabil sieben Zentner Bücher zu tragen. Neben meiner eigenen Geschichte in der »Süddeutschen Zeitung« berichteten nicht nur Rostocker und andere Zeitungen Mecklenburg-Vorpommerns, sondern auch die »Frankfurter Allgemeine Zeitung« und »Spiegel online« über die Sache. Über mangelnde Aufmerksamkeit kann also wahrlich nicht geklagt werden. Auffälliger kann man auf ein Buch nicht hinweisen. Selten dürfte ein Ladenhüter mehr Presse bekommen haben.

Interessanterweise waren die Interessenten, die sich daraufhin meldeten, mit den Fingern einer Hand abzuzählen. »Das Denkmal des ungelesenen Buchs«, wie Wolfgang Höbel in »Spiegel online« das Entsorgungsregal nannte, wird wohl ein Denkmal bleiben und die allmähliche Entnahme der Bücher nicht mehr als eine nette Idee. Die Zeit ist ja tatsächlich zu kostbar, um sich mit einem Buch zu befassen, das schon vor zwanzig Jahren niemand lesen wollte. Und wenn es noch so geistreich und gaga ist – für diese Mischung sind andere zuständig, das ist nicht das, was man von einem Autor lesen will, den man mit eher unversponnenen Texten in Verbindung bringt.

Dennoch ist die Seite in der »Süddeutschen Zeitung« mit meiner langen Aufforderung, nach Landsdorf zu reisen und durch Entnahme eines »Sinecure«-Exemplars zur

Entsorgung der Auflage beizutragen, sicherlich ein paar tausend Mal herausgerissen und aufgehoben worden. Allerdings nicht aus Interesse an meinem Buch, sondern weil auf der anderen Seite ein Interview mit dem Fußball- torwart Oliver Kahn stand, der genügend Fans haben dürfte, die jeden Zeitungsbericht ihres Lieblings sorgfältig archivieren. Irgendwie paßt es zu meinem ungelesensten Buch, daß auch der Nachruf, den ich auf diese hübsche und behinderte Ausgeburt verfassen durfte, als Rückseite in den Archiven von ein paar Fußballfans ruht und nie mehr gelesen werden wird.

Für Geld schreibe ich alles (so, wie ich es will)

Ein Geständnis

Einmal sollte ich an einer Tagung teilnehmen, bei der es um das Wohl und Wehe der gegenwärtigen deutschsprachigen Literatur ging. 1999 oder 2000 war das. »Freiheit für die deutsche Literatur! Können die Schriftsteller von heute noch so schreiben, wie sie wollen?« Das war die Frage und der Titel der Veranstaltung. Verschiedenartigste Autoren würden etwas zum Besten geben.

Ich sagte zu.

Die Tagung würde in einem schönen Schloß an dem schönen Ufer eines schönen oberbayerischen Sees stattfinden. Tutzing. Wenn es der Lauf der Dinge und des Schicksals schon so gefügt hat, daß ich kein Schloß geerbt habe – mitsamt den nötigen Millionen, es zu erhalten, so möchte ich wenigstens ab und zu einmal als Gast in den großzügigen Räumlichkeiten auf und ab gehen. Auch sollte ich zu einem Thema sprechen, zu dem ich einiges aus dem Ärmel schütteln konnte: »Für Geld schreibe ich alles!« Ein bißchen frech, mir dieses Thema zu geben. So formuliert, klang es richtig provokativ und nuttenhaft. Sollte es auch. Ich würde mich in der mir zur Verfügung stehenden Vortragsstunde schon vom Makel der Prostitution zu befreien wissen.

Die Tagung begann mit einem Referat des Initiators Maxim Biller, in dem dieser die deutschsprachige Gegenwartsliteratur wie zu erwarten als ungenießbar beschimpfte. Sie reiße einen nicht mit, sei nicht ehrlich, nicht so grausam wie ein amerikanischer Film, nicht deutlich genug. Wo der Roman, den man zwei Mal lesen will!? Nirgends seien Feindbilder, nirgends Mut. Alles »Schlappschwanzliteratur«. Der Referent selbst war doch Autor. Das fand ich mutig.

Ein spöttischer Zwischenruf angesichts der hybriden Postulate wäre schon angebracht gewesen. »Dein Buch ist natürlich viel besser!« hätte einer höhnen sollen. Dazu müßte man es allerdings gelesen haben. Und wenn es eine schriftstellerische Berufsdeformation gibt, dann die, daß Autoren nur eine sehr vage Kenntnis der Bücher ihrer Kollegen haben. Das Nichtkennen der deutschsprachigen Gegenwartsliteratur ist vermutlich einer der Hauptgründe, sie zu verdammen.

Dutzende Autoren im Auditorium, die alle nicht protestierten. Na gut, ich protestierte auch nicht. Aber ich bemühte mich wenigstens, nicht so schuldbewußt-begossen-beipflichtend dreinzuschauen wie die meisten Kollegen. (Jahre später, im November 2007, ist im Internet-Tagebuch »Klage« von Rainald Goetz zu lesen, wie ihm diese Vorwürfe des Kollegen an die Nieren oder zu Herzen gegangen sind und seine Romanschreibeunlust befördert haben: »Tutzing war aber wirklich ein absoluter Rammbock in die Grundfesten meines bis dahin trotz allem irgendwie ungebrochenen Weltvertrauens.« Erstaunliche Empfindlichkeit. Die Lust am Romanschreiben vergeht mir auch manchmal, aber nicht, wenn Autorenkollegen Thesen aufstellen, sondern immer nur, wenn Kritiker wieder einmal meine Qualitäten nicht entdecken oder Amazon-Kunden es originell finden, mein Buch zum Abstützen wackelnder Tische zu empfehlen.)

Maxim Billers Vorwürfe gingen mich nichts an. Ich fand, daß ich genau die Romane schrieb, die er vermißte. Nur war das weder ihm noch den anderen aufgefallen. Am nächsten Vormittag war ich mit meinem Vortrag an der Reihe.

Der Abend endete in den Salons des Schlosses. Sehr gemütlich. Leider konnte ich ein Gespräch mit Christian Kracht über die Country-Sängerin Patsy Cline nicht zu Ende führen. Ich mußte mich bald auf mein Zimmer zurückziehen. Nicht um meinen Vortrag vorzubereiten, das würde nicht nötig sein. Ich spreche lieber frei und lasse mich treiben. Der Grund meiner Ungeselligkeit hatte damit zu tun, daß ich für Geld zwar nicht alles, aber doch sehr vieles schreiben muß. Folglich schiebe ich die Abgabetermine so weit es geht hinaus und muß oft zur Unzeit meine Sachen fertigmachen. Zwei Texte hatte ich in der Nacht noch zu schreiben. Im Herbst würde ein Buch von mir erscheinen, in dem ich Deutschland zur Abwechslung einmal lobte. Auch die deutsche Literatur nahm ich darin in Schutz, die hier in Tutzing so rabaukenhaft attackiert wurde. An diesem Wochenende war im fernen Frankfurt Vertreterkonferenz, der Verleger mußte irgend etwas Attraktives über mein Buch erzählen und brauchte morgen früh einen appetitanregenden Text. Hundert Zeilen mußte ich schreiben, damit er etwas zum Vorlesen haben würde, das hatte ich versprochen, das war auch in meinem Interesse.

Zudem mußte ich noch dringend für einen Katalog einen kunsthistorischen Text über den klassizistischen Maler Franz Ludwig Catel abschließen, der ab 1811 in Rom lebte und mit den Nazarenern befreundet war, die aber hinter seinem Rücken schlecht über seine Kunst redeten. Weil sich Catels Bilder besser verkauften, warfen sie ihm heimlich vor, er bediene den Markt. Da war es wieder, das Thema meines morgigen Vortrags. Wie oft, wenn man sich mit einer Sache befaßt, kommen aus ganz anderen Ecken überraschende Anregungen und Bestätigungen. Der Witz war, daß diese von den mißgünstigen Freunden als »allzu leicht verständlichen« Bilder Catels heute ungleich schöner und moderner wirken als das provinzielle Gefrömmel und die unechten Landschaften auf den Gemälden der Nazarener. Catel malte für Geld, und er malte besser als die anderen. Ich würde morgen auch über den Fall Catel sprechen können.

Samstag morgen. Vor mir war eine junge, fremdelnde Autorin dran. Kaum einer verstand ihren Vortrag so recht, man bezeichnete ihn respektvoll als »hermetisch« und rätselte in der Kaffeepause. Ich fühlte mich unter meinen Kollegen fremd und auch wieder nicht fremd. Wir alle schreiben. Wir sitzen alle in einem Boot und schreiben wie verrückt – für Geld oder Ehre oder eine bessere Welt. Manchmal trennen uns Welten, manchmal ist kaum ein Unterschied zu spüren.

Um elf war ich an der Reihe. Wenn man nach einer schwer verständlichen Rede an der Reihe ist, hat man es leicht. Erst eine Klarstellung: Da alle deutschsprachigen Autoren im Gegensatz zu den glorreichen amerikanischen als unfähige Schlappschwanzliteraten bezeichnet worden seien, ich aber partout nicht das Gefühl habe, Schlappschwanzliteratur zu schreiben, bleibe mir nur die Vermutung, das, was ich hervorbringe, sei gar keine Literatur. Zwar gut lesbar, aber keine Literatur.

Das kam gut an. Etwas zu gut. Womöglich nahm man meine Selbstausgrenzung für bare Münze. Schließlich gab es schon hochgestochene Rezensenten, die solchen Unsinn tatsächlich über meine Bücher geschrieben hatten. Und hier saß eine Menge feines Feuilletonvolk im Auditorium herum. Ich fügte also vorsichtshalber an: Nur für die Dauer der Tagung gelte meine Vermutung. Nach Beendigung der Tagung würde ich wieder darauf bestehen, echte Literatur zu erzeugen – und zwar kraftvolle.

Kam auch gut an. Dann machte ich mich darüber lustig, daß ich mit über Fünfzig der älteste der hier versammelten jungen Literaten sei. Trotzdem, sagte ich, fühlte ich mich den Jungen eher zugehörig als meinen Alterskollegen, was wohl daran liege, daß ich mit Vierzig mein erstes Buch veröffentlicht habe, mein »Werk« sei also im Gegensatz zu mir noch ziemlich jung – nämlich erst gute zehn Jahre alt. Wurde akzeptiert.

An einem Punkt aber würde ich doch merken, daß ich nicht mehr frisch und stürmisch sei, sagte ich: Ich hätte keine Lust mehr auf Pauschalurteile. Ich fände es naiv, dauernd auf den großen mitreißenden deutschsprachigen Roman zu warten und dann dauernd enttäuscht zu sein. Die Erwartungshaltung schaffe Frustration und mache blind für das Unerwartete. Die unerwartet an der Tischkante liegende, ausgequetschte Tube Uhu sei unter Umständen alles andere als welk, sondern habe vielleicht genug Kraft, einen ebenso zu bewegen wie ein guter Roman. Das könnte man von Joseph Beuys lernen. Das Hochloben, Abkanzeln und Kategorisieren von Büchern fände ich ziemlich unoriginell.

Dann kam ich zur Sache und versuchte, das erlauchte Fachpublikum zu überzeugen, daß man sich durchaus nicht verkaufe, wenn man gute Texte für gutes Geld schreibe. Im Gegenteil. Ich erzählte im Verlauf meiner Redezeit dann eigentlich nur noch Geschichten und interpretierte sie ein bißchen. Ich erzählte, wie ich einer Zeitung einen Text über einen absurden Luxusartikel zugesagt habe. Es sei um ein Ding gegangen, das sich »Spaghettitester al Dente« genannt habe. Über diesen Gegenstand würde ich möglicherweise lieber schriftlich nachdenken als über den Roman eines Kollegen, zum einen, weil ich für eine Romanrezension vielleicht magere 300, für den Artikel über den Spaghettitester aber fette 700 Mark Honorar bekommen würde, aber auch, weil ich als Romanschreiber bei der Kollegenrezension befangen sei. Und schließlich, weil ein Text um so vernünftiger und witziger sein müsse, je läppischer der Gegenstand sei, über den man zu schreiben habe. Ein belangloser Gegenstand und eine langweilige Zeitschrift seien eine gute Voraussetzung für einen klugen Text, der gerade dann ja spannend sein und standhalten müsse. Im übrigen sei man automatisch auf der Höhe der Zeit, wenn man von Redaktionen aufgefordert werde, über Zeiterscheinungen zu schreiben. Schließlich verbiete einem keiner, ehrlich, präzise und kritisch zu sein. Wenn der Text nicht gedruckt werde, würde er doch bezahlt. Wenn er wirklich gelungen sei, würde er an anderer Stelle gedruckt werden können.

Ich gab Beispiele von Auftragsgeschichten, die ich in der letzten Zeit über das Weintrinken und das Masturbieren geschrieben hatte und die dann in meine Romane wanderten. Und wie das feine Feuilleton darauf reagierte – nämlich mäkelnd.

Es tue aber einem Text besser, der nach Belohnung durch Geld schiele, sagte ich, als wenn er auf Belohnung durch das feine Feuilleton aus sei. Der nach dem Lob des Feuilletons schielende Text nämlich käme oft auf Stelzen daher, während der Publikumstext klar und verständlich sei und innerhalb eines vernünftigen Zeitraums abgegeben werden müsse. Ein Text, der es auf literarische Ehren abgesehen habe, werde oft nicht fertig und laufe Gefahr, immer gekünstelter und unverständlicher zu werden. Siehe die gedrechselte Kunst der Nazarener, sagte ich, und dachte an die Bilder meines Franz Ludwig Catel, mit denen ich mich in der Nacht befaßt hatte. Hier bei der Tagung redeten alle immerfort von Pop. Was denn nun Pop sei, und was nicht. Das paßte mir jetzt beim Reden in den Kram: Ein Auftragstext sei Pop, weil er halbwegs populär sein müsse, sagte ich.

Natürlich gab es Proteste. Ein Kollege, der es sich leisten kann, komplizierte Bücher zu schreiben, weil er sein Geld woanders verdient, warf mir »Affirmation« vor. »Du läßt dich vom Markt erziehen!« rief er. – »Nein«, rief ich zurück, »ich zahle es dem Markt heim!«

Ich erklärte und erzählte, daß sich längst nicht jeder Auftragstext so, wie er geschrieben sei, durchsetzen lasse, wie aber die sich windenden Bitten der Redaktionen um Veränderungen den Job als Auftragsautor erst richtig spannend machten und später den eigenen Büchern zugute kämen, weil damit ein klares Licht auf den seltsamen Widerspruch von Anpassungsunlust und Resignation geworfen werde, der unsere Mediengesellschaft auszeichne.

Ich berichtete von Texten für Feinschmeckermagazine,

die häufig bei mir bestellt worden waren, in denen ich selbstverständlich die Feinschmeckerei verhöhnt hätte, was die längst feinschmeckermüde gewordenen Redakteure entzückt habe – und wie dann plötzlich die Bitte nach einem Entschärfen des Textes komme.

Die jüngste Geschichte dieser Art war exemplarisch, und ich gab sie zum besten: Ich hatte für die erste Nummer einer speziellen Feinschmeckerpostille für Weintrinker eine Doppelseite füllen sollen – über das Weintrinken natürlich. Die Redaktion habe zu spät gemerkt, daß das Heft in Gefälligkeit ersaufe, man brauchte dringend einen etwas herberen, amüsanten Text. Für 3000 Mark versprach ich, diesen Text in drei Tagen zu liefern. Und ich lieferte. Und war gespannt. Ich hatte in diesem Text den Wein gelobt, den ich seit Jahren in Italien für 1800 Lire pro Liter beim Weinbauern in großen Mengen kaufte, für eine Mark achtzig also, ungeschwefelt und also sehr bekömmlich, ein weißer Saft, der glücklich und geistvoll – und niemals Kopfweh macht. Neben den vielen Vorteilen dieses göttlichen Getränks, hatte ich geschrieben, komme als Krönung hinzu, daß dieser Wein deutlich weniger als Benzin koste, daß man sich also beim Trinken an der Vorstellung ergötzen könne, im Verbrauch quasi billiger zu sein als sein eigenes Auto. Man solle, so war der Text weitergegangen, eigentlich immer nur Weine trinken, die einen geringeren Literpreis als Benzin hätten.

»Wir haben uns totgelacht!« war die Reaktion der Redaktion gewesen. Am nächsten Tag dann der Anruf, den ich vorausgeahnt hatte: Wenn es nicht die erste Nummer des Heftes wäre … Wenn mein Beitrag nicht so auffällig als Doppelseite mitten im Heft plaziert vorgesehen sei, sondern als unauffällige Glosse ... Wenn der Verleger etwas mehr Humor hätte und nicht zu denen gehören würde, die keinen Wein trinken, der unter 500 Mark die Flasche kostet ... Wenn die angepeilte Leserschaft etwas mehr Sinn für Selbstironie hätte – aber Sie können sich ja vorstellen, was das für Leute sind, die sich eine Zeitschrift kaufen, die sich »Weingourmet« nennt. Die würden sich von meinem Text auf den Arm genommen fühlen.

Jetzt, in meinem Tutzinger Vortrag (der mehr ein kommentierter Erfahrungsbericht war als ein Vortrag), verriet ich, was man als erfahrener Auftragsarbeiter in einer solchen Situation leise flüstern müsse: Zahlen Sie ein Ausfallhonorar, und wir lassen die Sache. So zeige man seinen Stolz. Allein lehrreich ist es zu beobachten, was diese Bemerkung in Bewegung setzt: Wie dann davon die Rede sei, daß der wundervoll bissige Text irgendwie gerettet werden müsse. Bei diesen Rettungsversuchen lerne man einiges über das Funktionieren unseres Gesellschaftssystems, mehr, als wenn man einen Text zurückziehe, das wirke fast immer beleidigt, dann lerne man nichts dazu. Ganz anders, wenn man kooperativ seufze: Was schlagen Sie vor?

Redend erinnerte ich mich wieder: Im Fall des Benzinwein-Textes war der Vorschlag gekommen, ich solle mit wenigen Strichen am Text und etwas mehr Vergangenheitsform beim Verleger und Leser den Eindruck erwecken, es handle sich um einen Bericht aus der Zeit, als ich noch armer Student war. Damals vor vielen, vielen Jahren hätte ich noch diesen billigen Wein getrunken, und daran müsse ich nun sentimental zurückdenken. Eine Erinnerung an eine nette Jugendsünde. »Schreiben Sie doch, wie Sie mit einem Citroën Deux Chevaux mit 60 Litern im Kofferraum den Stoff aus Italien herausschmuggelten, und wie das Wackelauto mit der Last kaum über die Alpen kam!« Der Redakteur war begeistert von seiner rettenden Idee. »Das wäre Verrat!« sagte ich. Der Witz besteht ja darin, daß ich heute diesen vorzüglichen Billigwein schätze und trinke, obwohl ich mir nicht zuletzt dank Ihrer vorzüglichen Honorare durchaus einen teureren Wein leisten könnte – daß ich so unverblendet bin im Gegensatz zu Ihrem Verleger und Ihren Lesern. Dann wurde langsam klar, daß wegen Text-Umbauarbeiten noch einmal 1000 Mark auf das Honorar draufzulegen wären, und ich schrieb einen anderen Anfang. Ich tat so, als verfüge ich über einen edlen Weinkeller, den ich von einem boshaften Onkel geerbt hätte, welcher wußte, daß mir teure Weine peinlich sind. Trotz meiner ererbten kostbaren Weinschätze aber hinge ich noch immer an meinem billigen Benzinwein und mache mir den Spaß, diesen auch meinen Gästen als Edelwein zu kredenzen. Ich gab mich in dieser Version der Geschichte als der Adelige aus, der ich nun wirklich nicht zu sein glaube, der sozusagen das arme einfache frische Bauernmädchen zu schätzen weiß und den die reichlich zur Verfügung stehenden adeligen Gespielinnen anöden. In dieser romantischen Fiktion war der Artikel zumutbar – und er ist damit möglicherweise sogar raffinierter geworden als in der ersten Version, in der Dummheit und Reichtum etwas polternd attackiert worden waren.

Ich flocht in meinen Vortrag noch das eine oder andere ähnlich vielsagende Beispiel, das ich in jüngster Zeit als Auftragsarbeiter erlebt hatte, und so auch die Rede, die ich zur Eröffnung der Münchner Opernfestspiele auf ein

Kunstwerk hatte halten sollten, das kein Mensch verstand – auch der Künstler nicht. Dieses Werk bestand aus einigen Tausend Gartenzwergen aus Plastik, die in einer Formation auf dem Platz vor der Oper aufgebaut waren. Der Künstler hatte mich als Redner gewünscht, denn bei mir konnte er sicher sein, daß kein »Kunsthistorikergewichse«, wie er sich ausdrückte, abgesondert werden würde. Die das Ereignis sponsernde Bank hingegen hoffte, ich möge das Werk mit schlauen Worten deuten. In meiner Not hatte ich mich mit der Bemerkung aus der Affäre gezogen, ich würde 3000 Mark für diese Rede erhalten, dankeschön. Für diese in der mit Millionen herumschmeißenden Kunstbranche vergleichsweise lachhafte Summe aber sei die Deutung eines so gewichtigen Kunstwerks nicht zu verlangen, man hätte mir schon die zehnfache Summe geben müssen, dann wäre ich vielleicht bereit gewesen, mir eine Erklärung für die sechs- oder achttausend Gartenzwerge aus den Fingern zu saugen. Die andere Hälfte der Redezeit las ich zur allgemeinen Erheiterung Zitate aus den Ausstellungskatalogen dieses Künstlers vor, in denen wohlmeinende Kunstkritiker von der Dichotomie dieses Werks raunten.

Dies sei doch Beweis genug, sagte ich nun in meinem Tutzinger Vortrag, daß man sich, wenn man für Geld rede oder für Geld schreibe, durchaus nicht korrumpieren lassen müsse. Und ich gab, solange meine Redezeit reichte, weitere Beispiele von Auftragstexten, mit denen es köstliche Schwierigkeiten gegeben hatte, die ausnahmslos mein Autorenleben bereichert hätten, egal ob ich für die Festschrift einer Zementfabrik dann doch zu abfällig über Beton oder für einen Bildband mit Händen zu frauenfeindlich über das männliche Zupacken geschrieben hatte. Als der

katholische Weltbild Verlag in Augsburg in ein neues glä-
sernes Bürogebäude zog, dessen Architektur wegen ihrer
Transparenz gerühmt wurde, und in einer Broschüre ange-
messen gefeiert werden wollte, wurde ich beauftragt, eine
kurze Hymne auf den Begriff Transparenz zu schreiben –
ein Auftrag, den ich mit Vergnügen annahm. Ich beschrieb
einen Bürochef, der sich etwas zu schmierig einer Sekretärin nähert, die dann darum bittet, nicht mit undurchsich-
tigen Bemerkungen angebaggert zu werden, sondern mit
transparenten. Witzig hatte der Text sein sollen – aber doch
nicht so!, natürlich wurde er nicht gedruckt, aber bezahlt.
Ich hatte ihn geschrieben und war froh darüber.

Für Geld schreibe ich alles – aber so, wie ich es will. Den Vorteil dieser Produktionsmethode versuchte ich in meinem
Tutzinger Vortrag zu erläutern. Ich wollte die Lohnschreiberei vom Ruch der Prostitution befreien. Und weil ich
am Schluß noch zwei Minuten Zeit hatte, erzählte ich, wie
ich beim Schreiben eines Essays für die »Vogue« über das
Lachen auf einen Witz von Immanuel Kant gestoßen war,
auf den ich ohne die Modezeitschrift und ohne diese Auf-
tragsarbeit garantiert nicht gestoßen wäre, weil die »Kritik
der Urteilskraft« nicht auf meiner Leseliste stünde. Eben
dort aber berichtet der nicht für seinen Humor bekannte
Kant, was ihn zum Lachen bringt: Nicht etwa, daß man
(wie im 18. Jahrhundert offenbar üblich), um Beerdi-
gungen möglichst groß und würdig zu gestalten, fremde
Trauergäste mietet, findet er komisch, sondern die para-
doxe Tatsache, daß diese bezahlten Gäste immer weniger
die gewünschte Trauermiene aufsetzen, je mehr Geld man
ihnen gibt.

Ich hatte mich in diesem Tutzinger Vortrag nicht zum ersten Mal lustvoll als Lohnschreiber stilisiert. Der entsprechende Ruf eilt mir voran und hinterher. Seit Jahren lasse ich es mir ohne Protest gefallen, wenn ich bei Lesungen von klappentextzitierenden Veranstaltern dem Publikum genüßlich als »Honorarcholeriker« vorgestellt werde, der sich für Geld über alles mögliche aufregt. Bis in diese relativ erlesene Tutzinger Runde war mein Bekenntnis zur Käuflichkeit offenbar noch nicht vorgedrungen. Man zeigte sich zunächst einigermaßen überrascht und befremdet. Der Vortrag kam als Geständnis gut an, auch später in der Presse, er wurde als frisch und außergewöhnlich offenherzig gewürdigt, ja als Höhepunkt der Tagung. Natürlich ging in der allgemeinen Heiterkeit unter, was mir zu vermitteln schon wichtig gewesen wäre. Die Frage zum Beispiel, ob die Schwachbrüstigkeit der Gegenwartsliteratur, so sie nicht nur Einbildung ist, vielleicht damit zusammenhängt, daß viele Autoren zur Lohnschreiberei nicht willens oder in der Lage sind, zu einer Disziplin, die eine, egal wie es ausgeht, zumindest handfest mit der Wirklichkeit in Berührung bringt.

Es ist immer das gleiche, wenn man witzig ist: Kaum einer merkt dann, daß man auf etwas Substantielles hinweisen wollte. Nur einer der Zuhörer, ein Kunst- oder Ästhetikprofessor (Walter Grasskamp) mokierte sich in der anschließenden Diskussion über diejenigen, die sich bei meinem Vortrag zu allzu lautem Lachen hatten hinreißen lassen, und wies auf den Ernst hin, den meine Ausführungen enthielten. Ich hätte den Mann umarmen können. Allerdings übertrieb er mit seiner Vermutung, hier habe ein Verzweifelter gesprochen. Das nun nicht.

Die Göttin der Filiale

oder Der unverdrossene Minnesänger

Goethe ist an vielem schuld. Zum Beispiel daran, daß manche Zeitungen miserabel zahlen, und zwar mit dem Hinweis oder auch nur dem stummen Augenaufschlag: ist es nicht Lohn genug, daß du bei uns deine Stimme erheben darfst, was willst du auch noch schnödes Geld dafür sehen. Diese Ausbeutungsunsitte fußt auf Goethes fadem Gedicht vom Sänger, das passend in seinem faden »Wilhelm Meister«-Roman eingeschoben ist und in dem der naive Sänger die angebotene Belohnung des Königs (eine goldene Kette) mit den naiven Worten ablehnt: »Ich singe, wie der Vogel singt, / Der in den Zweigen wohnet; / Das Lied, das aus der Kehle dringt, / Ist Lohn, der reichlich lohnet.«

Solchen fahrlässigen Stuß konnte nur ein Autor schreiben, der sich um sein Aus- und Einkommen keine Gedanken zu machen brauchte. Angemessene Bezahlung muß sein. Wenn man allerdings Glück hat, bringt einem ein Text neben dem überwiesenen Honorar auch noch ideellen Lohn – ein Mehrwert, den man nicht fordern kann, sondern der einem gelegentlich als Dreingabe geschenkt wird.

Ein Beispiel: In meiner Eigenschaft als Kolumnist der »Münchner Abendzeitung« hatte ich im Jahr 2008 für jede Wochenendausgabe 3600 Zeichen zu schreiben. Die Kolumne trug den Titel »Der Flaneur«. Ich konnte schreiben, was ich wollte, was mir beim Herumstreifen auffiel, Beobachtungen, kleine Geschichten. Ich konnte Zeiterscheinungen aller Art aufs Korn nehmen, Modernisierungen beklagen oder begrüßen oder über Schönheiten ins Schwärmen geraten.

Einmal, im Frühsommer 2008, fiel mir nicht Besseres ein, als eine junge Frau zu besingen, die im Supermarkt bei mir in der Nähe arbeitete. Ihretwegen ging ich in diesen Laden, auch wenn es dort keinen Ingwer gab, mit dem ich gern meinen Tee anschärfe. Die Ingwerwurzeln mußte ich mir dann immer in einem anderen Laden besorgen. Der Aufwand stand dafür. Ich schrieb folgendes:

Seit einiger Zeit gehe ich gern einkaufen. Wenn ich etwas vergessen habe, ziehe ich, ohne zu murren, noch einmal los. Auch wenn es regnet. »Etwas Bewegung kann mir nicht schaden«, sage ich – und weg bin ich. Der wahre Grund ist ein anderer.

Man kann sich zum Anhimmeln einen Weltstar aussuchen. Prominentenverehrung aber ist ziemlich gewöhnlich. Außergewöhnlicher ist es, die Filialleiterin eines mittelgroßen Supermarktes anzubeten. Das Wesen der Anbeterei ist ja immer die Unerreichbarkeit. Und die hat man hier auch.

Der Feminismus hat uns gelehrt, daß nichts gräßlicher ist als ein unerwünscht einer Frau nachsteigender Mann. Die Verehrung muß also perfekt getarnt sein. Man darf es nicht übertreiben mit den Einkäufen. Ich gehe zwei- bis dreimal täglich und bekomme die Göttliche im Schnitt jeden dritten Tag zu Gesicht. Damit dürfte ich noch nicht unangenehm auffallen.

Leider fragt sie nie, ob sie einem helfen kann. Also frage ich sie manchmal. Natürlich nach unverfänglichen Dingen. Kein Kinderzwieback, damit sie mich nicht für einen Opa, keine Süßigkeiten, damit sie mich nicht für vernascht hält, kein Schnaps, um nicht wie ein Alkoholiker zu wirken, der zu blöd ist, alleine seinen Stoff zu finden. Mandeln sind gut, oder Tomatenmarktuben oder eine bestimmte Käsesorte. Die Frage muß glaubhaft sein, man darf nicht als hilfloser Trottel erscheinen. Dann eilt sie schmal voran zum Regal mit wehendem weißen Kittel und deutet freundlich oder schüttelt bedauernd den Kopf. Ich weiß weder, wie sie heißt noch, wo sie herkommt. Deutsch ist sie eher nicht. Vielleicht heißt sie Fatima.

Wäre ich Filmproduzent, ich würde sofort Schillers »Jungfrau von Orleans« und Goethes »Leiden des jungen Werthers« drehen lassen und ihr Rollen anbieten. Genau so muß man sich das französische Rittermädchen oder die von Werther angeschmachtete Lotte vorstellen: jung, flink, energisch und alles fest im Griff, älteste von zehn Geschwistern und einem hinfälligen Vater, die sie allesamt ernährt, schön vor Ernst.

Neulich, kurz vor Ladenschluß lange Schlangen an den beiden Kassen. Eingekeilt mußte ich zusehen, wie meine zierliche Göttin persönlich die draußen vor dem Geschäft stehenden Sachen stapelte und mit einem unförmigen Schiebewagen in einen hinteren Lagerraum bugsierte. Dazwischen rief sie den nachfragenden Kassiererinnen Preise zu. Als die Ladung mit den Blumenerdebeuteln dran war, blieb der breite Wagen an den Stangen des Ein-

gangs stecken. Sie rüttelte und stemmte sich heldenhaft. Nichts. Keiner der erbarmungslosen Männer vor mir nahm ihren Kampf wahr. Mein Glück. Ich quetschte mich an den Rüpeln vorbei. Die Göttliche zog aus Leibeskräften. Die Anstrengung machte sie überirdisch schön. Ich stieß und drückte und preßte die Säcke mit Blumenerde seitlich zusammen. Jetzt nur nicht versagen! Keiner sprang uns bei, wir schafften es allein. Der Wagen ging durch.

Sie nickte mir zu wie eine erschöpfte Chirurgin, der man bei der Operation das richtige Besteck gereicht hat. Ein Sekundenbruchteil professionelle Anerkennung, mehr nicht. Keine Gelegenheit, ihr jetzt schleimige Sachen zu sagen: Stellen Sie mich als Praktikanten ein, dann kann ich Ihnen öfter helfen.

Vorgestern, beim Fußballspiel gegen Kroatien, hatte ich die Vision, wegen des Nationalereignisses wäre kein Mensch im Laden, nur sie allein. Endlich ins Gespräch kommen mit ihr. Es gibt Frauen, bei denen man Pluspunkte macht, wenn man sich nicht für Fußball interessiert. Doch der Laden war voller Kunden, und sie war nicht da. »Sammeln Sie Treueherzen?« Das fragt sie nie, wenn sie an der Kasse sitzt.

Welche Filiale welcher Kette? Verrate ich nicht. Keine Lust auf Nebenbuhler. Selber suchen!

Diese 3658 Zeichen erschienen genau so anderntags in der Zeitung. »Die Göttin der Filiale« war der Titel der Kolumne. Am Samstag war sie meist da, die Göttin, wirbelnd, schreitend, schwebend. Hochspannung. Ich machte mich auf den Weg. Ich würde in diesem ihrem Laden ein Exemplar der Zeitung kaufen und ihr übergeben. Am schönsten, wenn sie selbst an der Kasse säße. Dann bei ihr zahlen, den Bogen mit meiner Kolumne aus der Zeitung ziehen und ihr präsentieren: Das ist für Sie, das sind Sie! Dann diskret den Laden verlassen.

Auch wenn sie viel zu tun haben würde, am Mittag würde sie Zeit finden, meine Hymne zu lesen. Am Nachmittag würde ich dann noch einmal vorbeikommen. Das wäre dann der entscheidende Augenblick: Würde sie mir freundlich zunicken oder würde sich ihr schönes ernstes und konzentriertes Gesicht, das ich noch lächeln sah, verfinstern, weil sie meine Hymne als Zudringlichkeit empfunden hatte? Damit mußte ich rechnen.

Pech. Sie war nicht im Laden. Ich hielt mich unverhältnismäßig lang dort auf und kaufte unsinnige Dinge, die besagte Zeitung gleich doppelt. Sie tauchte nicht auf. Auch am Nachmittag war sie nicht da. Auch am Montag, Dienstag und Mittwoch und Donnerstag nicht. Urlaub wäre eine natürliche Erklärung für ihre Abwesenheit. Aber ich konnte den Verdacht nicht länger verdrängen, daß sie für immer verschwunden war. Denn nicht nur sie fehlte, sondern auch ihre Kolleginnen. Die hatte ich zwar so bewußt nie in Augenschein genommen, konnte mich aber doch an sie erinnern. Auch sie hatten mich erfreut, vor allem, wenn sie die Göttin bei falsch in die Kasse getippten Preisen zu Hilfe riefen und diese herbeieilte und mit ihrem Filialleiterinkassenschlüssel den Fehler, ohne zu schimpfen, geduldig korrigierte. Auch diese Mitarbeiterinnen waren verschwunden.

Vielleicht wurde von der Zentrale aus alle paar Monate die Belegschaft komplett ausgetauscht, ein Firmenprinzip? Damit alles schön anonym bleibt, damit sich keine

Bekanntschaften und Vertraulichkeiten zwischen Kunden und Geschäftspersonal entwickeln können. Wer weiß, nach welchen psychologischen Ratschlüssen die Personalpolitik in solchen Ketten funktioniert. Eines schönen Tages war die Göttin ja auch hier gewesen, genau so plötzlich war sie nun wieder weg. Welche Bösartigkeit des Zufalls, daß dies ausgerechnet zu diesem Zeitpunkt geschehen mußte. Hätte ich doch die Kolumne eine Woche früher geschrieben. Dann hätte ich sie ihr übergeben können, hätte meine Abfuhr erhalten – oder das erhoffte Lächeln.

Geprellt um die Pointe, ging ich umher, erzählte meinen Freunden und sogar meiner Familie von meinem Lob ins Leere und ließ mich bedauern, wobei sich das Mitleid meiner Frau und meiner Kinder in Grenzen hielt. Meine guten Freunde aber jammerten mit mir und rieten mir in einer seltsamen Mischung aus Spott und Neid auf meine Verliebtheit, alle Supermarkt-Filialen der Stadt abzuklappern. Dutzende von Filialen. Eine Aufgabe von Monaten. Bei Nichterfolg in den Filialen des Umlands nachforschen. Arbeit für Jahre und Jahrzehnte. Mit achtzig bin ich in Stadt und Land bekannt, und wenn ich auftauche, lalle ich meist den immer gleichen Satz vor mich hin: »Mir ist meine Göttin abhanden gekommen.« So mancher Supermarktmitarbeiter stimmt dann Schuberts »Leiermann« an: »Wunderlicher Alter, kann dich nicht mehr sehn.«

Um dieses unglückliche Lebensende zu vermeiden, faßte ich mir ein Herz, informierte mich im Internet über die Verwaltungsstruktur der Supermarktkette und schrieb der Personalleiterin von Süddeutschland eine E-Mail, einen Hilferuf, schilderte mein Problem und bemühte mich, dabei nicht als Frauenbelästiger zu erscheinen. Ich betonte, daß ich nicht ganz so verrückt sei, wie ich mich in dem Kolumnentext beschreibe, daß ich mich also in Wirklichkeit nicht dreimal täglich zum Einkaufen in diese Filiale gehe, dies sei eine literarische Übertreibung. Ich log, daß ich überhaupt nicht mit der gesuchten Person in Kontakt treten wolle, daß mein Wunsch nur der sei, sie möge diese diskrete Eloge auf sich zu lesen bekommen. Zwar finde nicht jede Frau Gefallen daran, öffentlich besungen zu werden, die von mir verehrte Mitarbeiterin aber gehöre vielleicht zu denen, die daran durchaus Spaß hätten, und es wäre doch schade, wenn sie auf Grund eines Arbeitsplatzwechsels oder eines Ausscheidens aus der Firma oder aus welchem Grund auch immer diese Hymne auf sich nicht zu lesen bekäme.

Es sei mir klar, schrieb ich, daß es Hunderte von Filialen und Tausende von Mitarbeiterinnen gebe, daß mein Ansinnen eine Zumutung sei, daß es für die Personalleiterin vermutlich nicht leicht sei, herauszubekommen, welche Person ich überhaupt meine. Schließlich kannte ich den Namen der Göttlichen nicht und auch nicht ihre Funktion in der Firma. Vielleicht war sie gar nicht Filialleiterin, sondern nur eine gut Bescheid wissende Verkäuferin oder eine besonders clevere Aushilfe.

Ich war also gezwungen, sie vorsichtig zu beschreiben. Ich äußerte mit höchster Ausländerfreundlichkeit die Vermutung, es könne sich um eine junge hübsche Türkin Anfang Zwanzig handeln. Während ich das schrieb, fiel mir allerdings ein, daß diese Angabe zur Identifikation nicht ausreichte, denn in der Filiale arbeiteten mehrere Frauen, die junge hübsche Türkinnen Anfang Zwanzig sein konnten. Vielleicht war sie auch eine Hiesige, oder stammte aus Griechenland oder Portugal. Ich betonte, daß die Gesuchte besonders anmutig und auffällig zierlich sei und hoffte, mit dieser Präzisierung nicht wie ein sabbernder Connaisseur dazustehen. Ich bat nicht händeringend, aber herzlich, mir zu verraten, in welcher Filiale ich meine verlorene Flamme wiederfinden könne oder ob sie womöglich die Firma verlassen habe und ich die Hoffung aufgeben müsse. Ich würde ihr doch allzugern die Zeitung persönlich überreichen. Wenn dies nicht möglich sei, bäte ich darum, meiner mutmaßlichen Filialleiterin ein Exemplar der Zeitung mit einem Gruß eines ihr unbekannten Kunden zukommen zu lassen.

Schließlich machte ich noch einen Witz: Falls es sich um eine Türkin handle, habe sie sicher einen Bruder oder Vater, der es nicht ertragen könne, daß seine Schwester von einem Kunden in westlicher Minnesängermanier angeschwärmt werde und der mich dann mit Messerstichen ins Jenseits befördern werde, weswegen ich hiermit mein eigenes Todesurteil geschrieben habe.

Schweigen. Ich hatte geglaubt, daß ich von der Personalabteilung rasch und höflich den kühlen Bescheid bekommen werde, aus Datenschutzgründen könne man meinem Anliegen nicht nachkommen, aber es kam gar keine Antwort. Doch noch gab ich nicht auf. Eine Göttin trifft man nicht alle Tage, es wäre eine Sünde, ihr Verschwinden kampflos hinzunehmen. Eine E-Mail wird vielleicht nicht ernst genug genommen oder übersehen. Ich druckte meine Bitte auf Papier aus und schickte sie per Post in die Personalzentrale. Nichts. Offenbar hielt man mich für einen Trottel, einen Verrückten, einen Spanner oder gar einen Stalker. Langsam kam ich mir selbst schon so vor. Schwärmen ist ja in Ordnung, es ist weniger eine Tätigkeit als ein

rötliches vor sich hin Glimmen, was aber ich hier unter-
nahm, war seltsam hyperaktiv.

Schwärmer sind wir alle. Der Chefredakteur der Zeitung, in der meine Kolumne erschien, war ein handfester
Mensch, sonst wäre er nicht Chefredakteur. Doch auch
er war ein Schwärmer. Mit meinem Schwärmen für die
Göttin der Filiale konnte er sich so gut identifizieren, er
legte bei dieser Kolumne einen Hunderter als Extralohn
auf das Honorar drauf. Danke. Da wußte ich wieder, was der
Sinn des Schreibens beziehungsweise Veröffentlichens ist:
Man empört oder begeistert sich als Autor stellvertretend
für seine Leser, die nicht genügend Zeit und Gelegenheit
und nicht die richtigen Worte haben, sich zu empören und
zu begeistern, die keine Ehefrauen haben, die das ertragen,
die sich nicht die Naivität erlauben können, stundenlang,
tagelang, wochenlang und vor allem völlig vergeblich für
hübsche Filialleiterinnen zu schwärmen – die aber wenigstens davon lesen wollen.

Die Wirklichkeit aber ist grausam. Es gab nun keine
Möglichkeit mehr, der verlorenen Göttin der Filiale nach-
zuspüren. Fatima hatte ich sie in meiner Hymne versuchs-
halber genannt. Orientalisch märchenhaft war sie aufge-
taucht und nun entschwunden. Ich mußte sie vergessen,
ich würde sie vergessen, ich bin kein Minnesänger, kein
Petrarca, der seine verschwundene Laura ein Leben lang
anbeten kann. Vermutlich hatte sie geheiratet. Oder sie
war mit der Kasse durchgebrannt und saß nun im Gefäng-
nis. Die Vorstellung, die Schluchzende dort ausfindig zu
machen und zu besuchen und ihr zu versichern, daß ich
trotz der Untat zu ihr halte, erwärmte mich ein paar Tage
und verblaßte dann. Ein letztes Auflodern der Phantasie,

ehe, wie in solchen Fällen üblich, das grausame Vergessen beginnt, mit dem sich die geschundene Seele vor dem Verglühen schützt.

Dann war ich es, der verschwand. Zwei Monate verbrachte ich anderswo, in Italien, und verdiente Geld, indem ich über andere Dinge schrieb als über Filialleiterinnen, denn das Konto darf so wenig leer werden wie der Kopf und das Herz.

Am Ende des Sommers kehrte ich nach Hause zurück. Es war ein Sonntag. Nichts war zum Essen da. Am Montag morgen mußte ich einkaufen. Ich ging in meine Filiale, und natürlich war sie nicht da. Hätte ja jetzt auch keinen Sinn mehr gehabt. Eine Tageszeitung, die drei Monate alt ist, entfaltet keine Kräfte mehr. Auch Hymnen halten nicht ewig. Ich wußte auch gar nicht mehr, wo ich die Seite aufbewahrt hatte. Es war vorbei. Dennoch, ein letztes Zucken meiner Hoffnung ließ mich auch am Dienstag noch einmal in der Filiale vorbeischauen. Ein allerletztes Mal. Nichts. Eine wunderhübsche junge Schwarze saß an der Kasse, mit einem sanften Lächeln, wie vom Gott der Liebe da hingesetzt, um mir zu zeigen, daß es auch andere schöne Frauen gibt. Ich nahm mir vor, mich nun nicht weiter zu quälen, diese Filiale nie wieder zu betreten, sondern fortan zur Konkurrenz zu gehen, wo es die Ingwerwurzeln gab. Auch ein Kämpfer muß irgendwann aufgeben.

Am Nachmittag dieses Tages meiner Kapitulation klingelte das Telefon. Die Supermarktfiliale. »Sind Sie der Schriftsteller?« Es war SIE. SIE selbst. Die Göttin. Sie war im Urlaub gewesen. Die Personalleiterin hatte ihr eine Ausgabe der Zeitung zukommen lassen. Der Bezirksleiter hatte ihr gratuliert. Alle hatten sich über die Kolumne gefreut, am meisten natürlich sie selbst. Eine riesige Freude hätte ich ihr damit gemacht. Dafür wolle sie sich bedanken. Wann ich wieder im Laden vorbeikäme? Sie wolle mich kennenlernen. Sie sei allerdings nicht Filialleiterin, sondern stellvertretende Filialleiterin. Aber mit der Türkin habe ich recht gehabt, auch ihr Alter hätte ich mit Anfang Zwanzig gut geschätzt. Dreiundzwanzig sei sie. Nur Fatima heiße sie nicht. Die Kolumne sei so gut geschrieben, sagte sie.

Ich konnte es nicht fassen. Toll genug, daß sie meine Schwärmerei goutierte, aber daß sie den Stil und die Formulierungen zu schätzen wußte, überwältigte mich. Daß sie mich anrief, um das zu sagen! Eine dreiundzwanzig-jährige Türkin! Ich schmolz, floß dahin, brannte lichter-loh – alles zugleich. Ich erzählte ihr, wie ich ihr Verschwinden für einen endgültigen Schicksalsschlag gehalten, aber nicht hingenommen, was ich alles dagegen zu tun versucht hatte. Das war ihr nicht neu. Die Personalleiterin hatte ihr auch meinen Brief gegeben, sie wußte also von meiner Untröstlichkeit, meinen Nachforschungen und hysterischen Vermutungen. »Auch dieser Brief war so gut geschrieben«, sagte sie. In dem Brief hatte ich mich viel mehr entblößt als in der Kolumne. Die Kolumne hatte ich als Kolumnist geschrieben, den Brief quasi als verlassener Verliebter. Daß sie den Brief nicht als zudringlich empfunden hatte, war ein Wunder.

Ich drückte mehrfach meine Erleichterung und meine Freude darüber aus, daß sie sich gefreut und mir das nun mitgeteilt hatte, und sie wiederholte mehrfach ihren Dank für die Kolumne und versicherte mir immer wieder ihre Freude darüber. Das Gespräch war frisch und unbefangen, es drehte sich nach einer Weile im Kreis, aber nicht langweilig, sondern wie ein Tanz, den keiner von uns abbrechen wollte. Nach einer halben Stunde sagten wir endlich tschüs und ciao, und sie sagte tatsächlich noch einmal, daß sie sich freue, mich kennenzulernen, und ich sagte, ich würde demnächst vorbeikommen.

Es war früher Nachmittag, aber jetzt sofort in die Filiale zu stürmen wäre vielleicht etwas zu gierig und übertrieben. Am nächsten Tag war sie wieder nicht da, und ich bereute schon meine Berechnung. Am übernächsten Tag am Morgen hörte ich sie in einem hinteren Raum bei den Getränkekästen mit einer Kollegin reden. Ich betrat den Hinterraum, und da stand sie. Ich weiß nicht, ob sie sich an mich als Kunden erinnerte. Ich glaube nicht. Aber sie sah mir sofort an, daß ich ihr Verehrer war. Sie schenkte mir nicht nur das ersehnte Lächeln, sie erstrahlte ohne jede Verlegenheit und deutete mit dem Zeigefinger auf mich. Das hieß: Sie sind das! Auch ich deutete mit dem Zeigefinger auf sie. Das hieß: Hier sind Sie also wieder! Wir gingen mit ausgestreckten Zeigefingern aufeinander zu und blieben voreinander stehen. Die Zeigefinger berührten sich fast. Die Ungeniertheit des mit den Fingern aufeinander Deutens machte die Begegnung zu einer vertrauten Angelegenheit. Als würden sich zwei gute alte Freunde nach langer Zeit zufällig treffen. Eine Umarmung hätte nicht inniger sein können. Sie bog sich zu ihrer Kollegin zurück, behielt mich dabei im Blick und sagte: »Das ist der Schriftsteller, du weißt schon.« Ich sagte: »Das ist die Göttin der Filiale.« Dann wiederholten wir noch einmal, wie schon am Telefon, wechselseitig unsere Beglückung. Sie war hübsch, deswegen hatte ich sie ja verehrt, das Strahlen machte sie nun zum Heulen schön. Natürlich heulte ich nicht, sondern sagte: »Pardon, daß ich nicht Dreißig bin.« – »Kein Problem«, sagte sie. »Wie heißen Sie, wenn Sie nicht Fatima heißen«, fragte ich. Sie sprach es mir vor, sie kam mit ihrem Gesicht dabei näher, sie schürzte und rundete die Lippen, es war, als wolle sie mir das Küssen beibringen: »Tuba«, sagte sie, »Tu-ba, türkisch«. Tuba – ich sprach das Wort nach, so gut ich konnte, es klang offenbar nicht so, wie es klingen sollte. Sie wiederholte ihren Namen ein paar Mal, und ich sprach ihn so lange nach, bis sie einigermaßen mit meiner Aussprache zufrieden war. Tuba. Sie erklärte, daß man »Tuba« mit einem »g« vor dem »b« schreibt, daß aber auf dem »g« ein Häkchen ist, das den Buchstaben stumm macht, also »Tuğba«, ausgesprochen Tuba, wie das Blasinstrument. »Sie sehen eher aus wie eine Klarinette«, sagte ich. Sie war so schmal und dunkel und auch funkelnd. Ein naheliegendes Kompliment, dachte ich, vielleicht hatte sie es schon oft von deutschen Verehrern gehört. Vielleicht auch noch nie. »Danke«, sagte sie. Es war Freitag vormittag, ich mußte wieder meine Kolumne schreiben und am frühen Nachmittag abgeben, schleunigst, ich war im Druck. Ich hatte etwas über die Reize speckiger Stadtbüchereien schreiben wollen, daran war jetzt nicht mehr zu denken. Ich konnte aber nicht schon wieder eine ganze Kolumne lang meiner Göttin huldigen, obwohl ich nichts lieber getan hätte. Es fiel mir ein, daß ich vor ein paar Tagen wieder zu Hause angekommen war und daß ich auch filialleiterinmäßig zwar nicht am Ziel angekommen, aber zumindest weitergekommen war, so eilte ich zu meinem Schreibtisch und tippte Folgendes:

Schon eine Weile stand ich entscheidungsschwach in meinem kleinen Ökoecklädchen und versuchte den Äpfeln anzusehen, wie sie schmecken. Da fragte mich die Ökoverkäuferin extrem sanft, fast mütterlich: »Gell, Sie sind noch nicht angekommen?« Erst dachte ich: Jetzt ist sie übergeschnappt. Sie schaute auch so verdächtig erleuchtet. Ich war vier Wochen in Italien gewesen und seit ein paar Tagen zurück in der Stadt. Durchaus angekommen also, und zwar wohlbehalten. Hier stand ich. Hielt sie mich für ein Gespenst?

Ich kaufte von jeder Sorte einen Apfel, spazierte apfelessend durch den Hirschgarten und versuchte vergeblich, mir zu merken, welche Sorte fad und welche angenehm säuerlich schmeckte.

Dabei wurde mir klar, daß die Ökofrau das mit dem Angekommensein im übertragenen Sinn gemeint haben mußte: Sie zweifelte nicht an meiner körperlichen Anwesenheit, sie wollte mir einfühlsam zu verstehen geben, daß sie mir ansah oder anzusehen glaubte: dieser Kunde ist innerlich noch woanders. Unsinn natürlich. Ich war völlig präsent. Trotzdem nett von der Verkäuferin und eigentlich ein hübscher Ausdruck: noch nicht angekommen.

Beim nächsten Einkauf, nahm ich mir vor, würde ich ihre Sensibilität loben. Dann aber hörte ich das mit dem Angekommensein noch ein paar Mal und begriff, daß in meiner Abwesenheit ein neues Modewort entstanden war. Alles nur Geplapper also.

Das ist ein paar Jahre her. Seitdem behauptet man von Mitmenschen, egal, ob sie auf der Ferieninsel noch blaß oder zu Hause noch braun sind, ob sie unkonzentriert in

Zeitschriften blättern und nervös neben der Kappe oder sonstwo stehen, sie seien »noch nicht angekommen«, meist in einem fürsorglich-verständnisvollen Psycho-Ton. Ob allerdings auch Chefs für geistig noch nicht angekommene Mitarbeiter Verständnis haben, die nach dem Urlaub erst einmal drei Tage tatenlos aus dem Fenster starren, ist zu bezweifeln.

Vorher hatte man jahrelang von der Selbstfindung herumgefaselt, und zwar so inflationär, daß dieses Wort schließlich nur noch satirisch zu gebrauchen war. Seitdem findet man sich nicht mehr, sondern kommt an bei sich.

Danach ließ ich einen Absatz über politische Parteien folgen, von denen es neuerdings auch heißt, sie seien noch nicht oder nun endlich doch bei sich angekommen. Erst am Ende des Textes fand ich Gelegenheit, Tuğba zu preisen. Unruhe und Unentschlossenheit machten mich lebendiger als ein Ankommen bei mir selbst, schrieb ich. Mit meinem Ich würde ich mich erst im hohen Alter beschäftigen, vorher hätte ich für so etwas keine Zeit:

Bis dahin gehe ich, solange ich noch ein bißchen italienbraun bin, trotz der ziemlich guten Äpfel nicht in den Ökoladen, sondern lieber in meinen Lieblingssupermarkt. Die Göttin der Filiale wird mich kaum mit der esoterischen Frage nerven, ob ich schon angekommen sei. Eigentlich schade. Vielleicht sagt sie: »Aha, wieder da.« Vielleicht kaufe ich nur einen einzelnen Apfel, weil sie dann sicher noch paradiesischer aussieht, wenn sie ihn auf die Waagschale legt.

»Evas Apfel«, entschied ich, sollte die Kolumne diesmal heißen, auch wenn Tuğba als Türkin mit den Welterschaffungsmärchen der Bibel nicht viel würde anfangen können und von Evas paradiesischen Verführungskünsten vielleicht noch nie etwas gehört hatte. »Tuğbas Apfel« aber konnte ich die Kolumne schlecht nennen, das wäre entschieden zu indiskret und obendrein bezugslos und unverständlich. Beim Schreiben der Kolumne hatte ich ein bißchen im Netz herumrecherchiert, mich an den süßen Klängen türkischer Musik gelabt und zu meinem Entzücken festgestellt, daß Tuğba nicht nur »die Schöne« und »die Gutmütige« bedeutet, sondern laut Koran auch »Baum im Paradies, der nie verblüht«, daß es also von daher durchaus Berührungspunkte zu Eva und Adam und dem Apfel gab.

Der Supermarkt hat schon um acht in der Früh auf, im Gegensatz übrigens zu den Schlafmützen vom Ökoladen, die erst um neun gähnend die Tür öffnen. Am nächsten Tag um acht ging ich hin, in der Hoffnung, Tuğba anzutreffen. Sie war damit beschäftigt, ein Regal mit Pfirsichen draußen neben der Tür aufzustellen, und machte am Bürgersteig kniend an den Regalrädern herum. Auch wenn sie diesmal nicht die Heldin der Kolumne war, sondern nur einen kleineren Auftritt hatte, wollte ich nun das tun, was ich vor drei Monaten hatte tun wollen: eine Zeitung kaufen und ihr meine Grußbotschaft überreichen. Doch sie stand auf, sah mich an und sagte: »Schon gelesen, schon um sechs Uhr.« Dann ging sie in den Laden und verschwand zwischen den Regalen. Ich war der ersten Kunde an diesem Morgen, ich kaufte Butter, Käse und Grapefruitsaft. Einen Apfel kaufte ich nicht. Das wäre mir zu anzüglich gewesen. Man muß zwischen Literatur und Wirklichkeit ein bißchen unterscheiden. An der Kasse saß eine Kollegin, die über meine Eigenschaft als Sänger und Besinger der Göttin Bescheid wußte und entsprechend lächelte. Auch sie bildhübsch. Als ich zahlte, erschien Tuğba mit einer Schachtel: Edle Tropfen in Nuß – Obstbrände. »Vielen Dank, daß Sie mich erwähnt haben«, sagte sie formvollendet und drückte mir die Pralinen in die Hand. Unfaßbar, wie geschickt und charmant sie damit umging, von einem alten Mann verehrt zu werden. »Schönes Wochenende!« Gut, daß es solche Formeln gibt.

Das Leben ist schöner, aber nicht leichter geworden seitdem. Jetzt, wo wir uns kennen, kann ich nicht mehr so oft kommen wie früher. Verehrer dürfen nicht lästig werden. Nichts schlimmer als die Vorstellung, Göttin Tuğba auf die Nerven zu gehen. Früher ging ich oft nur dann zum Einkaufen in die Filiale, wenn ich wußte, daß sie da war. Im Schutz der Anonymität konnte ich sie ausgiebig bewundern. Das ist vorbei. Heute zwingen mich die ungeschriebenen Gesetze der Zurückhaltung, manchmal woanders einzukaufen, wenn ich weiß, daß sie da ist. Mehr als zwei Begegnungen pro Woche, will ich ihr nicht zumuten. Einmal, als sie Dienst hatte, war ich viermal am Tag im Laden. Es ließ sich nicht vermeiden. Wir hatten zu Hause Gäste eingeladen, meine Frau kochte hektisch, immer wieder fehlte etwas. Die Tuğba-Filiale liegt nun einmal am nächsten. Jedesmal, wenn sie mich zwischen ihren Regalen erblickte, fühlte ich mich ertappt und schwor die Wahrheit: »Ich bin nicht hier, weil ich verrückt nach Ihnen bin, sondern weil ich Sonnenblumenkerne brauche.« – »Kein Problem, ich bin heute bis abends acht Uhr da«, sagte sie.

Manchmal übersieht sie mich, klar, man kann sich nicht

ständig begeistert anlächeln. Einmal hatte ich das Gefühl, ihr etwas mitbringen zu müssen. Unser Verhältnis, das so aufregend und romantisch begonnen hatte, brauchte wieder mal einen kleinen Schub, fand ich. Ein Buch wollte ich ihr nicht geben. Diese Frau konnte ich unmöglich mit einem x-beliebigen Roman von mir belästigen, wenn, dann müßte ich ihr einen Roman zustecken, den ich ihr auf den Leib geschrieben hätte, in dem sie die Heldin wäre. »Die Filialleiterin« – warum nicht. Tuğba – ein guter Name für eine Heldin. Dreihundert Seiten über eine junge, schöne, zierlichzähe Türkin, die in Deutschland einen Laden schmeißt. Mir würde ich eine Nebenrolle gönnen. Doch, würde mir Spaß machen, meine schüchternen Avancen aus ihrem Blickwinkel zu beschreiben. Sie würde in diesem Roman einen jungen türkischen Musiker heiraten und ihren alten Verehrer zur Hochzeit nach Istanbul einladen, und der würde vor unberechtigter Eifersucht und Rührung fast wahnsinnig werden. Vielleicht sollte ich ihn nach einem etwas zu wilden Tanz mit der Braut zusammenbrechen und sterben lassen – immerhin in ihren Armen.

Vielleicht schreibe ich diesen Roman, es eilt nicht, sie ist erst dreiundzwanzig. Zu ihrem dreißigsten Geburtstag wäre das ein angemessenes Geschenk, bis dahin fällt mir vielleicht ein besseres Ende für den Verehrer ein.

So wild entschlossen, wie sie mit großen Schritten durch ihren Laden geht, müßte sie eine tolle Tänzerin sein. Neulich habe ich ihr Musik mitgebracht, ein paar CDs mit tanzbarem Jazz der 30er Jahre, ausschließlich Stücke, denen ein orientalischer Einfluß anzuhören ist. Könnte Leuten gefallen, die mit türkischer Musik aufgewachsen sind, dachte ich. Mal sehen, wie das bei ihr ankommt. Ich überlegte, ob ich als musikalische Orientierungshilfe und auch, weil ich die Gabe nicht unkommentiert lassen wollte, eine Liste mit Abspieltips dazulegen sollte. Das war mir dann zu simpel. Jeder besserwisserische Amazon-Kunde tut die seiner Meinung nach besten Stücke einer CD in naseweisen Listen aller Welt kund. Ich schrieb daher einen Begleitbrief an Tuğba, in dem ich mir nicht ohne Genuß folgendes ausmalte: Die Filiale wird am Samstag abend kurz vor Ladenschluß überfallen. Sie ist die einzige Geisel vom Personal, ich die einzige Geisel von den Kunden. Wir werden von den schwer bewaffneten Geiselnehmern nicht unfreundlich behandelt, sind aber den ganzen Sonntag eingesperrt. Wir haben einen CD-Player da und diese CDs von mir. Es ist sehr kühl, weil die Heizung ausgeschaltet ist. Tanzen macht warm. Ich muß also versuchen, sie und auch mich zum Tanzen zu bringen, schon damit wir uns nicht erkälten. Dann schrieb ich, welche Stücke ich in welcher Reihenfolge auflegen würde, um ihre göttlichen Beine in Schwung zu bringen.

Ich weiß nicht, ob sie meine literarische Phantasie mochte. Bei der nächsten Begegnung schaute sie merkwürdig durch mich hindurch. Vielleicht war sie müde, vielleicht ging ihr die Vorstellung zu weit, mit mir einen Sonntag als Geisel verbringen zu müssen.

Wenn sie nicht im Laden ist, hebe ich mir den Einkauf für später auf. Es macht keinen Spaß, meine Äpfel und die paar anderen Grundnahrungsmittel zu besorgen, wenn Göttin Tuğba nicht da ist und ich nicht ein paar Worte oder wenigstens Blicke mit ihr wechseln kann. Weil ich mich dann nicht jedesmal mit den Worten »ich habe nichts« an der Kasse vorbeidrängeln will, kaufe ich aus Verlegenheit

eine Tüte Mandeln. Ich esse gern Mandeln, habe aber mittlerweile zu viele Tüten vorrätig.

Natürlich befasse ich mich jetzt auch mit türkischer
Musik. Mein Lieblingslied heißt »Ah Yalan Dünyada«.
Man kann es im Internet hundertfach finden, hören und
sehen. Türkische Popstars in bonbonbunten Fernsehstu-
dios singen es ebenso wie junge oder uralte Laienmusiker
vor ihren ländlichen Hütten oder auf Wohnzimmersofas.
Die Melodie ist so hinreißend sehnsüchtig, die Begleitung
mit der langhalsigen Laute gibt dem Lied einen derartig
arabisch-andalusischen Stolz und eine Widerstandskraft,
daß man selbst als Vollheide für drei bis fünf Minuten mit
dem Islam sympathisiert. Ich habe Tuğba gefragt, was das
heißt, ah yalan dünyada. Ihr Blick wurde ganz feierlich, als
sie es mir übersetzte: »Ach, du verlogene Welt.«

Nachbemerkungen zu den Geschichten

(Herbst 2008)

»Lohnschreiber« ist eine herabsetzende Berufsbezeichnung, und genau deswegen stilisieren wir, mein Icherzähler und ich, uns mit einem gewissen Vergnügen als Vertreter dieser Spezies. Es ist ein bißchen riskant, weil ironische Spiegelungen aus Zeitmangel oder Leseschwäche oft für bare Münze genommen werden. Kaum spricht man als Schriftsteller vom Geld, das auch ein Autor zum Leben braucht, bezweifeln manche Feingeister des Feuilletons, daß man etwas zu sagen hat. Der wahre Dichter denkt nicht ans Honorar und Tantiemen, sondern teilt sich aus innerem Antrieb mit – so die noch immer nicht ganz beerdigte Vorstellung. Kommt durchaus auch vor, kann ich versichern, daß ich ohne Auftrag, nur aus Haß oder Liebe auf meine Tasten tippe, oder um mich oder jemanden, den ich mag, zu rächen. (Unten, in der letzten dieser Nachbemerkungen zu der Geschichte »Die Göttin der Filiale« erwähne ich einen Artikel, mit dem ich einmal eine Schauspielerin vor Angriffen der Bildzeitung in Schutz nahm. Bei derartigen Texten geht es natürlich nicht ums Honorar, sondern um das schöne Retten der Ehre.)

Am Rande des Literaturbetriebs, abseits der Tröge der Kulturförderung und des Preisvergabegemauschels lungert der Lohnschreiber herum und findet sein Auskommen. Die Hochkultur ist ihm verstellt und vergällt, er schreibt immer an einem Roman herum, natürlich ohne große Ambitionen, wie er zumindest behauptet, weil er ambitionierte Literatur nicht mag. Seine Spötter werfen ihm vor, von einem Bestseller zu träumen, ein Vorwurf, der so falsch nicht ist, denn ein Bestseller und ein aufgefülltes Konto würde den Lohnschreiber in den Stand setzen, weniger schreiben zu müssen und mehr Zeit zum Lesen zu haben.

»Lohnschreiber« ist ein altmodisches Wort. Es haftet ihm etwas Unehrenhaftes, fast etwas Gedungenes an, wie einem Auftragskiller, der für ein Handvoll Dollar gewissenlos unliebsame Personen erledigt. Und tatsächlich bin ich im Laufe meines Autorendaseins immer mal wieder gebeten worden, gegen Haßfiguren wie Helmut Kohl oder Edmund Stoiber literarische Salven abzufeuern, eine Bitte, der ich allerdings nicht gewissenlos, sondern aus inbrünstiger Überzeugung gefolgt bin. Die Zeit und das Vergehen haben diese Personen in der Versenkung verschwinden lassen, nicht die Angriffe von Literaten. Einzig der von mir gehaßte und literarisch mehrmals verhöhnte Roland Koch ist zum Zeitpunkt, in dem ich dies hier bemerke, noch immer aktiv. Ich möchte allerdings eine Wette anbieten: Dies Lohnschreiberbuch ist sicher nicht für die literarische Ewigkeit, aber es wird länger auf dem Markt sein als dieser Politiker auf der politischen Bildfläche.

Politiker spielen in diesem Buch keine große Rolle. Nachdem ich jahrelang mit Superlativen wie »einer von Deutschlands scharfzüngigsten und bissigsten Schriftstellern« leben mußte oder durfte, bin ich, geschmeichelt aber auch genervt von dem ständig wiederholten Lob, mittlerweile dazu übergegangen, mich als altersmilde zu bezeichnen. Mein Icherzähler und ich, wir zeigen uns daher nicht als Wüteriche, wir wollen in unseren Erzählungen und Berichten sanft darauf hinweisen, daß die zum Teil noch immer schief angesehenen Auftragsarbeiten literarisch erstens durchaus etwas taugen können und daß man als Autor zweitens nicht nur Geld verdienen, sondern auch einiges erleben kann, wenn man sich darauf einläßt, für Zeitschriften Texte über Weihnachten oder das Weintrinken zu schreiben oder gar die

Moderationstexte für die Verleihungsfeier eines Fernsehpreises zu ersinnen.

Nicht unrichtig aber auch nicht ohne Koketterie und Versteck-spielerei habe ich die Geschichten in »halb wahr«, »fast wahr« und »ganz wahr« unterteilt. In einem höheren Sinn sind sie natürlich vollkommen wahr: sie zeigen nicht nur den Schrift-steller am Schreibtisch, am Telefon, auf der Buchmesse und am Rednerpult, sondern auch die Verrücktheiten einer Gesellschaft, die einiges Geld dafür ausgibt, sich von Künstlern verspotten oder in Frage stellen zu lassen und dann oft genug wieder halbherzig zurücksteckt.

Voll daneben

Auftragstext, um einiges gekürzt erschienen im Herbst 2004 in einer Sondernummer der Architekturzeitschrift »Baumeister« zur Architekturbiennale in Venedig. Das ganze Heft beschäftigte sich mit der Peripherie, die für Architekten nicht nur die Hölle ist, weil sie sich dort baulich ungehemmter austoben können – was die Peripherien allerdings oft noch unbewohnbarer macht. Wenn ich die Geschichte zu den halb wahren zählen muß, dann, weil ich den Vortrag nicht gehalten habe und weil es diese Krawatten-firma nicht gibt.

Ich hatte in der Vergangenheit ein paar Mal mit der Edel-füllerfirma Montblanc zu tun, für die ich einen Literaturpreis konzipierte und organisierte. Da ich selbst (wie in den Lohn-schreibergeschichten des öfteren wahrheitsgemäß erwähnt) keine Literaturpreise erhalte (und eben daher vermehrt zur Lohnschreiberei gezwungen bin), war es mir ein Vergnügen, im Namen von Montblanc wenigstens Literaturpreise zu vergeben. Die Abwicklung eines solchen Preises ist eine Menge Arbeit.

Manche Kollegen, die hemmungslos Literaturpreise einstreichen, wenn sie von Steuergeldern finanziert werden, rümpfen
die Nase, wenn das Geld von der Wirtschaft beziehungsweise
einem Luxusgüterhersteller kommt. Ich mußte sie regelrecht
beschwatzen, mitzumachen. Weil das Herumtelefonieren, das
Lesen und Beurteilen fremder Texte und das Zusammenstellen
und Bändigen einer Jury mit viel Arbeit verbunden ist, und weil
ich als Nichtliteraturpreisträger nicht immer auf all die Literatur-
preisträger neidisch sein wollte, war mein Honorar so hoch wie
der Preis. 20 Tausend Mark.

Als ich das erste Mal die das Montblanc-Werk besuchte,
wunderte ich mich, daß die Edelmarke nicht in einer edlen Ecke
des edlen Hamburger Zentrums residiert sondern am bezahlba-
reren Rand der Stadt. Beim Schreiben der Peripheriegeschichte
mußte ich daran denken. Auch daran, daß die Redaktion der
Süddeutschen Zeitung nicht zuletzt wegen der Gewinnaus-
schüttungsgelüste ihrer Inhaber gezwungen wurde, vom Herzen der Münchner Innenstadt an den grausamen Stadtrand zu
ziehen, mit dem einen keine Architektur der Welt je versöhnen
kann.

Glück gehabt

Zunächst war da eine Betrachtung, um die ich 1997 gebeten worden war. Über das Wesen und Unwesen der damals, zumindest
in den Medien, zunehmend auffallend in Erscheinung treten-
den »Powerfrau« sollte ich mich auslassen. Ich weiß nicht mehr,
welche Zeitung oder Zeitschrift diese Überlegungen von mir
haben wollte. Wenig später bat mich die Herausgeberin einer
dieser billigen, weniger abfällig gesagt preisgünstigen Anthologien, die eine Saison lang im Buchhandel herumliegen und dann

spurlos verschwinden, um eine knackige, möglichst zeitgemäße Geschichte. Die Powerfrau war noch in meinem Kopf lebendig. In dem Essay hatte ich diese Figur nicht entfalten können, das ließ sich nun im Rahmen einer Erzählung nachholen. Im Titel der Anthologie standen möglicherweise Begriffe wie »Sommer«, »Erotik«, »Männerphantasien«, was, fand ich, dem Ich-Erzähler das Recht gab, den Blazer der Bankerin in herrischer Lustwut aufzureißen. Die ursprünglichen essayistischen Bestandteile merkt man der Geschichte noch deutlich an, aber da es sich hier nicht um einen Erzählwettbewerb handelt, habe ich diese Passagen bei der Durchsicht für dieses Buch nur unwesentlich reduziert, auch wenn sie die Handlung nicht gerade vorantreiben.

Später habe ich die Geschichte angereichert und um diesen Overheadprojektoren-Unsinn und das an die Wand geworfene Fragezeichen ergänzt, eine Vorführung, die ich tatsächlich exakt so erleben durfte, wenn auch nicht in einem Frankfurter Hotel, sondern in einem ehrwürdigen Schloß in England in der Nähe von London (Cumberland Lodge im Windsor Park), wo im Rahmen eines Fortbildungsseminars für britische Deutschlehrer und Universitäts-Germanisten ein Mensch von der Hessischen oder Thüringischen Landesbank die Bedeutung seines Geldinstituts auf diese Weise seinen Zughörern zu vermitteln suchte. Am Schluß dieses Fortbildungswochenendes stand eine Lesung von mir auf dem Programm. Um den Zuhörern zu zeigen, wie schnell man die Wirklichkeit in die Literatur einfließen lassen kann, verzichtete ich auf das gemeinsame Abendessen und baute in der Zeit den kuriosen Landesbankvortrag, unter dem die Teilnehmer und ich am Nachmittag hatten leiden müssen, in meine abendliche Lesung ein. Die entsprechenden Passagen wurden dann auch mit größter Heiterkeit aufgenommen, zumal es eine andere Referentin mit Blazer gab, die der Powerfrau meiner Geschichte verdächtig ähnelte.

Wenn ich die Geschichte im Herbst 2008 in Gegenwart von Bankleuten vorzulesen gehabt hätte, hätte ich es mir sicher nicht entgehen lassen, die aktuellen Auswirkungen der Finanzkrise hineinzuschreiben und entsprechende Schmähungen gegen das Spekulationsgewerbe auszubringen. Wenn durch die Börsentalfahrt dem Ich-Erzähler auch nur ein Cent seines Geldes auf der Bank abhanden gekommen wäre, würde er den Blazer der Powerfrau mit mehr Legitimation aufreißen.

Ganz unwahr ist die Geschichte insofern nicht, als ein höheres Chefetagentier der einst ehrwürdig verhaßten und dann durch den Vorstandsfatzke Josef Ackermann zu einem Proleteninstitut verkommenen Deutschen Bank in der Mitte der 1990er Jahre mit mir schriftlich Kontakt aufnahm, nachdem er bei einer Lesung Gefallen an mit gefunden hatte. Der mir persönlich unbekannte Mann fragte tatsächlich, ob ich mir vorstellen könnte, einen Vorschlag zu einem Slogan für die Bank zu machen. Ganz ohne Logik ist eine solche Frage nicht. Zehn Jahre zuvor hatte ich einmal in einem langen Essay für die damals noch lebendige Zeitschrift »Kursbuch« die Idiotie der Werbung geschmäht – prompt wurde mir ein fester Job in einer Düsseldorfer Werbeagentur angeboten, den nicht anzunehmen ich mir dank meiner fleißigen Lohnschreiberei zum Glück leisten konnte. Computer-Hacker werden ja auch von Softwarefirmen um Mitarbeit gebeten. Der Mensch von der Deutschen Bank bot mir allerdings keine Unsumme, sondern 5000 Mark für den Vorschlag. Würde der akzeptiert, dann werde man sich über ein angemessene Honorierung sicher einigen. Ich mußte auch nicht nach Franfurt fahren, ein kleines schriftliches Exposé würde genügen.

Ich legte mich nicht fest, auch aus ideologischen Gründen. Zwar bin ich als freier Schriftsteller (zumal wenn ich mit der Berufsbezeichnung »Lohnschreiber« kokettiere) ein selbstständiger und umsatzsteuerpflichtiger Unternehmer, aber noch zahlen die Verlage Vorschüsse und ich muß nicht wie ein regulärer, aufs Investieren angewiesener Unternehmer zur Bank gehen, Glaubwürdigkeit vortäuschen und um Kredite und günstige Rückzahlungsbedingungen bitten, wenn ich ein neues Projekt auf den Weg bringen will. Ich kann die Banker, da ich fast nur ihre

Geldautomaten benutze, also nach Herzenslust als schnöselige Raffkes verachten.

Wenn sie zu meinen Lesungen kommen und meine Bücher lesenswert finden, wird mein Urteil über die Banker milder. Dennoch war mir die Vorstellung zuwider, mir für eine große und irgendwie feindliche Bank einen Spruch auszudenken, mit dem dann möglicherweise geworben werden würde. Ich regierte daher nicht. Der Bankmensch erinnerte mich ein, zwei Mal geduldig, vielleicht hatte er mit Künstlern zu tun und war Mißachtung gewohnt. Eines Vormittags ließ er plötzlich durch seine Sekretärin mitteilen, am Nachmittag sei die entscheidende Sitzung, in der auch die neuen Sloganvorschläge auf den Tisch kämen.

Ich hatte keine Idee und auch keine Lust auf das Tippen eines Exposés, auf die 5 Tausend Mark allerdings hatte ich Lust. Ich ging in ein Café, trank zwei Tassen, bat den Kellner um ein Blatt seines Kellnerrechnungsblöckchens, malte eine Girlande darauf, schaute aus dem Fenster und schrieb dann die Worte »Glück gehabt« auf. Zu Hause faxte ich den Zettel an die Bank. Weil er klein war, zog ihn das Faxgerät schief ein. Daß meine schlampig hingekritzelten zwei Worte auch noch verdreht und verzerrt in der Vorstandsetage ankommen und dann wie Fremdkörper auf dem Konferenztisch liegen würden, empfand ich als erheiternd und auch als stillen Ausdruck dessen, was ich von der Bank hielt.

Dann schrieb ich eine Rechnung über 5 Tausend Mark plus Mehrwertsteuer und faxte sie hinterher schön gerade hinterher. Ich hatte mir schon gedacht daß »Glück gehabt« kein Slogan für eine Bank ist. Eben weil Banker kriminelle Glücksspieler sind, wollen sie nicht den Eindruck von Glück, sondern von Zuverlässigkeit erwecken. Als mir mein Auftraggeber in einem sehr freundlichen Brief die Ablehnung meines Vorschlags mitteilte, war ich erleichtert. Wenig später schrieb ich dann die Geschichte »Glück gehabt – Die Nacht mit der Powerfrau«, keine drei Monate später war die Taschenbuchanthologie schon erschienen und ich schicke dem Bankmann ein Exemplar. Seine Antwort freute mich. »Sie werden mir langsam unheimlich«, schrieb er.

La Donna è mobile

Um einiges kürzer 2007 in einem edlen Zürcher Magazins namens »Leo« erschienen, in dem exquisite Läden der Stadt keine Werbung machten, sondern über sich schreiben ließen. Die Branche spricht von einem »Corporate-Publishing-Erzeugnis«, mit dem konsequent »das alte Prinzip des Co-Branding« verfolgt wird. Möglicherweise erwartete das Einrichtungshaus »Colombo la Famiglia« von mir eine entzückte Reportage über seine Originalität und die Ausgesuchtheit seiner Möbel und war etwas enttäuscht, daß ich nicht einmal seinen Namen erwähnte und statt dessen eine wildgewordene sizilianische Schlampe in den Mittelpunkt stellte. Die Redakteurin des Magazins konnte die Inhaber des Möbelhauses aber offenbar überzeugen, daß mit einer Schriftsteller-Geschichte mehr gedient sei als mit einer Werbetext-Lobhudelei. Diese Geschichte ist ein weiterer Beweis für die Behauptung, die in der in diesem Buch mehrfach aufgestellt wird (ausdrücklich in der Geschichte »Für Geld schreibe ich alles«): daß Lohnschreiberei alles andere als Unterwerfung bedeutet, daß ich jedenfalls für Geld zwar fast über alles schreibe – aber immer so, wie ich es will. Um die Behauptung noch anzuspitzen und die Reputation der Lohnschreiberei weiter zu verdeutlichen: Ein junger Autor, der sich mit einem Text um eine seriöse Literaturförderung bewirbt, wird sich in seinem Text den ungeschriebenen Erwartungen der Hochkultur vermutlich mehr anpassen, als ich mich als Lohnschreiber den Erwartungen meiner Auftraggeber anpasse.

Ich kann die Gelegenheit nicht verstreichen lassen, ohne

selbstwerbend darauf hinzuweisen, daß ich mich, auch wenn ich mein Wissen in dieser Geschichte nicht ausbreite, mit exotischen Möbeln durchaus auskenne. Und zwar nicht aus Neigung zu irgendeiner hedonistischen Wohnkultur, sondern aus literarischem Interesse. Die höchste Form der Lohnschreiberei ist der Roman. Hier gibt es zwar einen Verlag und hoffentlich Vorschuß – und also die Verpflichtung, einen Vertrag einzulösen und einen 200 oder 400 Seiten langen Text abzugeben, der in etwa dem Arbeitstitel entspricht. Schreiben aber kann ich in einem Roman nun wirklich, was ich will. Möbel und Wohnkultur interessieren mich nur mäßig, dennoch bereiste ich wochenlang mit dem Münchner Möbelhändler und Inhaber des Wohnkulturhauses »Kokon« Helmut Ronstedt und seinem famosen Assistenten Willi Indonesien und China, um in die Geheimnisse des Handels mit exotischen Möbeln eingeweiht zu werden. Warum? Weil ich für den dritten Band meiner Harry-von-Duckwitz-Roman-Trilogie einen geeigneten Beruf für meinen Helden brauchte und mir ein Handeln mit asiatischen Möbeln literarisch-dramaturgisch als geeignet erschien. Im ersten Band ist Duckwitz Diplomat (»Im diplomatischen Dienst«), im zweiten ist er suspendierter Nichtstuer und manischer Jazzhörer (»Das schöne Leben«), im dritten tut er es Helmut Ronstedt gleich (der im Roman durchsichtig Ron van Instetten heißt) und macht Möbelgeschäfte mit Fernost (»Die bösen Frauen«). Will sagen: Der Auftrag, über dies oder das zu schreiben, muß nicht immer von einer Redaktion kommen, die literarische Logik kann einem viel zwingender ein Thema vorgeben. In einem kommerziellen Lohnschreiber-Text bin ich oft freier als in meinem Roman.

Der verlorene Verstand

Unwesentlich kürzer 2001 erschienen in einem streichholz-
schachtel- oder gar nur brühwürfelkleinen Miniaturbüchlein, das
in dem österreichischen Avantgarde-Design-Jahrbuch »Rosebud«
steckte, dessen Nummer 3 dem Thema »Blindtext« gewidmet
war. 25 bis 30 Tausend Zeichen sollte ich schreiben, die irgend-
etwas mit dem Grafiker-Wort »Blindtext« zu tun haben sollten.
Blindtexte dienen der Gestaltung des Layout ehe die richtigen
Texte fertig sind inhaltlich meist unsinnig. Zur Unsinnigkeit
fiel mir sofort ein, was ich gerade erlebt hatte. Die Geschichte
mit dem allmählichen Verfassen und Modifizieren und schließlich Liquidieren von Moderationstexten war mir kurz zuvor so
passiert, wie es hier geschrieben steht. Es handelte sich um die
Verleihung des Bayerischen Fernsehpreises für diverse Produktionen im ehrwürdigen Münchner Prinzregententheater, live über-
tragen vom Bayerischen Fernsehen. Noch nie zuvor oder danach
in meinem Leben habe ich solchen Unsinn geschrieben, der dann
immer noch unsinniger gemacht werden mußte. Hier stimmt
meine stolze Behauptung nicht: Für Geld schreibe ich fast alles –
aber immer so, wie ich es will. Hier mußte ich für 15 Tausend
Mark wirklich verbale Drecksarbeit tun. – Unwahr ist das Leder-
rockmädchen in der Geschichte, das meinen Verstand zusätzlich
umnebelt. Diese tolle Person ist zu einem anderen Zeitpunkt
durch mein Leben gehuscht, aber hier schien mir ihr Auftreten
dramaturgisch passend.

Wer sich für Linda interessiert und mehr von dieser flotten,
keinesfalls nur meiner Phantasie entsprungenen Person und
ihrer segensreichen Wirkung auf die Literatur wissen will, kann
in meinem Roman »Das Zeitalter der Eidechse« nach einer
gewissen »Nadja« Ausschau halten, die ich dort nur aus Gründen der Tarnung schwarz sein und aus Kenia kommen lasse, die
aber mit Linda mehr oder weniger identisch ist. Nadja fällt auch

durch reptilienhaftes Verhalten auf. In meinem Roman »Der Liebessalat« trägt das reale Fabelwesen den Namen Rebekka. Und da ich nun schon beim Ausplaudern von Berufsgeheimnissen bin: Linda-Nadja-Rebekka ist eine Vorläuferin der noch skrupelloseren Zofia aus dem Roman »Die Memoiren meiner Frau«, die von ahnungslosen Rezensenten für eine Männerphantasie von mir gehalten wurde. Was den kleinen Roman »Das Zeitalter der Eidechse« betrifft, so ist dessen Held und Icherzähler ein sehr viel erfolgreicherer Lohnschreiber, als ich es bin. Zum Jahrtausendwechsel 1999/2000 schwatzt er diversen Verlagen Bücher zum Jahrtausendwechsel auf, kassiert hohe Vorschüsse und setzt sich dann mit Nadja und einer Menge ergaunertem Geld nach Südamerika ab, ohne eine Zeile geschrieben zu haben. Von einigen böswilligen, ahnungslosen oder mißlaunigen Rezensenten wurde diese Satire fälschlich als Zeichen meiner lohnschreiberischen Raffgier und meines Geschäftssinns gelesen.

Nachdem dem 88jährigen Literaturkritiker Marcel Reich-Ranicki im Oktober 2008 bei einer Fernsehpreisverleihung der Kragen geplatzt war, er den Preis nicht annahm und statt dessen das Fernsehen insgesamt und insbesondere die Preisverleihungsveranstaltung als Dreck und Blödsinn bezeichnete, stehe ich nicht mehr allein da mit meinem Verdacht, daß den Machern von dergleichen Festveranstaltungen, einschließlich ihrer Moderationstexteverfasser, jeglicher Verstand abhanden gekommen ist.

Permesso

2006 in der Edition-Tiamat Anthologie »Little Criminals« bei Klaus Bittermann erschienen. Eigentlich hatte ich keine Zeit für diese Geschichte gehabt und schon abgesagt. Geld geht vor. Zehn Seiten in einem Buch bringen nicht viel – im Gegensatz zu zwei

Seiten zum Beispiel in der »Vogue«. Für die »Vogue« schrieb ich im Sommer 2006 einen längere Geschichte über Deutsche, die in den italienischen Marken hausen, und spielte diese unbekanntere Region ein bißchen gegen die Toskana aus. Natürlich wird in Italien wie überall geklaut. Man kann eine solche Geschichte nicht schreiben, ohne auf dieses Problem einzugehen. Andererseits kann man in einem Text für die »Vogue« über die Schönheiten südlicher Landschaften, nicht allzu ausführlich über die häßlichen Seiten des Lebens schreiben. Daher bat ich die »Vogue« um zwei Tage Aufschub und schrieb in der Zeit die Diebesbandengeschichte für Bittermanns Kriminalgeschichten-Anthologie. Zum Wahrheitsgehalt: was die Klauerei der albanischen oder osteuropäischen Banden betrifft, spielt sie sich ab wie geschildert. Die Geschichte wäre natürlich literarisch eine Spur seriöser, wenn sie ohne eine Fatima-Widerbegegnung aufhören würde. Aber auch der Halbwahrheit muß die Ehre gegeben werden.

Das Ganovenpärchen heißt nicht ohne, sondern aus folgendem Grund Berim und Fatima: In meinem im Herbst 2005 erschienenen Roman »Die Memoiren meiner Frau« wird die Ablauf der Dinge dadurch ausgelöst, daß sich ein sehr korrekter Richter (Jan Vanderleyden) zu seinem Schrecken in die Braut (Zofia) eines wegen Diebstahls in Untersuchungshaft sitzenden Ganoven (Marek) verliebt. Ich hatte den erfundenen Fall bewußt von meinem Wohnort München weg nach Koblenz verlegt. Auch die positiven Kritiken, die den Roman als Kritik an der Pseudoemanzipation würdigten, empfanden diesen Teil der Handlung als zwar amüsant aber unglaubwürdig. Nur drei Monate später, im Januar 2006, meldeten die Zeitungen genüßlich einen Fall, der am Münchner Landgericht geplatzt und ans Licht gekommen war: »Ausgebaggert! Münchner Richter stolpert über Sex-SMS.« Der natürlich verheiratete Richter hatte sich in die natürlich als »bildhübsch« beschriebene »Räuberbraut« mit dem märchenhaften Namen Fatima verliebt und den Leichtsinn begangen ihr ein paar Kurzmitteilungen zu schicken, wie einsam es ihm im Hotelbett ohne sie zumute sei und dergleichen Avancen mehr. Fatima hatte ihm wohl schöne Augen gemacht, um ihn gnädig zu stimmen und so die Freilassung ihres Räuberfreunds zu beschleunigen. Plötzlich schrieb ihr der verliebte Richter: »Ich habe da eine Idee, Kleines, Berim (der Angeklagte) sollte länger eingesperrt werden, damit du Ruhe hast – oder er sollte raus und nach Hause zu seiner Frau geschickt werden, wodurch Du vielleicht auch Deine Ruhe hättest.« Das war nicht ihr Ziel, also eilte die junge Frau mit dem schönen Namen Fatima zu einer Anwältin mit dem ebenfalls schönen Namen Aglaia Muth, zeigte ihr ihr Handy mit der Idee des Richters. Klarer Fall von Befangenheit. Die Anwältin legte los und dem wirklichen Richter passierte das, wovor mein erfundener Roman-Richter Angst hat: über Nacht war er weg vom Fenster. Zu Ehren des echten Ganoven und seiner Braut habe ich das Räuberpärchen in meiner Geschichte Berim und Fatima genannt. Ihnen und dem unvorsichtigen Richter habe ich zu verdanken, daß auch »Die Memoiren meiner Frau« keine unwahre Literatur sind.

Öl ist nicht so keusch wie Butter

2002 wesentlich kürzer in einer von Christine Eichel herausgegebenen, längst nicht mehr lieferbaren Taschenbuch-Anthologie »Es liegt mir auf der Zunge« (Goldmann Verlag) erschienen. Die Herausgeberin rief mich an und bat um einen Text über Essen. Ich hatte mit Texten übers Essen und Trinken für spezielle Eß- und Trink-Publikationen so meine Erfahrungen gemacht und erzählte am Telefon abwehrend von dem Ärger den ich damit gehabt hatte. Als Feind der Feinschmeckerei könne man nicht ständig pseudo-antifeinschmeckerische Alibitexte verfassen. Sie bat mich dann, die Geschichte meines Ärgers aufzuschreiben. Dies ist also eine für dieses Buch noch verlängerte und auf den Punkt gebrachte Lohnschreibergeschichte über Mißgeschicke beim Verfassen von Lohnschreibergeschichten – eigentlich nicht fast, sondern völlig wahr. Nur um wirklichen Redakteuren nicht zu nahe zu treten, habe ich die Spuren ein wenig verwischt.

Liebeskummer

1995 für »Cottas kulinarischen Almanach« geschrieben, also wieder ein Freßtext, in dem auch schon Erfahrungen mit anderen Freßtexten fixiert sind. Nach nun mehr 13 Jahren ist mir der Ich-Erzähler einigermaßen fremd geworden. Erinnerungslücken und Diskretion gebieten, daß ich auf die erotische Getriebenheit dieses Herrn hier nicht weiter eingehe. Ein Kenner meiner nur zu einem Drittel wahren Duckwitz-Romane wird Ines und Susanne in ausführlicherem Zusammenhang kennen und weiß nun, daß der fast wahre Ich-Erzähler mehr liebesleidet als sein frivoler und weniger wahrer Romanheld. Der Colonel, der dem Ich-Erzähler empfiehlt, seinen nächsten Roman in Kuba spielen zu lassen, ist Johannes Willms. Das Verschwinden des Nürnberger Bahnhofs-restaurants haben mein Ich-Erzähler und ich noch immer nicht verschmerzt. Man muß nach Georgien fahren, um heute noch solche Stimmungen kosten zu können.

Meine Kaschmirjahre

Zur Feier der Leipziger Frühjahrsbuchmesse 2007 für die »Süddeutsche Zeitung« geschrieben, die auch mal einen Text im Blatt haben wollte, der sich nicht mit den neuesten literarischen Strömungen befaßt. Als Lohnschreiber, der man ist, läßt man sich hierzu lieber etwas einfallen, als zu den Hervorbringungen der Kollegen.

Der Dichter mit den achtundzwanzig Büchern

Wir, der Lektor Klaus Siblewski und ich, haben eine Weile hin und her gehadert, ob wir diesen Text in die Lohnschreibergeschichtensammlung aufnehmen sollen. Uns beiden gehen die auslandsberichterstattenden Texte deutscher Autoren aus irgendeinem Grund, den auszuführen hier nicht der Ort ist, oft auf die Nerven. Sie haben leicht etwas Hänschenkleinhaftes. Ich hoffe zum Himmel, daß diese Geschichte bei aller Hänschenkleinhaftigkeit durch eine ironische Distanz vertretbar ist. Immerhin bilde ich mir ein, nicht auf die lächerliche Bedeutung reingefallen zu sein, die einem als in der angeblich großen Welt herumgereichten Schriftsteller halbautomatisch angeheftet wird. Egal ob man vom Goetheinstitut quasi als Gesandter der deutschen Hochkultur herumgeschickt wird, oder ob einen ein PR-süchtiges überdimensioniertes Goldgräberkaff wie Schanghai aus Eigennutz einlädt. Es kommt eigentlich nur darauf an, die Blendung zu erkennen. Wobei ich glaube, daß man, wenn man nicht vom Goetheinstitut als Kulturartikel verschickt wird, mehr Chancen hat, den Fallstricken des Kulturaustausches zu entgehen. Die Reise fand im Sommer 2002 statt. Ein kleinerer Teil des Textes erschien danach in einem »Merian«-Schanghai-Heft.

Die große Glaubensfrage

Die 1987 passierte Weihnachtgeschichte erschien, anders geordnet, 1989 im Haffmans-Verlag in dem längst vergriffenen Band »Modere Zeiten«. Modern ist sie nun wirklich nicht mehr. Die wahrhaft kindlichen Mißverständnisse, die darin aufscheinen, sind aber immer noch ein fester Bestandteil des Lohnschreiberlebens.

Die Absage

Noch ein Mißverständnis. Die Talkshow-Absagegeschichte erschien kurz vor Weihnachten 2004 in der »Süddeutschen Zeitung« – wie ja aus dem Text selbst hervorgeht. Das Nachspiel ist für dieses Buch entstanden. Mittlerweile wird meine mediale Zurückhaltung stärker. Alterserscheinung oder Zeichen von Reife? Ich sehe bekennend gern fern, schon um mir über das Fernsehen das Maul zerreißen zu können. Das Mitschwätzen in einer Talkrunde fällt mir um so schwerer, auch wenn es, egal was man sagt, die (wenn man Bücher verkaufen will, leider dringend nötige) Aufmerksamkeit erhöht und den Lohnschreibermarktwert sofort anhebt.

Mein schönster Mißerfolg

Auch diese Geschichte ist vollkommen wahr und – auch hier bis auf das kenntlich gemachte Nachspiel – in der »Süddeutschen Zeitung« erschienen, im Frühjahr 2008. Interessant waren die Diskussionen mit den Redakteuren der Zeitung die Geschichte

einerseits unbedingt bringen wollten, andererseits aber Bedenken hatten, sie könnte zu larmoyant geraten. Ich hoffe aber
doch, daß es mir gelungen ist, mich ohne Jammerton darüber
zu beklagen, daß das Buch, dessen Schicksal ich hier beschreibe,
zu seinen Lebzeiten nie Beachtung fand. Die knapp 1000 nach-
gedruckten Exemplare (der »Entsorgungsdruck«) befinden sich
nach wie vor wie geschildert in Landsdorf bei den Schäfers, und
jeder Interessent kann nach wie vor dort vorsprechen, ein Exemplar entnehmen und dessen literarischen Wert überprüfen und
sich an dem Werk ergötzen oder nicht. (Der »Entsorgungsdruck«
enthält ein Nachwort, in dem das Schicksal des Buchs doppelt
so ausführlich erzählt wird, wie es die Mißerfolgsgeschichte in
diesem Buch tut.)

Witzig wäre, wenn die Schäfers ihre Sammlung irgendwann
einem öffentlichen Museum übergeben würden und meine 1000
Sinecure-Bücher auf diesem Weg zum öffentlichen Kunstwerk
werden und Wächter womöglich aufpassen würden, daß keines
der Bücher entnommen wird, obwohl dies vom Autor doch ausdrücklich erwünscht ist.

Für Geld schreibe ich alles

Diese Geschichte, beziehungsweise die ausführliche Erinnerung
an eine Tagung vom Frühjahr 2000, ist nirgendwo erschienen.
(Nachdem damals die Feuilletons meinen Auftritt überraschend
freundlich gewürdigt hatten, bat mich der Berliner »Tagesspiegel«
um einen Kommentar, den ich auch fabrizierte.) Ich muß hier
nicht weitere Anmerkungen anfügen, denn dieser Bericht enthält ja Lohnschreibergedanken und Lohnschreibererfahrungen
in Hülle und Fülle. Die Reaktion der Presse hat damals auch klar
gemacht, daß selbst das feinere Feuilleton durchaus nicht mehr

die Nase rümpft, wenn man sich als Lohnschreiber outet oder stilisiert oder auch mit der Lohnschreiberei kokettiert. Gerade weil das Wort noch immer einen etwas derben und unkünstlerischen Beigeschmack hat, wird es einem durchaus gedankt, wenn man nicht artifiziell von einer höheren Bestimmung der Literatur faselt, sondern sie als ein Erzeugnis bezeichnet, das man für Geld herstellt und verkauft und das gerade deswegen von guten Qualität sein sollte.

Zur Form dieser Geschichte/dieses Berichts allerdings eine Anmerkung: Es handelt sich ja um so etwas wie ein eigenes Vortragsprotokoll. Ich berichte, was ich gesagt habe, was ich mir dabei dachte, was ich sagen wollte, aber zu sagen vergaß, oder was ich aus Zeitmangel nicht mehr sagen konnte, und ich notiere auch die Reaktionen des Publikums. Man kann auf diese Art und Weise eine Menge mitteilen, weil einem verschiedene Ebenen zur Verfügung stehen. Ein Theatertext kann das nicht. Ein Schauspieler kann nicht sprechen und dabei laut seine Gedanken über sein Gerede hörbar machen. Meine frei gehaltenen Reden zu beschreiben fällt mir leicht, ob es sich auch so leicht liest, weiß ich nicht. Auch in der ersten Geschichte dieses Buchs über das Elend der Peripherie kommt eine frei gehaltene Rede vor (im Gegensatz zu dieser wirklichen Tutzinger Rede allerdings erfunden). Um das Stilmittel des Redeprotokolls (das sich zu einer Art doppelt und dreifachem Bewußtseinsstrom ausbauen ließe) nicht über Gebühr zu strapazieren, habe ich die Peripherie-Redepassagen vorn etwas gekürzt und darauf verzichtet, weitere Geschichten aus meinem Lohnschreiberleben in dieses Buch mit aufzunehmen, die wiederum nichts als rückblickende Protokolle frei gehaltener Reden wären Auch weil das Redenhalten streng genommen nicht als Lohnschreiberei, sondern als Lohnrederei bezeichnet werden müßte.

Die Göttin der Filiale

Abgesehen von dem zitierten Kolumnentext aus der Münchner Abendzeitung unveröffentlicht. – Zum Glück eine völlig wahre Geschichte. Und obendrein ein work in progress. Schönes Beispiel für den immateriellen Nebenlohn eines Schriftstellers – und nicht das einzige. Ich könnte ein weiteres Buch mit solchen Nebenlohn-Geschichten füllen. Während sich die Branche auf der Frankfurter Buchmesse 2008 tummelte und für das Gastland Türkei Interesse heuchelte, habe ich mir von der türkischen Göttin meiner Filiale weitere türkische Liedzeilen erklären lassen. Penceresi yola karşı. Was heißt denn das nun wieder? Ein S mit einem Häkchen darunter, ein I ohne Pünktchen, es wird immer komplizierter, und meine Musikprogramme weigern sich, Lieder abzuspielen, deren Titel solche Buchstaben enthalten. Ich sitze vor dem Computer, rufe wieder mal die unerschöpfliche youtube-Seite auf, suche nach weiteren Liedern und Versionen und sehe und höre einem Bauern zu, der irgendwo in Anatolien vor seiner Hütte sitzt und ein Liedchen singt, und kann bereits mitsummen: ah yalan dünyada.

Die Göttin der Filiale ist nicht die einzige offenherzige Türkin. Als Anfang 2004 Fatih Akıns Film »Gegen die Wand« herauskam und die brechreizerregende Bildzeitung, dieser grausame Beweis für die Verkommenheit ihrer Macher und die millionenfache Dummheit der Alphabeten und die Wirkungslosigkeit klassischer Musik (Springerchef Mathias Döpfner ist promovierter Musikwissenschaftler) – als also die brechreizerregende Bildzeitung in ihrer unvergleichlichen Doppelmoral eine Hetzkampagne gegen die Hauptdarstellerin Sibel Kekilli startete, weil diese sich in der Vorzeit mit ein paar harmlosen Pornofilmchen Geld verdient hatte, schrieb ich in der »taz« eine Eloge auf die Schauspielerin, was allerdings auch andere Schreiber taten. Ich übertraf ihre anderen Verteidiger aber noch mit dem Wunsch, sie möge in einem nächsten Film eine Rächerin spielen, die in die Redaktion der Bildzeitung eindringt und das ganze geschniegelte Geschmeiß über den Haufen schießt: »Du Schwein verstehst keine andere Sprache!« Nichts ist härter als die Wahrheit.

Wer würde das nicht gern sehen, im Kino: einen röchelnd verendenden Bildzeitungschefredakteur! Die mir persönlich unbekannte Sibel Kekilli rief prompt bei mir an und bedankte sich in einer hinreißenden Suada für meinen Genugtuungsartikel. Ich konnte nicht anders als diese schöne und leider so seltene Spontanreaktion in meinen nächsten Roman aufzunehmen. Im 6. Kapitel der schon oben in den Anmerkungen erwähnten »Memoiren meiner Frau« habe ich diese Geschichte mit den Beleidigungen durch eine perfide Boulevardzeitung und meinem Artikel leicht verändert mitsamt dem kaum veränderten Telefonat einer ebenfalls schauspielernden Elisa zugeschrieben, die sich bei einem Schriftsteller namens Bruno bedankt. Da man gründliches Lesen nur von wenigen Fans kennt, und sich kein normaler Leser mehr dafür interessiert welche wirklichen Menschen sich hinter welchen Romanfiguren verstecken, betreibe ich in diesem Fall ungefragt Selbstauslegung und habe nun verraten, auch wenn es niemanden interessiert, wer sich hinter dieser Passage verbirgt

Es leben die jungen Türkinnen! Wie oft habe ich in meinem Lohnschreiberleben alle möglichen Frauen besungen. Stille danach. Verdrucktes Schweigen. Die Türkin aber weiß, was sich gehört. Sie ruft beim Lohnschreiber an und bedankt sich.

»Die Göttin der Filiale« hatte ich ursprünglich für eine andere, gleichzeitig erscheinende Buchveröffentlichung von mir vorgesehen, auf die hinzuweisen ich mir an dieser Stelle erlaube. Auch das (zunächst vor allem für den »Playboy« geschriebene) Lohnschreibergeschichten, die aber den Rahmen dieses Buchs hier gesprengt und den Akzent zu sehr in Richtung Erfolgserotik verschoben hätte. »Zur Phänomenologie des arbeitenden Weibes – Zwölf Eroberungsversuche und zwei Dreingaben« nennt sich besagtes Buch (Haffmans Verlag bei Zweitausendeins), das thematisch mit dem hier vorliegenden korrespondiert, schon weil auch dessen Icherzähler sich aus der Lohnschreiberperspektive den angebetene Frauen anzunähern versucht und ständig seine knappen Finanzen im Auge hat und haben muß.

FSC

Mix

Produktgruppe aus vorbildlich
bewirtschafteten Wäldern und
anderen kontrollierten Herkünften

Zert.-Nr. GFA-COC-1223
www.fsc.org
© 1996 Forest Stewardship Council

Verlagsgruppe Random House FSC-DEU-0100
Das für dieses Buch verwendete FSC-zertifizierte Papier *Munken Print*
liefert Arctic Paper Munkedals AB, Schweden.

1. Auflage
Originalausgabe
© 2008 Luchterhand Literaturverlag, München,
in der Verlagsgruppe Random House GmbH
Satz: Greiner & Reichel, Köln
Druck und Einband: CPI – Clausen & Bosse, Leck
Printed in Germany.
ISBN 978-3-630-62149-4

www.luchterhand-literaturverlag.de

Ulrike Draesner

Schöne Frauen lesen

Essays, 2007
224 Seiten

Über Ingeborg Bachmann, Antonia S. Byatt, Annette von Droste-Hülshoff, Gustave Flaubert, Friederike Mayröcker, Michèle Métail, Marcelle Sauvageot, Gertrude Stein und Virginia Woolf.

»Was diese Porträts so intelligent und so sympathisch macht: ihre intellektuelle Freiheit, ihre Beweglichkeit und die in jeder Zeile spürbar persönliche Lesart der Essayistin. Ulrike Draesner ist der Glücksfall einer rundum Interessierten.«

Deutschlandfunk

»Wer Essays schreibt, sollte nicht nur schreiben, sondern auch denken können. Und beides mit Eleganz. Wie so etwas aussehen kann, zeigt die Lyrikerin und Prosaautorin Ulrike Draesner in ihrem nun vorliegenden Essayband.«

Deutschlandradio Kultur

Sammlung Luchterhand **).**
www.luchterhand-verlag.de

Franz Hohler

Die Torte und
andere Erzählungen

208 Seiten, gebunden, 2005
ISBN 978-3-630-87151-6

»Es ist die hintersinnig-abgeklärte Liebe zum Leben,
von der die Geschichten durchdrungen sind. Die
gewisse unmögliche Möglichkeit, vom Ereignis zu
sprechen: Franz Hohler hat sie ergriffen«
Die Zeit

»Grandiose Geschichten.«
Tages-Anzeiger

»Er kann das: schalkhaft die Wirklichkeit in Fantasie
aufgehen lassen.«
Aargauer Zeitung

Luchterhand

www.luchterhand-verlag.de